ANNE HERTZ

Bis ans Ende aller Fragen

Roman

HarperCollins

1. Auflage 2021
Originalausgabe

Dieses Werk wurde vermittelt durch die
AVA international GmbH Autoren- und Verlagsagentur, München.
www.ava-international.de
Gesetzt aus der Stempel Garamond
von GGP Media GmbH, Pößneck
Druck und Bindung von CPI books GmbH, Leck
Printed in Germany
ISBN 978-3-7499-0252-1
www.harpercollins.de

Klimaneutral
Druckprodukt
ClimatePartner.com/15109-2009-1001

FSC
MIX
Papier
FSC® C083411

Für Luzie, Eric & Rebecca
… für dieses seltsame Jahr,
das wir gemeinsam bewältigt haben!

Es ist nie zu spät, das zu werden,
was man hätte sein können.

(GEORGE ELIOT, 1819–1880)

12. Oktober 1991

Liebes Tagebuch!

Heute ist ein ganz besonderer Tag, denn ab heute werde ich dir all meine Geheimnisse anvertrauen. Du musst wissen, dass ich mir das schon mindestens tausendmal vorgenommen habe, aber irgendwie wusste ich dann nie, wie ich beginnen soll. Mir ist einfach nicht klar gewesen, wie ich so ein Tagebuch am besten führe. Wen genau ich anspreche und was es überhaupt wert ist, von mir aufgeschrieben zu werden.

Doch gestern Abend hatte ich dann so was wie einen Geistesblitz: Ich tue einfach so, als wärst du meine beste Freundin, und erzähle dir alles, was ich eben auch einer besten Freundin anvertrauen würde! Und sogar noch ein bisschen mehr.

Bei Lisa und mir ist das nämlich so, dass ich sie irre gernhabe und wir wirklich die besten Freundinnen sind. Doch neulich habe ich ihr das mit Rafi gestanden. Dass ich ihn tooотal süß finde und so. Und was macht Lisa, sie sagt es Caroline, Britta und sogar der blöden Stinkbratze Diana. Seitdem kichern die jedes Mal voll peinlich herum, sobald Rafi in der Nähe ist, und stoßen mir richtig auffällig ihre Ellbogen in die Seite oder grinsen mich dämlich an.

Boah, wie mich das nervt!!!

So lieb, wie ich Lisa habe, doch zukünftig werde ich ihr bestimmt nicht mehr alles erzählen. Muss ich aber auch gar nicht, denn jetzt habe ich dich, liebes Tagebuch. Und du, da bin ich mir ganz-ganz-ganz sicher, wirst bestimmt nicht meine Geheimnisse ausplaudern. Und weil das so ist, kann ich dir auch schon anvertrauen, wie mein Leben mit Rafi später sein wird. Ich habe nämlich heute während der gesamten, ansonsten stinklangweiligen Mathe-Doppelstunde davon geträumt. Und deswegen einen tierischen Anschiss vom blöden Herrn Faber bekommen, denn ich hatte nicht gehört, dass ich an die Tafel sollte ... Egal, jedenfalls leben Rafi und ich später in einer Villa in Hamburg. Richtig schön und mit riesigem Garten, in dem sogar Platz für mein eigenes Pferd ist. Außerdem haben wir eine Segeljacht und verreisen viel, für die Kinder kommt immer eine Nanny mit. Urlaub machen wir in der Karibik oder in Südafrika, im Winter geht's zum Skifahren in die Berge.

Wir lieben uns wie verrückt und sind die glücklichsten Menschen des Universums!

Das war es jetzt auch schon fürs Erste.

Bis ganz bald. Es drückt dich fest,
deine Maxi ♥

PS: Wie stelle ich es nur an, dass Rafi mich bemerkt?

Kapitel 1

»Darf ich Sie vielleicht kurz stören?«

Erschrocken zucke ich zusammen, klappe mein Notebook zu und schiebe es auf dem Tresen meines Cafés mit einem so hektischen Stoß zur Seite, dass es fast herunterfällt. In der letzten Sekunde kann ich es am Kabel festhalten und vor dem sicheren Absturz retten. Während ich mich in die Richtung umdrehe, aus der die Stimme gekommen ist, sage ich automatisch: »Entschuldigung …«

Vor mir steht ein Mann und das Erste, was ich absurderweise denke, ist: O mein Gott, hat der schöne Augen. Im nächsten Moment komme ich mir deshalb ziemlich albern und insbesondere extrem unprofessionell vor. Jetzt reiß dich mal zusammen, Maxi! weise ich mich selbst zurecht. »Wie bitte?«, bringe ich ziemlich krächzend heraus. Dann räuspere ich mich geräuschvoll und hoffe, dass der Frosch in meinem Hals davonhüpft.

»Ob das in Ordnung für Sie ist, habe ich gefragt«, wiederholt der Mann.

»Entschuldigen Sie bitte, ich fürchte, ich war mit meinem Kopf gerade woanders und habe nicht richtig zugehört«, gestehe ich und trete einen kleinen Schritt zurück. Dabei vergesse ich allerdings, dass ich auf dem Vorsprung stehe, der unten einmal rings um die Theke verläuft und eigentlich dazu gedacht ist, dass man dort gemütlich seine Füße abstellen kann, wenn man auf einem der Barhocker davor sitzt. Kurz gerate ich ins Wanken, kann mich aber mit einem weiteren Griff nach dem Ladekabel des Notebooks abfangen und das Gleichgewicht halten. Glaube ich jedenfalls, bis ich nur eine Sekunde später mein Rettungsseil in Händen halte, da es sich aus der Anschlussbuchse des Laptops gelöst hat. Mit einem erschrockenen Aufschrei taumele ich ungebremst nach hinten.

»Hoppla!« Im letzten Moment bekommt der Mann mich am Arm zu packen, und verhindert damit, dass ich im freien Fall auf dem geölten Holzparkett aufschlage.

»Danke schön«, murmele ich, während er mich wieder loslässt. Die Lider gesenkt, streiche ich mir über den Oberarm, an dem ich noch immer den Druck seiner Finger spüren kann. Es tut etwas weh, aber wesentlich schmerzhafter ist der Gedanke, was für einen konfusen Eindruck ich gerade gemacht haben muss. Peinlich!

»Gern geschehen.« Seine tiefe Stimme klingt unbewegt, nicht ein Hauch von Fröhlichkeit oder Belustigung schwingt in ihr mit, dabei war mein Beinahe-Abgang mit Sicherheit nicht nur blamabel, sondern gleichzeitig auch ziemlich komisch. Über besonders viel Humor scheint der Gute wohl nicht gerade zu verfügen.

»Äh, also … ich …«, stottere ich, unterbreche mich dann mit einem zweiten Räuspern und betrachte mutig, wenn auch wahrscheinlich mit hochrotem Kopf, das Gesamterscheinungsbild meines Helfers.

Der Mann ist schlank, groß und trägt einen grau gemusterten Kaschmirschal zum schwarzen Anzug. Er wird zwischen Mitte und Ende vierzig sein, seine dunklen Haare sind zwar noch voll und dicht – und vor allem sehr akkurat geschnitten, was einen starken Kontrast zu den Bartstoppeln an seinem Kinn bildet –, aber die Schläfen sind schon ergraut. Auf der Stirn und in den Augenwinkeln entdecke ich die gleichen feinen Fältchen, die auch mir bei jedem Blick in den Spiegel beweisen, dass der erste Lack unwiderruflich ab ist. Wobei solche »Lebenslinien« bekanntermaßen nur bei Frauen ein Zeichen vom Älterwerden sind – Männer machen sie interessanter. Und interessant, ja, das ist mein Retter durchaus.

Und dennoch entspricht er so gar nicht dem klassischen »Coffee & Cream«-Gast. Durch die erdigen Farbtöne und die lichten Nuancen herrschen hier drinnen ländliche Naturverbundenheit und gelassene Gemütlichkeit vor. Wer der Hektik und dem Lärm der Großstadt für einen Augenblick entfliehen will, kann bei mir behagliche Landhaus-Atmosphäre genießen und schätzt das in der Regel auch sehr. Nur danach sieht mir der Mann in seinem schwarzen, eleganten Anzug und dem ausgesprochen ernsten Gesichtsausdruck beim besten Willen nicht aus. »Tut mir leid«, erkläre ich und versuche mich an einem schiefen Grinsen. »Sie müssen wohl noch einmal ganz von vorn anfangen.«

»Ich bin Gregor Blomberg«, stellt er sich vor, streckt mir dabei allerdings nicht seine rechte Hand entgegen, sondern lässt sie in der Tasche seines Mantels verschwinden, als wolle er ganz sichergehen, dass ich mich ihrer nicht gewaltsam bemächtige.

»Herr Blomberg?«, rufe ich aus. Dabei klinge ich so überrascht, als stünde niemand Geringeres als der Heilige Geist vor mir. Nun, eine Art Erscheinung ist dieser Mann in der Tat, und er bringt mich komplett aus dem Konzept, weil ich mit jemand vollkommen anderem gerechnet hatte und vor allem nicht schon jetzt.

Gregor Blomberg, der vor einigen Tagen bei meiner Nichte Summer – Summer wie Sommer und nicht wie der Türsummer – das Coffee & Cream für eine Trauerfeier gebucht hat, ist *kein* tattriger Greis. Er ist auch nicht der gebeugte Witwer, von dem ich ausgegangen war, als Summer mir erzählt hatte, es handele sich um einen Mann, der nach der Bestattung seiner Frau mit etwa sechzig Personen kommen wird.

Nein, das alles ist Gregor Blomberg wahrhaftig nicht. Ganz im Gegenteil, er ist ein attraktiver Mann im sogenannten besten Alter, der seine Frau betrauert, die höchstwahrscheinlich aus der Mitte ihres Lebens gerissen wurde.

»Tut mir leid«, stottere ich meine dritte Entschuldigung innerhalb von fünf Minuten. »Mein herzliches Beileid!«, schiebe ich schnell hinterher.

»Danke«, sagt er und verzieht dabei keine Miene, sein Gesichtsausdruck ist nach wie vor traurig und ernst. Was ich nun natürlich verstehen kann. Er schluckt einmal kurz, dann spricht er in sachlichem Ton weiter: »Ich hatte ab fünf …«

»Ich weiß«, unterbreche ich ihn dienstbeflissen. »Circa sechzig Personen ab fünf Uhr.« Während ich das sage, hole ich den Kellnerblock hervor, der hinterm Bund meiner langen Schürze klemmt, und halte ihn mir dicht vors Gesicht. Da steht allerdings rein gar nichts, den Kalender mit Reservierungen verwalte ich in meinem Notebook, das gerade beinahe zu Bruch gegangen wäre. Aber ich hoffe, mit dieser Geste einen professionellen und geschäftigen Eindruck zu vermitteln. Quasi absolut im Bilde. Wenn Gregor Blomberg nicht merkt, dass ich nur ein leeres Blatt Papier anstarre, könnte das vielleicht sogar klappen. »Sie sind allerdings um einiges zu …«

»Fünfzehn«, unterbricht er mich, ehe ich »zu früh dran« sagen kann.

»Wa…« Ich korrigiere mich schnell. »Wie bitte?«

»Fünfzehn Uhr«, erwidert er. »Ich habe ab fünfzehn Uhr reserviert.« Er nimmt seine rechte Hand aus ihrem sicheren Versteck, schiebt den Ärmel seines Mantels nach oben und wirft einen Blick auf die Armbanduhr, die an seinem Handgelenk zum Vorschein kommt. »Und das ist genau jetzt.«

»Fünfzehn Uhr?«, hake ich irritiert nach, woraufhin er nickt.

»Hier steht aber fünf Uhr!«, behaupte ich, runzele demonstrativ die Stirn und tippe mit dem Zeigefinger auf meinen leeren Block.

»Dann ist das falsch«, gibt er trocken zurück. »Und Sie können ganz sicher davon ausgehen, dass ich mich da nicht vertue.«

»Nein, äh, natürlich nicht!« Augenblicklich bricht mir der kalte Schweiß aus, weil ich in der nächsten Sekunde eine Katastrophe befürchte. Wenn Gregor Blomberg einen Blick auf meine »Notizen« erhascht und feststellt, dass ich nur weiße Blätter in der Hand halte, werde ich vor Scham im Boden versinken. Dabei ist die Situation bereits peinlich genug. Fünfzehn Uhr, nicht fünf, ganze zwei Stunden früher! Und ich habe noch seelenruhig an meinem Laptop gesessen und mich durchs Netz geklickt, statt mich auf die große und wichtige Gesellschaft vorzubereiten, die jeden Moment ins Café einfallen wird!

Wenn ich Summer in die Finger kriege, bringe ich sie um! Schließlich hat sie die Reservierung angenommen und die Sache somit versemmelt. Was natürlich mal passieren kann. Jedenfalls bei anderen kann es vorkommen, ich selbst habe eher zwanghafte Züge und gelte in meinem Umfeld als pathologisch pünktlich. Nie im Leben hätte ich die Uhrzeiten verwechselt, schon gar nicht bei einer Trauerfeier. So eine Reservierung hätte ich doppelt und dreifach gecheckt, damit auf gar keinen Fall etwas schiefgeht.

Natürlich werde ich Gregor Blomberg nicht verraten, wie dieses Debakel geschehen konnte und wer die Schuld daran trägt. Weil ich ihn zum einen in seiner tragischen Situation bestimmt nicht mit unseren internen Kommunikationsproblemen belästigen will und es zum anderen als meine Verantwortung betrachte, mich voll und ganz hinter mein Team zu stellen. Auch, wenn dieses »Team« mit meiner Nichte fast nur aus einer einzigen Mitarbeiterin besteht. Summer, die die älteste Tochter meines Bruders Joachim und seiner Frau Anne ist, arbeitet als studentische Aushilfe bei mir, was mir allerdings meine Schwester Claudia gern mal vorwirft, weil ich ihrer Meinung nach Summer meinen anderen drei Nichten und Neffen vorziehen würde. Neben Summer gibt es lediglich noch Emil, unseren zweiundsiebzigjährigen Koch und ehemaligen Besitzers meines Cafés. Eine Seele von Mann und ein absoluter Star an Topf und Herd, nur bedauerlicherweise nicht mehr der Allerflinkste, seitdem ihm seine Bandscheibe ordentlich zu schaffen macht.

»Und was tun wir jetzt?«, beendet Gregor Blomberg meinen gedanklichen Exkurs.

»Das ist überhaupt kein Problem«, erwidere ich und gebe mir Mühe, dabei so selbstsicher und gelassen wie möglich zu klingen. »Wir sind längst startklar.« Was eine etwas gewagte Behauptung ist. Zwar sind sämtliche Tische eingedeckt, und vorn auf dem Tresen steht der große geflochtene Weidenkorb, in den ich heute Mittag die frischen Brötchen und Brezeln gefüllt habe, die Summer auf dem Weg hierher vom Bäcker abgeholt hat. Aber weder habe ich die Suppentassen für die Selbstbedienung danebengestapelt, noch die Chafing-Dishes zum Warmhalten der von Gregor Blomberg bestellten Suppen aus der Küche geholt und eingeschaltet. Allerdings weiß ich nicht, ob die Gulaschsuppe und Minestrone überhaupt schon fertig sind. Keine einzige Kanne Kaffee oder Tee ist gekocht, keine Karaffe mit Wasser oder Saft befüllt – einzig den ebenfalls georderten Kuchen (Kirschstreusel, gedeckter Apfel, Bienenstich) hat Emil bereits gestern Abend gebacken. Jedoch müssen die Teilchen noch auf mehreren Tabletts angeordnet und auf den Tischen verteilt werden.

Alles in allem noch ein Arbeitsaufwand von etwa zwanzig Minuten für mich allein, wenn Summer und Emil mithelfen, ist es in zehn zu schaffen – aber ich habe leider nicht die geringste Ahnung, ob die zwei überhaupt hier sind oder sich gerade irgendwo draußen in Eppendorf rumtreiben, nachdem ich ihnen vorhin gesagt hatte, wir würden um halb fünf die restlichen Vorbereitungen erledigen. In Eppendorf kann man sich nämlich ganz hervorragend rumtreiben, es ist mit seinen Gründerzeitaltbauten, den vielen hübschen Cafés, Geschäften und den kleinen Parks einer der schönsten Stadtteile Hamburgs – so schön, dass ich sogar darüber hinwegsehen kann, dass Schick und Mick hier ihren ständigen Wohnsitz haben. Immerhin sind die beiden bereit, für ein Stück Streuselkuchen schon mal einen Euro mehr herauszurücken als der Rest der Bevölkerung. Für mich als Cafébetreiberin keine ganz unwesentliche Eigenschaft. Ich hoffe also mal, dass Summer und Emil schon an Bord sind. Sicher bin ich mir nicht, denn ich war so darin vertieft, nach Einträgen über Fitness-Bootcamp-Kurse im Netz zu suchen, weil meine Freundin Tina mich doch unbedingt zu einem solchen mit hinschleppen will, dass ich keinen Schimmer habe, ob sie hinten in der Küche stecken. Doch wie auch immer es ist, ändern lässt es sich jetzt sowieso nicht mehr, also lächele ich Gregor Blomberg weiterhin selbstsicher an. Und falls hier in einer Minute sechzig Leute stehen, die alle sofort einen Kaffee, ein Stück Kuchen *und* eine Schüssel Suppe haben möchten, biete ich ihnen zur Überbrückung einfach ein paar Schnäpse an.

»Sehr gut«, meint Gregor Blomberg. »Ich hatte gerade schon kurz die Sorge, meine Gäste müssten noch zwei Stunden draußen warten.«

Ich lache künstlich und verkrampft auf. »Nein, selbstverständlich nicht!«

Sollte das ein Witz sein? Er sieht nicht so aus, als hätte er einen machen wollen. Außerdem wäre es auch ein Wunder, wenn er zum Scherzen aufgelegt wäre.

»Und das mit den weiteren Personen geht auch in Ordnung?«, will er wissen.

»Welche Personen?«

Für den Bruchteil einer Sekunde huscht nun doch etwas über sein Gesicht, das ich fast für ein Lächeln halten könnte. »Ich vergaß, Sie waren ja eben mit Ihrem Kopf woanders und haben mir nicht zugehört.« Das Lächeln verschwindet so schnell, wie es gekommen ist, und er wirkt wieder so betrübt wie anfangs. »Also, was ich Sie eben gefragt habe, war, ob es in Ordnung ist, wenn wir etwa zehn Leute mehr sind. Es sind spontan noch ein paar dazugekommen, und ich wusste nicht, ob …«

»Oh, äh, ja, natürlich«, falle ich ihm im vorauseilenden Gehorsam ins Wort. »Wir haben noch weitere Tische und Stühle im Lager, das kriegen wir hin!« Dass das Café schon mit sechzig Gästen so proppenvoll ist, dass jeder Brandschutzbeauftragte Schnappatmung bekommen würde, behalte ich für mich. Ich will dem armen Witwer nicht noch mehr Kummer bereiten, als er eh schon hat. Und zehn Leute mehr sind außerdem gut fürs Geschäft. Sofort schäme ich mich für meinen zweiten Gedanken. Ein so furchtbarer Anlass – und ich denke ans Geld! »Ich hole gleich noch ein paar Tische und Stühle.«

»Gut, dann gehe ich mal zu meiner Schwester, die sich gerade noch um die Kinder kümmert«, erklärt er und wirkt dennoch unschlüssig. Nun ist es an ihm, sich lautstark zu räuspern, dabei hat seine Stimme im Gegensatz zu meiner nicht im Geringsten gekrächzt. Er fährt sich mit einer Hand durch die grau melierten Haare, wirft erneut einen Blick auf seine Armbanduhr und sieht dann wieder mich an. »Gut, Frau …«

»Sievers«, beantworte ich seine unausgesprochene Frage.

»Ja, richtig, Frau Sievers.«

»Wieso richtig?«, rutscht es mir heraus, ehe ich es verhindern kann.

»Wie meinen Sie das?«

»Ist egal«, antworte ich schon wieder verlegen.

»Sagen Sie ruhig!«

»Nein, nein«, bringe ich stammelnd hervor. »Damit meine ich gar nichts.«

»Glaube ich Ihnen nicht.« Täusche ich mich? Oder zucken seine Mundwinkel tatsächlich ein kleines bisschen?

»Ich habe mich nur gewundert, woher Sie meinen Nachnamen kennen«, gebe ich schließlich zu.

»Der steht unter Ihrem Foto auf der Homepage des Cafés.«

»Ach so.« Ich komme mir unglaublich dämlich vor, natürlich hat er sich die Seite vom Coffee & Cream im Netz angeschaut, bevor er bei uns für die Beerdigungsfeier seiner Frau reserviert hat.

»Gut«, sagt Gregor Blomberg und blickt erneut auf seine Armbanduhr. »Die Gäste müssten auch jeden Moment eintreffen, ich bin nur schon vorausgefahren, um das mit der größeren Personenzahl zu klären.« Er schaut mich fragend an. »Soll ich Ihnen kurz beim Tragen der Möbel helfen?«

»Nein, das ist nicht nötig«, lehne ich ab. »Das mache ich mit meinen Mitarbeitern.« Die hoffentlich einsatzbereit hinten in der Küche sind, schiebe ich in Gedanken hinterher.

»Sind Sie sicher?«, hakt er nach. »Ich will Ihnen da keine Umstände …«

»Ganz sicher!«, unterbreche ich ihn. »Wäre ja noch schöner, wenn wir unsere Gäste Tische und Stühle schleppen lassen würden!« Ich lache auf, was selbst in meinen eigenen Ohren grauenvoll gönnerhaft und auch absolut unpassend klingt. »Suchen Sie sich doch einfach schon einen Platz aus«, füge ich eilig hinzu, »wir kümmern uns um alles.«

»Danke.« Er sieht sich um, lässt seinen Blick langsam über die sieben langen Tafeln und die fünf Vierertische wandern, die Emil, Summer und ich heute Morgen zusammengeschoben und eingedeckt haben. Scheinbar ist er unentschieden, wo er sich hinsetzen soll. Oder, auch das ist eine Möglichkeit, er fragt sich gerade, wie ich hier zehn weitere Plätze unterbringen will. Allerdings habe ich das im Kopf bereits überschlagen: An die Stirnseiten der Tafeln passen insgesamt noch sieben Stühle. Rechts neben den Eingang kann ich noch einen Vierertisch stellen und habe sogar noch einen Platz in Reserve. Wäre es Sommer, könnten wir zusätzlich unseren kleinen Innenhof nutzen, aber an einem grauen Oktobertag ist das natürlich nicht möglich.

»Vielleicht nehmen Sie den hier«, schlage ich vor, da Gregor Blomberg keine Anstalten macht, sich irgendwohin zu setzen oder auch nur seinen Mantel auszuziehen, und deute auf den langen Tisch direkt vor der Theke. »Von hier aus haben Sie den gesamten Raum gut im Blick und werden auch von allen Gästen gesehen.« Noch immer bewegt er sich nicht, was mich zu einem ermunternden: »Fühlen Sie sich ganz wie zu Hause!« veranlasst. *Wie zu Hause*, autsch!

Er runzelt die Stirn, nickt mir zu – oder vielleicht ist es auch ein Kopfschütteln –, wendet sich von mir ab und geht Richtung Ausgang. Einen Moment später hat er das Café verlassen, und ich meine, ihn noch ein leises »Ganz großartig!« murmeln gehört zu haben.

Ratlos schaue ich ihm nach, beobachte durch das große Schaufenster, wie er die Straße überquert, so eilig, dass die Schöße seines langen Mantels fliegen. Dann verschwindet er um die Ecke. Habe ich etwas so Falsches gesagt, dass Gregor Blomberg gleich die Flucht ergreifen muss? Na gut, dass er sich »wie zu Hause« fühlen soll, war vielleicht nicht sonderlich sensibel. Aber das sagt man halt so, oder nicht?

Mit schnellen Schritten folge ich ihm, durchquere den Laden und bin schon halb aus der Tür, um ihm hinterherzurufen, als ich ihn wieder auf das Café zukommen sehe. Er hat einen kleinen Jungen auf dem Arm, an seine linke Hand klammert sich ein Mädchen. Beide sind wie er komplett in Schwarz gekleidet, und der blonde Pferdeschwanz des Mädchens hüpft unpassend fröhlich hin und her. Dafür lässt der Stoffhase, den sie an ihre Brust presst, seine langen Ohren hängen, und auch die große schlanke Frau, die den dreien folgt, und bei der es sich dann wohl um seine Schwester handelt, hat ihren Kopf so tief nach unten gesenkt, dass ich von hier aus lediglich die Krempe ihres schwarzen Huts ausmachen kann.

Hektisch trete ich von der Tür zurück und eile Richtung Küche. Zum einen muss schnell alles fertig werden, zum anderen will ich mich kurz ein bisschen sammeln, bevor ich den nächsten Fauxpas begehe. Ganz großartig, wiederhole ich stumm Gregor Blombergs letzte Worte. Nicht nur, dass ich bis hierher einen total konfusen Auftritt hingelegt habe – ich habe dem frischgebackenen Witwer und offenbar Vater von zwei Kindern auch noch einen Platz empfohlen, an dem er und seine Familie zum Mittelpunkt dieser unfreiwilligen Gesellschaft werden würden.

Allein bei dem Gedanken, welchen ersten Eindruck ich auf diesen armen Mann gemacht habe, schießt mir erneut die Röte ins Gesicht. Vermutlich kann ich von Glück reden, dass er nur seine Kinder geholt und nicht tatsächlich gleich das Weite gesucht hat. Der restliche Nachmittag sollte absolut reibungslos verlaufen, und ich hoffe inständig, dass Summer und Emil zugegen und einsatzbereit sind. Wenn nicht, muss ich sie schleunigst über Handy zusammentrommeln.

»Ein echter Hottie, oder?« Ich zucke erschrocken zusammen, als mir von rechts die Stimme meiner Nichte ins Ohr trompetet, kaum, dass ich die Schwingtür zur Küche aufgestoßen habe. »Der wäre doch was für dich!«, stellt sie fest und grinst mich dabei so fröhlich an, dass ich fast glauben könnte, sie meint das ernst. »Und über seine weibliche Begleitung musst du dir keine Gedanken machen. Seine Frau kann's ja schließlich nicht sein.« Sie knufft mir mit einer Faust gegen die Schulter, als hätte sie gerade einen unheimlich guten Witz gerissen. Ich selbst bin für den Bruchteil einer Sekunde versucht, auf dem Absatz kehrtzumachen und Gregor Blomberg eine andere Lokalität zu empfehlen.

Kapitel 2

Unauffällig wische ich mir mit dem Handrücken die kleinen Schweißperlen von der Stirn. Jede einzelne davon habe ich mir schwer erarbeitet, immerhin ist es mir gelungen, was ich vor knapp einer Viertelstunde noch für schier unmöglich gehalten hätte. Die zehn zusätzlichen Gäste haben allesamt eine Sitzgelegenheit gefunden, und zwar ganz genauso, wie ich es mir gedanklich vorgestellt hatte.

Auf sämtlichen Tischen befinden sich Kaffee, Tee und natürlich diverse Erfrischungsgetränke. Der Kirschstreusel, der gedeckte Apfelkuchen und der Bienenstich sind in kleine Teilchen geschnitten und liegen verzehrbereit auf ovalen Platten. Schmackhaft duftende Gulaschsuppe und Minestrone warten darauf, in die selbstverständlich ebenfalls für die Gäste bereitgestellten Suppenterrinen gefüllt und von ihnen verspeist zu werden. Alles ist perfekt, ich kann es selbst kaum fassen.

»Puh, das war echtes Teamwork«, sagt Summer neben mir, die mich tatkräftig unterstützt hat. »Respekt, Tantchen, wie cool du geblieben bist und mit was für einem Überblick du das hier alles gemanagt hast.« Sie klopft mir lobend auf die Schulter, genau in dem Moment, als mein Auftraggeber kurz aufschaut und mir mit dem Anflug eines Lächelns zunickt.

»Sieht McSexy wohl genauso wie ich.«

»Summer«, zische ich ihr vorwurfsvoll zu. »Wie redest du denn über einen Mann, der gerade seine Frau beerdigt hat und nun ganz allein mit zwei Kleinkindern dasteht.«

»Du, also, ich schätze mal, allzu lang wird der sicher nicht allein mit seinen beiden Zwergen bleiben«, fährt Summer ungerührt meiner Kritik an ihr fort. »Wenn du einige der Damen hier mal genauer beobachtest, wie die den schnuckeligen Witwer anschmachten, garantiere ich dir, der ist die längste Zeit traurig und vor allem solo gewesen. Wobei ich schon sagen muss, dass es echt widerlich ist, wie die Hyänen sich um ihr Opfer scharen und darauf hoffen, sich schön ins gemachte Nest setzen zu können.«

Auch diese Aussage meiner Nichte finde ich ausgesprochen respektlos, doch ich verkneife mir eine weitere Rüge, weil es bei Summer eh auf taube Ohren trifft – und sie leider mit ihrer Beobachtung recht hat, einige der anwesenden Damen sind schon sehr auffällig um Gregor Blomberg bemüht. Was ich jedoch niemals laut aussprechen würde, geht Summer schnell über die Lippen. Sie ist nun mal jemand, der aus seinem Herzen keine Mördergrube macht, und eigentlich schätze ich das auch sehr an ihr. Nur jetzt, keine Ahnung warum, nervt mich die Art, wie sie über den verwitweten Mann spricht. Als wäre er kein Mensch mit Gefühlen, sondern einfach nur ein Objekt der … der Begierde.

In den nächsten eineinhalb Stunden bemühe ich mich weiter darum, den von mir hingelegten Fehlstart durch erstklassigen Service auszubügeln. Ich habe ein Dauerlächeln aufgelegt und eile elfengleich zwischen den zugegeben extrem dicht beieinanderstehenden Tischen und Stühlen hin und her. Kein Wunsch meiner Gäste bleibt unerhört, kein mich suchender Blick unerwidert, ich bin die fleischgewordene Perfektion in Gastfreundlichkeit und Service. Jawoll, das kann ich mit Fug und Recht von mir behaupten.

Und weil das so ist, komme ich nicht umhin, ähnliche Beobachtungen wie meine vorlaute Nichte Summer zu machen.

Unter den Gästen befinden sich eine sehr schlanke Brünette und eine etwas kompaktere Honigblondine, die keinen Zweifel daran bestehen lassen, dass sie nichts lieber täten, als den armen Witwer tröstend an ihre bebenden Busen zu pressen. Einmal etwas von dem Nektar ihrer Zuneigung, Wärme und aufopferungsvollen Hingabe gekostet, so würde es dem gramgebeugten Witwer sicherlich schwerfallen, sich der Rundumsorge einer der hochinteressierten Frauen zu entziehen. Ich schätze, der arme Mann könnte kaum bis zehn zählen und hätte schon einen neuen Ehering am Finger stecken.

Ihh, was für gehässige Gedanken. Ich kann mich nur über mich selbst wundern … zumal mich das Ganze eh nichts angeht. Sollen die Hyänen sich doch auf ihr geschwächtes Opfer stürzen. Gregor Blomberg ist bestimmt erfahren und alt genug, sich zu wehren, wenn ihm das Anbiedern der einen oder anderen Dame zu viel wird.

Was ich jedoch unerträglich finde, ja, was meinen Pulsschlag regelrecht in die Höhe schnellen lässt, ist, wie die beiden Grazien die Kinder des Witwers umgarnen. Das Ganze scheinen beide von langer Hand geplant zu haben, denn sie übertreffen sich darin, die verschüchterten Kinder mit Geschenken zu überhäufen, und schwirren jede Sekunde um die Kleinen herum. Doch wer Augen im Kopf hat, der sieht sofort, dass der Junge und seine vielleicht zwei Jahre ältere Schwester sich alles andere als wohlfühlen, wenn die Frauen um sie herumscharwenzeln. Getätschelt, geherzt, getröstet, überbeschenkt. Total verständlich, finde ich, denn sie haben vor ein paar Tagen ihre Mama verloren, die sie über alles liebten. Ich bin keine Mutter, leider hat sich das nie ergeben, was ich wirklich bedauere. Aber um zu erkennen, wie bedrängt die beiden Kinder sich von den zweifelhaften Offerten der zwei Rivalinnen um den Papa vorkommen, dafür muss ich keine eigenen Kinder haben. Das liegt klar auf der Hand.

Nur zu gern möchte ich zu Gregor Blomberg gehen und ihm sagen, dass er doch bitte mal seine Kinder aus der Schusslinie seiner Verehrerinnen bringen möge. Aber das steht mir natürlich nicht zu. Außerdem sitzen genug andere Leute mit ihnen dort am Tisch, denen doch langsam auch mal auffallen sollte, wie überfordert der Junge und das Mädchen damit sind.

»Boah, ich kann mich nur wiederholen, es ist einfach nur widerlich, wie sich die Hyänen um ihr Opfer scharen und darauf hoffen, sich schön ins gemachte Nest setzen zu können«, flüstert mir Summer hinter vorgehaltener Hand zu.

Ich nicke, als sich auf einmal Gregor Blomberg von seinem Platz erhebt und an den Nachbartisch zu einem älteren Mann läuft, okay, hindurchquetscht trifft es bei dem beengten Raum zwischen den Tischreihen womöglich besser. Seine Tochter scheint wohl ihre Chance erkannt zu haben, den Hyänen zu entkommen, die ihr Opfer mit schmachtenden Blicken verfolgen. Das Mädchen springt auf, greift nach der Hand ihres Bruders und zieht ihn mit sich vom Tisch weg. Zunächst sieht es so aus, als wollten die beiden auf die Straße rennen, doch dann wendet sich die Kleine um und eilt durch die Tür in den kleinen Innenhof. Schnell beschließe ich, den Geschwistern zu folgen.

»Bekommst du das hier einen Augenblick allein hin?«, frage ich Summer.

»Logo, sind ja alle recht genügsam. Bis auf die Hyänen, die eine wollte gerade ein Glas Champagner bestellen, die andere hat nach unserer Cocktailkarte gefragt.«

Ich kann es nicht glauben, als würde es was zu feiern geben. Die Frauen verfügen wirklich weder über Anstand noch Empathie, sie sind einfach nur zum Fremdschämen.

Die Kinder sitzen wie zwei kleine Häufchen Elend im hintersten Winkel des Innenhofes. Kaum dass sie mich bemerken, zucken sie fast ein wenig ängstlich zusammen. Der kleine Junge hat sich in die Arme seiner Schwester geschmiegt und weint herzzerreißend. Aber auch seine Schwester hat sichtbar mit den Tränen zu kämpfen. Aus einem Impuls heraus gehe ich vor den Geschwistern in die Hocke und lege beruhigend meine Hände auf ihre bebenden Rücken.

»Hier seid ihr sicher«, sage ich leise zu ihnen. Schon möglich, dass so eine Aussage vollkommen übertrieben ist, in echter Gefahr waren die Kinder nun wieder auch nicht. Doch sie scheinen zu verstehen, was ich ihnen damit sagen will, und nicken, während sie mich mit großen, tränenverhangenen Augen anschauen.

Eine Weile sitzen wir einfach nur so da, meine Hände ruhen auf ihren schmalen Rücken, die Kinder weinen leise vor sich hin. Ich könnte etwas sagen, irgendwelche tröstenden Worte für sie finden. Dass ihre Mama nicht weg ist, nur eben woanders oder was man in solchen Situationen zu Kindern ihres Alters sagt. Ich könnte auch was vom Himmel erzählen und der Wolke, auf der ihre Mama sitzt und über sie wacht, egal, wo sie sind, egal, zu welcher Zeit. Aber irgendwie spüre ich, dass hier keine Worte nötig sind, denn wenn die beiden von etwas heute schon mehr als genug bekommen haben, dann sind das irgendwelche trostspendenden Floskeln.

Irgendwann sind die Tränen der Geschwister getrocknet. »Danke schön«, flüstert mir das Mädchen zu.

Ich lächele. »Alles gut, du musst dich nicht bedanken.«

»Mama sagt, wir sollen immer Danke sagen«, gibt sie fast ein wenig trotzig zurück.

»Ja, natürlich. Da hat deine Mama absolut recht«, räume ich schnell ein, denn die Augen des Mädchens fangen schon wieder an, verdächtig zu glänzen.

»Wir müssen wieder reingehen«, meint sie zu ihrem Bruder und hört sich dabei an, als müsste sie in eine große Schlacht ziehen. »Papa macht sich sonst Sorgen.«

Ich nicke. Ich muss nämlich so allmählich auch wieder zurück ins Café. Ewig kann ich Summer nicht mit meinen Gästen allein lassen. Doch irgendwie mag ich die beiden so auch noch nicht gehen lassen – zurück auf ihre Plätze – in die Fänge der Brünetten und der Honigblondine, die sie wieder tätscheln und herzen werden, obwohl es den Kindern sichtbar zuwider ist.

»Wenn ihr noch einen Moment Zeit habt, dann laufe ich ganz schnell hoch in meine Wohnung und stelle euch zwei vor«, platzt es spontan aus mir heraus.

»Sollen wir mitkommen?«, fragt das Mädchen mit einem Hauch von Misstrauen in der Stimme. Sicher hat ihre Mama ihnen eingebläut, dass sie auf gar keinen Fall mit Fremden, ob männlich oder weiblich, mitgehen dürften und erst recht nicht in deren Wohnungen.

Ich beeile mich zu verneinen. »Ihr könnt hier unten auf mich warten. Ich bringe diejenigen, die ihr unbedingt kennenlernen solltet, hierher.«

»Gut«, sagt erneut das Mädchen und ich flitze los. Idealerweise befindet sich meine 3-Zimmer-Wohnung direkt über meinem Café. Das ist wirklich praktisch, weil ich somit keinen Arbeitsweg habe und auch mal auf Socken runterlaufen kann, wenn ich mir nicht sicher bin, ob ich das Licht, den Herd oder sonst was ausgestellt habe – etwas, das leider ziemlich häufig vorkommt. Andererseits hat man dadurch immer die Arbeit vor Augen, was echt nervig sein kann, weil so das Abschalten schwerfällt. Aber in diesem Moment überwiegen mal wieder die Vorteile. Sonst könnte ich nicht hochlaufen und Flips und Flops hinunterholen, die die Geschwister bestimmt für eine Weile von ihrem Kummer ablenken werden können.

»Oh, Kaninchen«, rufen die Kinder auch direkt, als sie erkennen, was ich da auf meinem Arm hocken habe.

»Darf ich vorstellen, das sind Flips und Flops. Die beiden sind übrigens auch Geschwister.« Okay, okay, das war eine glatte Lüge. Flips habe ich vor knapp einem Jahr von meinem Bruder Joachim zum Geburtstag geschenkt bekommen. »Dann hast du auch mal was zum Liebhaben« – schönen Dank, Bruderherz, dass du keine Gelegenheit ungenutzt lässt, mich an mein erneutes Singledasein zu erinnern. Dabei meint er es bestimmt nicht böse, eher … äh … motivierend. *Komm mal in die Hufe, Schwesterherz, und fall vor allem nicht immer auf den Falschen herein. Du bist weder hässlich noch blöd, da muss sich doch mal endlich einer finden, der sich nicht als Volltrottel entpuppt* – ja, ja, mein Bruder hat seine ganz eigene Art und Weise, mir seine Zuneigung zu zeigen.

Flops habe ich zwei Monate später in einer Zoohandlung dazugekauft. Flips erschien mir etwas einsam in seinem großen Gehege (das Joachim mir ebenfalls geschenkt hat und das ungefähr die Hälfte meines Wohnzimmers einnimmt).

Von daher ist es recht unwahrscheinlich, dass die beiden Brüder sind.

»Dürfen wir sie streicheln?«, fragte dieses Mal tatsächlich der kleine Junge, der bisher keinen Ton von sich gegeben hat. Doch nun beginnt er regelrecht aufzublühen. Meine Idee war also alles andere als dumm.

»Natürlich. Und wenn ihr mögt, dann könnt ihr sie auch auf den Arm nehmen.«

»Wirklich?«, rufen die beiden. Vorfreudig klatscht das Mädchen in die Hände, während ihr Bruder einfach nur selig lächelnd dasitzt und darauf wartet, dass ich ihm Flips gebe. Flops landet auf dem Schoß seiner Schwester und dann wird geherzt und gekuschelt, gestreichelt und gedrückt. Es ist zu schön, zu beobachten, wie die Kinder für einen Moment lang ihre Traurigkeit vergessen haben und einfach nur verzückt von meinen beiden Fellnasen sind.

Auf einmal habe ich das Gefühl, beobachtet zu werden, und wende mich zur Seite um. Tatsächlich, Gregor Blomberg steht, die Stirn gerunzelt, in der Tür zum Café. Herrje, so wie der guckt, hält der mich nun endgültig für absolut unfähig und unter

Garantie auch für reichlich übergriffig. Ich klappe den Mund auf, um ihm die Situation zu erklären, da kommt er auf mich zu. Zaghaft lächelnd streckt er die Hand nach mir aus, berührt mich sacht am Unterarm. »Danke«, sagt er dann.

Für den Bruchteil einer Sekunde sehen wir uns an, eine seltsame vertraute Atmosphäre herrscht zwischen uns, die ich mir einfach nicht erklären kann. Doch bevor das Ganze noch eigenartiger werden kann, ruft Summer durch die offene Tür hinaus, dass sie eine neue Platte Streuselkuchen bräuchte.

»Äh ... okay, Sie ... Sie haben ja gehört, ich werde im Café gebraucht«, stammele ich verwirrt und will zurück an die Arbeit gehen.

»Und die Kaninchen?«, fragt Gregor Blomberg. »Wo ist der Käfig?«

Ich schlucke. Natürlich oben in der Wohnung. Aber Summer braucht mich im Café und irgendwie bringe ich es nicht übers Herz, den beiden kleinen Kindern die Fellnasen so abrupt zu entreißen.

»Ihre Tochter und Ihr Sohn können gern noch ein bisschen mit Flips und Flops kuscheln und spielen, wenn Ihnen das recht ist, Herr Blomberg?«

Gregor Blomberg schaut zu seinen Kindern, die begeistert nicken.

»Bitte, Papi«, fleht der Kleine.

»Ich bin gleich zurück und nehme sie Ihren Kindern dann ab«, erkläre ich.

»In Ordnung. Ich wollte zwar gerade mit den beiden aufbrechen, aber ein paar Minuten Zeit haben wir schon noch«, stimmt Gregor Blomberg schließlich zu. »Sind Sie dann bitte auch so freundlich und machen mir die Rechnung fertig?«

Ich nicke und verschwinde endgültig im Café.

Gut zwei Stunden später ist mein Café menschenleer und tipptopp aufgeräumt. Flips und Flops befinden sich wieder in ihrem Käfig oben in meiner Wohnung und Summer ist im Begriff, aufzubrechen.

»Ist am Ende doch noch alles glattgelaufen. Und ein fettes Trinkgeld hat es obendrein auch gegeben«, meint meine Nichte freudig, der ich den größten Teil des Geldes in ihren Umschlag zu ihrem normalen Lohn getan habe.

»Ja, zum Glück«, murmele ich und will meine Nichte, wie es bei uns üblich ist, zum Abschied flüchtig umarmen. Doch sie zieht mich etwas fester als üblich an sich. »Ich habe dich übrigens im Innenhof mit den Kindern gesehen«, raunt sie mir ins Ohr. »Du bist toll mit denen umgegangen! Hast genau gewusst, was die beiden in diesem Moment gebraucht haben, ohne sie zu nerven, wie zum Beispiel die beiden Hyänen. Echt zu schade, dass du keine eigenen Kinder hast.«

Tja, da kann ich ihr nur zustimmen. Echt zu schade. Aber so ist es eben.

23. Oktober 1991

Liebes Tagebuch!

Entschuldige bitte, dass ich mich seit meinem letzten (und ersten) Eintrag so lange nicht mehr »gemeldet« habe, aber es ist einfach nix wirklich Spannendes passiert. Und was ich dir jetzt anvertraue, ist auch nicht toootal aufregend … also zumindest nicht topaktuell. Was daran liegt, dass es um die Zukunft geht. Kannst du mir noch folgen? Logooo, bist ja immerhin MEIN Tagebuch ☺

Also, Frau Kauert war krank und deshalb hatten wir Vertretung bei Herrn Otto in Sozialkunde. Der ist erst seit Kurzem an der Schule und unterrichtet eigentlich nur in der Oberstufe.

Ich fand den sofort nett, auch wenn Lisa meinte, der hätte voll die altmodischen Klamotten an. Sah ich zwar nicht so, doch Lisa hat manchmal sowieso komische Ansichten. Egal, darum geht es jetzt nicht, sondern um das »Experiment«, das Herr Otto mit uns in der Vertretungsstunde gemacht hat.

Der hat doch tatsächlich 'ne Kiste mit leeren Glasflaschen dabeigehabt, die er an uns verteilt hat. Frank hat rumgeblökt, was er denn mit 'ner leeren Pulle machen soll, er hätte lieber 'ne volle. Haha! Was für'n Scherzkeks.

»Das sind Zeitkapseln«, hat der Otto erklärt. »Schreibt auf ein Blatt Papier, wie euer Leben in dreißig Jahren aussehen soll. Danach kommt die Seite zusammengerollt in die Flasche, Korken drauf, fertig.«

Okay, ich musste echt nicht lange nachdenken, und habe sofort mit dem Schreiben angefangen: In dreißig Jahren bin ich 44 Jahre alt und glücklich verheiratet (uhhh, natürlich mit Rafi, der dann 46 ist) und Mutter von zwei oder drei Kindern. Aber natürlich bin ich nicht »nur« Hausfrau und Mutter, sondern Kinderärztin mit eigener Praxis.

Wow, und während ich so im Klassenzimmer gesessen und mir alles noch mal durchgelesen habe, da konnte ich es kaum erwarten, dass es endlich so weit ist. Ich hoffe echt, dass alles so kommt, wie ich es auf den Zettel geschrieben habe. Doch andrerseits, was spricht schon dagegen? Ich bin da tooootal zuversichtlich.

Bis ganz bald.

Deine Maxi ❤

PS: Wird etwas wahr, wenn man nur fest daran glaubt?

Kapitel 3

Am nächsten Morgen fällt es mir unendlich schwer, in Gang zu kommen. Ich bin heilfroh, dass Summer meine Frühschicht im Café übernommen hat, damit ich in die Metro fahren kann. So war es zumindest geplant! Doch nun komme ich einfach nicht in die Hufe, schleppe mich vom Badezimmer an den Küchentisch, wo ich ungesüßten Fencheltee trinke und appetitlos an einer Scheibe trockenem Toast herumknabbere. Irgendwie fehlt mir der Elan. Vielleicht werde ich auch krank, brüte eine Erkältung oder sogar richtige Grippe aus?

Mein Vorhaben mit der Metro kommt mir schier unmöglich vor, ein Vorhaben, zu dem ich mich heute Morgen schlichtweg außerstande fühle.

Ich könnte mich einfach wieder ins Bett legen und erst gegen Mittag runter ins Café gehen, um Summer abzulösen. Ein wirklich verlockender Gedanke. Dummerweise brauche ich aber dringend Zucker, portionierte Kaffeesahne, Servietten und noch ein paar lebensnotwendige Dinge fürs Café, die mir aufgrund der gestrigen gästereichen Veranstaltung komplett ausgegangen sind.

Also schleppe ich mich erneut ins Bad, spritze mir eiskaltes Wasser ins Gesicht, kämme mir die Haare, um sie anschließend zu einem schlichten Zopf zusammenzufassen, und creme mir das

Gesicht mit einer leicht getönten Tagescreme ein. Für weiteres Make-up fehlt mir einfach die Motivation. Außerdem, wer soll mir im Großmarkt schon Tolles begegnen, für den es sich lohnt, sich großartig in Schale zu werfen?

Ich schlüpfe in eine leicht abgewetzte Bluejeans und eine schlichte hellblaue Hemdbluse, ziehe mir meine wattierte dunkelblaue Steppjacke über und gleichfarbige flache Stiefeletten an. Kaum habe ich die Haustür hinter mir zugezogen, überkommt mich eine neuerliche Woge bleierner Antriebslosigkeit, wie ich sie mir wirklich nicht erklären kann. Mit den Fingerspitzen betaste ich meine Stirn. So matt und kraftlos, wie ich mich fühle, bin ich mir sicher, dass sie glühend heiß sein muss. Doch das Gegenteil ist der Fall, und auch mein Pulsschlag befindet sich im absoluten Normalbereich.

»Was ist mit dir los?«, frage ich mich selbst, während ich mich auf die Treppenstufen konzentriere, die ich angestrengt herunterschlurfe.

Als ich am Café vorbeikomme und durch das seitliche Fenster einen Blick ins Innere erhasche, sehe ich Summer, die sich gerade mit Alfred, unserem Neun-Uhr-Morgenkaffee-Stammkunden, unterhält. Augenblicklich weiß ich, was mir so schwer in die Knochen gefahren ist, mich richtiggehend lähmt, sodass ich mich krank und antriebslos fühle, ihr mitleidiges »Echt zu schade, dass du keine eigenen Kinder hast«. Sie hat damit, ohne böse Absicht natürlich, da bin ich mir ganz sicher, einen wunden Punkt bei mir getroffen, den ich meistens sehr gut überdecken kann. Doch hin und wieder, weiß der Teufel warum, vielleicht weil der Mond oder die Sonne ungünstig stehen oder die Wolken zu schnell vorbeiziehen, überkommt mich dieser wahnsinnige Frust, was meine geplatzten Lebensträume betrifft. Einen netten Ehemann, zwei entzückende Kinder und ein schönes Haus am Stadtrand. O ja, so habe ich mir mein ganz und gar wunderbares Leben vorgestellt.

Daraus geworden ist leider nichts, weder kann ich auf eine großartige Karriere verweisen noch darauf, Teil einer entzückenden Familie zu sein. Das mit dem nervigen Numerus clausus hat mir damals einen gehörigen Strich durch mein anvisiertes Medizinstudium gemacht, und auch direkt meine Motivation erstickt, irgendwas anderes zu studieren oder einfach auf ein, zwei, drei … Wartesemester zu setzen. Wobei, bei einem NC von 2,9 hätte ich womöglich heute noch darauf gewartet, von irgendeiner Uni angenommen zu werden. Letztendlich habe ich mich für eine Ausbildung zur Bürokauffrau entschieden, weil man bekanntlich mit einem kaufmännischen Beruf überall einen Fuß in die Tür bekommen kann. Doch dazu muss man das, was man da macht, auch wirklich gern tun, was bei mir einfach nicht der Fall war. Also habe ich mich von Job zu Job gehangelt und dann irgendwann die Chance erhalten, mein damaliges Stammcafé von meinem jetzigen Teilzeitkoch übernehmen zu können, da er in den Ruhestand gehen wollte.

Ich liebe mein Café, o ja, ich bin, was das Berufliche betrifft, inzwischen einigermaßen mit meinem Schicksal versöhnt. Was ich im privaten Bereich leider nicht behaupten kann, denn mir ist es bisher einfach nicht gelungen, einen Mann zu finden, der zu mir passt und den Weg gemeinsam mit mir gehen will – zumindest auf längere Sicht. Affären und Co sind davon ausgeschlossen, darüber kann ich mich nicht beklagen. Aber irgendwann war bei mir der Punkt erreicht, wo ich eben mehr wollte, nämlich einen Mann, mit dem ich endlich meine Traumfamilie gründen kann. In Thomas glaubte ich sechs lange Jahre diesen auch gefunden zu haben. Ich habe mich von ihm hinhalten lassen, was das Kinderkriegen und Heiraten betrifft. »Schatz, wir haben doch noch so viel Zeit«, lautete sein Standardspruch, wenn ich ihn auf das eine oder das andere angesprochen habe. Am Ende ist mir die Zeit dann einfach davongerannt, und Thomas hat mich kurz vor meinem zweiundvierzigsten Geburtstag wegen einer anderen – Achtung, Klischee! – jüngeren Frau sitzen lassen.

Das Leben ist nun mal kein Wunschkonzert, sonst hätte ich mir unter Garantie ein paar ganz andere Songs ausgesucht.

Im Großen und Ganzen habe ich mich mit dem, so wie es gekommen ist, gut arrangiert … abgefunden. Nur eben hin und wieder, wenn ich eine glückliche Familie sehe oder mich, wie Summer gestern, jemand gut gemeint darauf anspricht, dass ich eine tolle Mutter geworden wäre, dann fühle ich mich so elend und auch irgendwie vom Leben enttäuscht, dass mir jegliche Kraft fehlt, um Tag für Tag für Tag so weiterzumachen.

Morgen ist es wieder besser, tröste ich mich selbst und schreite einigermaßen entschlossen voran. Morgen ist ein neuer T…

»Maxi? Hey, Maxi, du bist es ja wirklich!«

Liebes Universum, bitte tu mir das nicht an. Nicht heute. Nicht in dieser Verfassung – nein, egal wann, bitte niemals!

Langsam und absolut widerwillig hebe ich den Blick, der bis eben noch auf meine Schuhspitzen gerichtet war. Ich habe das für eine gute Idee gehalten, denn so neben der Spur, wie ich mich, seitdem ich die Augen geöffnet habe, durchgängig fühle, wäre mir absolut zuzutrauen gewesen, über meine eigenen Füße zu stolpern. Nun bin ich also tatsächlich gestolpert, und wenn mich mein akustischer Sinn nicht ganz und gar täuschen, dann ausgerechnet über meinen Ex Thomas.

»Hi«, bringe ich mühsam hervor. Mehr ist nicht drin. Nope!

O mein Gott, er sieht wie immer verboten gut aus, während ich quasi nackt bin. Also im Gesicht. Bitte, bitte ein ganz tiefes Loch und zwar auf der Stelle.

»Geht es dir gut?«, fragt er mit hörbar besorgter Stimme.

Mein Pulsschlag beschleunigt sich. Ist mein Ex tatsächlich um mich besorgt? Und … äh … was macht er eigentlich in meiner Straße? Kann es möglich sein, dass er nicht zufällig hier aufkreuzt, sondern das Ganze von langer Hand von ihm geplant ist? Weil

Thomas, der Mann, mit dem ich eigentlich in einem schnieken Einfamilienhaus mit Butzenscheiben und grüner Friesentür mein absolut geniales Happy-Family-Leben verbringen wollte, nämlich festgestellt hat, dass das letzte Jahr sein schlimmstes war? Weil er bemerkt hat, dass ihm etwas Entscheidendes fehlt – nämlich ich?

Ein feines, aber eindeutig zuversichtliches Lächeln schummelt sich in meine Mundwinkel. »Ja, alles bestens«, antworte ich. »Danke der Nachfrage.« Etwas förmlich, eindeutig. Aber ich finde, ganz so leicht sollte ich es ihm nicht machen. Immerhin hat er mich für eine andere Frau verlassen. Auch wenn er endlich kapiert hat, dass es mit den beiden niemals klappen wird, was ich damals schon wusste, bedeutet das nicht automatisch, dass ich ihn mit offenen Armen zurücknehme.

Wenn ich mich an Churchill halte, der da sagte: Wenn du durch die Hölle gehst, geh weiter! – ist es wenig ratsam, den Weg wieder zurückzulaufen. Die Hölle habe ich dank Thomas bereits durchschritten und im Großen und Ganzen hinter mir gelassen. Doch dieser Triumph geht mir in diesem Augenblick runter wie Öl. Ich gebe es zu, das ist Balsam für meine geschundene Seele. All das Unwohlsein, mein geschwächter Zustand von ungefähr noch drei Sekunden zuvor ist wie weggefegt. Ich fühle mich blendend. Yes! Maxi is back!

»Und bei dir so?«, erkundige ich mich lässig.

Geräuschvoll atmet Thomas aus. Aha, er leidet, er ringt um die richtigen Worte … herrlich.

»Ich wollte es dir längst gesagt haben«, beginnt er herumzudrucksen. Jaja, lieber Ex, nicht so einfach, wenn man sich selbst eingestehen muss, wie sehr man sich doch getäuscht hat. »Dich anrufen. Aber am Telefon wäre ich mir feige vorgekommen, obwohl ich dir im Grunde genommen überhaupt keine Rechenschaft schuldig bin.«

Hallo? Höre ich da etwa leisen Trotz in seiner Stimme anklingen? Gedenkt mein Ex, der allem Anschein nach reumütig zu mir zurückgekrochen kommen will, mir noch so etwas wie Teilschuld an unserer Trennung vor knapp eineinhalb Jahren unterzujubeln? Damit er nicht ganz so schlecht dasteht oder sogar so an meinem schlechten Gewissen anknüpfen kann?

Ne, Freundchen, so wird das nichts.

»Wie auch immer, das mit uns ist ja längst Schnee von gestern. Wahrscheinlich habe ich mir sowieso viel zu viele Sorgen gemacht, wie du es wohl auffassen wirst, und jetzt komme ich mir direkt ein bisschen albern vor … ja, anmaßend.«

Wovon redet der? Irgendwie kann ich ihm nicht mehr ganz folgen. Unsere fast sechsjährige Beziehung, von der ich tatsächlich die meiste Zeit geglaubt hatte, sie wäre superharmonisch und überdurchschnittlich glücklich, als Schnee von gestern zu bezeichnen, ist keine so ganz wohlüberlegte Einleitung, wenn man wie er gewillt ist, von seiner Ex zurückgenommen zu werden.

Thomas streckt die Hand aus. Aber nicht nach mir – wäre mir ehrlich gesagt auch ein bisschen zu schnell gegangen. Zu siegessicher. Mein Blick folgt seiner Hand, die statt nach vorn zur Seite geglitten ist, wo sie sich samt dem dazugehörigen Arm um die schmalen Schultern einer jungen Frau mit hellblond glänzenden, langen Haaren schmiegt, die soeben von irgendwoher auf der Bildfläche aufgetaucht ist. Sein Zauberwesen. Ja, tatsächlich, so hat er mir damals von ihr erzählt, einem Zauberwesen, wegen dessen irdischer Existenz er mich sitzen lassen hat, und von der er sich nun eigentlich doch wieder getrennt hat … äh … STOPP! Ich kapiere gerade absolut überhaupt nichts mehr. Wenn er zu mir zurückwill, warum kreuzt er dann mit seiner Ex hier auf und besitzt auch noch die Frechheit, seinen Arm vor meinen Augen um ihre Schultern zu legen?

O du Hölle, in dieser Sekunde wird mir grausam bewusst, dass ich dich noch längst nicht bis zum Ende durchschritten habe. Denn mein Ex und das Zauberwesen sind nicht allein gekommen, sie haben noch jemanden bei sich. In einem Kinderwagen. Einem überaus geschmackvollen, ja, ganz so einen hätte ich mir auch gekauft, wenn ich …

»Na ja, ich bin auf jeden Fall sehr erleichtert, dass du dich inzwischen sichtbar gefangen hast. Im ersten Moment habe ich eben gedacht, dir ginge es noch immer nicht gut, weil du so, sorry, fertig aussiehst. Aber allem Anschein nach hast du wohl die Nacht durchgemacht und bist deshalb so groggy.« Er lacht auf. Ein Lachen voller Zärtlichkeit, Liebe und Stolz, falls mich meine etwas konfusen Sinne nicht komplett täuschen. »Wir wissen ja seit vier Monaten und acht Tagen auch, was es heißt, sich die Nächte um die Ohren zu schlagen. Allerdings nicht wie wahrscheinlich du letzte Nacht mit einer Party, sondern weil unsere kleine Prinzessin uns dauerhaft auf Trab hält und somit vom Schlafen ab.«

»Du … du, ich meine, ihr … ihr habt ein Ba…by?«, höre ich eine mir gänzlich unbekannte Stimme fassungslos krächzen. »Ihr seid E…eltern?«

Thomas lächelt nun so breit und mit seinem Zauberwesen im Einklang, dass es mir die Luft abschnürt. Gleichzeitig verpasst mir irgendeine hinterhältige Faust einen fiesen Schlag in die Magengrube, sodass ich schmerzlich getroffen einen Schritt zurücktaumele.

»Ja, Jasmin und ich sind Eltern. Was soll ich dir sagen, Maxi«, redet Thomas beschwingt und heiter weiter, »erst jetzt weiß ich, warum du dir so sehr Kinder gewünscht hast. Erst durch unsere kleine Benia habe ich das echte, das wahre, überschäumende Glück kennengelernt.«

»Hallo«, beschwert sich das Zauberwesen an seiner Seite. Der man übrigens null ansieht, dass sie vor Kurzem noch schwanger war, da sie gertenschlank, chic und wunderbar ist wie eh und je. »Soll das etwa heißen, mit mir allein warst du nicht glücklich, Honey?«

Thomas' Hand rutscht von ihrer Schulter, um sich auf ihre Wange zu legen. Liebevoll dreht er so ihr Gesicht zu sich und küsst sie auf ihre vollen Lippen. »Jede Sekunde mit dir, Liebes«, versichert er ihr dann. »Jede Sekunde bedeutet Glück für mich. Aber durch die Kleine hat es sich noch mal verdoppelt.«

Nun lacht sein Zauberwesen. Selbstverständlich zauberhaft. Mir ist logischerweise kein bisschen nach Lachen zumute. Mir ist schlecht, speiübel, um es ganz genau zu sagen. Ich nicke den beiden überglücklichen Eltern mit ihrem garantiert absolut feenhaften kleinen Babymädchen zu, schiebe mich einigermaßen aufrechthaltend an ihnen vorbei und schlurfe mit schweren Schritten davon.

»Maxi?«, ruft Thomas verwundert hinter mir her. »Was soll das denn? Ohne ein Wort einfach weiterzugehen, nicht gerade die feine Art ...«

Sein Zauberwesen sagt nun auch was. Allerdings zu ihm und ich bekomme nur noch Fetzen davon mit. Irgendwas davon, dass *Honey* mich mal besser in Ruhe lassen soll, dass es bestimmt nicht leicht für mich ist, die beiden als glückliche Eltern zu sehen, wo mir das aufgrund meines Alters ja wohl verwehrt bleiben wird.

Kapitel 4

»Hey, Tantchen«, werde ich gut gelaunt von Summer begrüßt. Sie späht über meine Schulter durch die Glastür des Cafés auf die Straße hinaus. »Wo hast du geparkt?«

»Nirgendwo«, murmele ich. »Ich habe es nicht zum Einkaufen geschafft.« Nachdem mich die beiden Turteltäubchen an ihrem Junge-Eltern-Glück teilhaben lassen haben, bin ich eine geraume Weile nur noch in der Lage gewesen, ziellos durch die Gegend zu laufen. An Kaffeesahne, Zucker, Servietten und Co habe ich dabei keinen Gedanken mehr verschwendet.

»Hä?«, macht Summer. »Kapiere ich nicht.« Doch dann blickt sie mir direkt ins Gesicht. »Ach du Kacke, wie scheiße siehst du denn aus?«, sagt sie in ihrer unvergleichlichen Summer-Art.

Nun ja, wie sie bereits festgestellt hat: scheiße. Eben genau so, wie ich mich auch fühle.

Je mehr inneres Sein, desto weniger äußeres Leben, fällt mir spontan dazu eine von Friedrich Fröbels Weisheiten ein.

»Bist du krank? Ich kann von mir aus auch den ganzen Tag bleiben«, bietet Summer sofort an. »Ich müsste mich zwar eigentlich auch mal wieder in der Uni blicken lassen, was sowieso sinnlos ist, weil ich eh keinen Bock auf dieses total überflüssige Studium habe und deshalb kann ich es auch gleich bleiben lassen.«

Ich hebe die Hand. »Danke, das ist nicht nötig. Zur Uni zu gehen hingegen schon.«

Summer winkt ab. »Wozu? Nur damit Paps glücklich ist?« Sie schüttelt den Kopf. »Ich werde mit ihm reden, ganz bald. Aber das spielt jetzt gerade sowieso keine Rolle. Ich mache mir Sorgen um dich.« Sie mustert mich misstrauisch. »Dir geht es nicht gut, da kannst du behaupten, was du willst.«

Erneut winke ich ab. »Quatsch. Ich verschwinde noch mal kurz hoch in meine Wohnung, hole mir eine Kopfschmerztablette und dann löse ich dich ab«, beschließe ich, während ich mich im Café umsehe. Lediglich drei von zwölf Tischen sind besetzt. Am Tresen sind sogar alle Hocker frei. »Ist es den ganzen Morgen über so ruhig gewesen?«

Summer nickt.

»Okay, dann kann ich Emil eigentlich auch Bescheid geben, dass er zu Hause bleiben kann. Das schaffe ich auch ohne ihn, zumal er gestern in der Küche echt Höchstleistungen vollbracht hat.«

»Du willst den Mittagstisch heute komplett allein bewältigen?« Summer ist wirklich baff. »Küche und Service? So scheiße wie du aussiehst … Ich meine, so erschöpft und kränklich.«

»Danke, liebste Nichte, charmant wie immer«, gebe ich zurück. Nicht beleidigt oder gar verletzt, um Himmels willen, dafür kenne ich Summers flapsigen Slang zu gut, als dass ich mich darüber aufregen könnte.

»Na ja, eigentlich macht er viel mehr Stunden, als je geplant war. Er hat das Café an mich verkauft, weil er endlich seinen Ruhestand genießen möchte. Wenn er jetzt aber jeden Tag in der Küche steht, dann kann davon keine Rede mehr sein. Viel treffender wäre da wohl Unruhestand und …«

»Blödsinn! Emil freut sich, dass er noch gebraucht wird«, unterbricht Summer mich. »Hat er erst wieder zu mir gesagt. Von wegen, dass er echt Angst hatte, in ein tiefes Loch zu fallen, als er den Laden an dich abgegeben hat. Emil ist happy, dass du ihn zur Mittagszeit und für größere Veranstaltungen noch beschäftigst. So ist es und nicht anders.«

Summer hat wahrscheinlich recht. Sicherlich. Aber heute mag ich einfach niemanden um mich haben, der wie in einem offenen Buch in mir lesen kann. Emil kennt mich seit vielen Jahren und wird direkt ahnen, dass ich nicht nur unter nervigen Kopfschmerzen leide, und mich dann löchern, bis er den wahren Grund dafür aus mir herausbekommen hat. Mir ist allerdings nicht nach Reden zumute. Ich kann auch momentan keine mitleidigen Blicke verkraften. Ich will diese Kackbegegnung, wie Summer es wohl bezeichnen würde, ganz schnell wieder aus dem Kopf kriegen und an die Thomas-Sache einen endgültigen übergroßen Haken machen.

Schluss jetzt!

»Vorschlag«, sagt Summer. »Du nimmst dir einfach den ganzen Tag frei und Emil und ich schmeißen den Laden. Das hast du eh eine halbe Ewigkeit nicht mehr gemacht. Wenn es dir ums Geld geht, ich kann heute einfach auch mal Familienhilfe leisten, behalte lediglich das Trinkgeld, das ich bekomme, und gut ist gewesen.«

Zugegeben, der Gedanke, mich oben in meine Wohnung zu verkriechen, um hingebungsvoll meine frisch aufgerissenen Wunden zu lecken, ist mehr als verlockend. Aber …

»Okay, wenn das jetzt also geklärt wäre, dann husch-husch, ab mit dir, Tantchen.« Summer fuchtelt mit den Händen vor mir herum, als wäre ich ein Huhn, das sie damit zur Hintertür hinauszuscheuchen beabsichtigt.

Und ich, das Huhn, lasse mich tatsächlich darauf ein und trippele brav und ohne weiter herumzugackern davon. Im Türrahmen wende ich mich dann aber noch einmal zu meiner Nichte um. »Danke, Summer. Und natürlich bezahle ich dich für die Stunden.« Dann verschwinde ich über den Innenhof in das

Vier-Parteien-Haus, in dem ich seit der Trennung von Thomas im ersten Stockwerk mit meinen beiden Kaninchen wohne.

Oben angekommen habe ich dann jedoch einen ganz anderen Entschluss getroffen: Ich werde mich nicht mit Schokoladeneis und einer Flasche Rotwein bewaffnet auf dem Sofa verschanzen, sondern genau das Gegenteil davon tun. Schluss mit dem Selbstmitleid. Sei froh, dass du den Idioten los bist. Keinen Gedanken mehr an den Mistkerl. Und erst recht nicht daran, dass ich tatsächlich geglaubt habe, er wolle reumütig zu mir zurückgekrochen kommen. Wie peinlich, wie unfassbar blöd von mir.

Stattdessen werde ich was unternehmen, mich auf etwas Neues einlassen und zwar jetzt sofort. Oder zumindest die Weichen dafür stellen. Entschlossen greife ich nach meinem Handy und schreibe meiner Freundin Tina eine kurze Nachricht. Nur zwei Worte: Bin dabei!

Wooopa, ich lebe noch.

Tinas Antwort folgt prompt und beginnt mit: ENDLICH!

Kurz vor siebzehn Uhr greife ich dann aber erneut nach meinem Smartphone. Doch dieses Mal rufe ich Tina an, statt ihr zu schreiben. Seit vorhin hat sich leider etwas sehr Entscheidendes geändert, das Wetter!

»Fällt dieser Fitness-Bootcamp-Kurs jetzt eigentlich aus? Ich meine, es regnet ja so doll.«

Tina lacht. »Vergiss es! Es bleibt dabei, wir treffen uns pünktlich um Viertel vor sechs gegenüber vom Sportplatz! Und wag es nicht, dich zu drücken. Abgemacht ist abgemacht!«

Mist, fluche ich innerlich. Was mir vorhin noch wie ein echt guter Plan erschienen ist – yeah, ich zeig's euch allen! –, fühlt sich inzwischen wie eine der dümmsten Ideen an, die mir je in den Sinn gekommen sind. Doch ich kenne Tina und ahne, wie sie mir die Hölle heißmachen wird, wenn ich nun doch wieder einen Rückzieher machen werde. Also schlüpfe ich in meine rot gepunkteten Gummistiefel, ziehe mir den dazu passenden Windbreaker über und verlasse mit Regenschirm und Sporttasche gewappnet die Wohnung.

Bis zum vereinbarten Treffpunkt gegenüber dem Sportplatz ist es nicht allzu weit, sodass ich beschließe, zu Fuß zu gehen. Blöderweise entwickelt sich unterwegs der anfänglich noch recht moderate Niederschlag immer mehr zum sintflutartigen Regenguss. Trotz Regenschirm und Gummistiefeln bin ich komplett durchgeweicht, als ich schließlich das Bushäuschen erreiche, an dem ich mich mit Tina verabredet habe.

Leise vor mich hin fluchend sinke ich auf die schmale Bank in der überdachten Haltestelle und trockne mithilfe eines Papiertaschentuchs notdürftig mein Gesicht. Als ein Bus vorfährt und direkt vor meiner Nase einladend seine Tür öffnet, spiele ich ernsthaft mit dem Gedanken, einfach einzusteigen und zurück nach Hause zu fahren. Nichts wie raus aus den nassen Klamotten, rein in die warme Badewanne und dann das tun, was ich eigentlich vorhin schon hätte tun sollen, Wein trinken, ganz, ganz viel Rotwein. Mag ja sein, dass bei diesem Bootcamp-Kursus ein paar nette Männer dabei sind, wie meine Dauersingle-Freundin Tina behauptet hat. Was übrigens auch der einzige Grund ist, warum sie etwas derart Sportliches überhaupt für sich in Erwägung zieht. Doch inzwischen habe ich ernsthafte Zweifel daran, ob ich genauso leidensfähig wie Tina bin, denn alles in mir schreit laut nach Rückzug. Leider taucht sie genau in diesem Moment vor mir im Bushäuschen auf und versperrt mir damit den Weg in den rettenden Bus.

Mist! Letzte Chance vertan!

»Bei Regen macht es erst so richtig Spaß«, behauptet sie.

Ich zeige ihr einen Vogel. »Das glaubst du doch selbst nicht.«

Tina nickt beinahe mit dem ganzen Oberkörper. »Und ob! Zugegeben, erst bin ich nur wegen den schnuckeligen Typen dorthin, aber inzwischen hat mich der Ehrgeiz gepackt. Ich habe sozusagen Blut geleckt …« Sie lacht laut auf. »Und Schweiß, ganz viel Schweiß«

Ich hoffe doch wohl, sie meint damit ihren eigenen Schweiß. Alles andere möchte ich mir erst gar nicht vorstellen.

»Ich freue mich auf jeden Fall gigantisch, dass du dich endlich bereit erklärt hast, Teil des Teams zu werden.« Auch wenn Tinas gute Laune fast ein wenig ansteckend wirkt, will ich ihr dennoch nicht allzu viele Hoffnungen machen.

»Ich möchte es lediglich mal ausprobieren, Tina. Das heißt noch lange nicht, dass ich regelmäßig an diesem Kurs teilnehmen werde.«

Tina grinst. »Warte erst einmal, bis du die anderen kennengelernt hast. Ganz besonders Martin passt total in dein Beuteschema.«

Beuteschema? Bisher war mir nicht bekannt, dass ich überhaupt eins habe.

»Und er ist Single. Das weiß ich aus sicherer Quelle. Geschieden, zwei Kinder, die schon aus dem Gröbsten raus sind, und das Wichtigste, seine Ex kotzt ihn an. Nichts ist nerviger und überflüssiger als ein Typ, den man ewig datet und es sich dann herausstellt, dass der noch immer an seiner Ex-Frau hängt. Ganz ehrlich, dafür ist mir meine Zeit zu kostbar und jünger werden wir ja schließlich auch nicht. Wobei …« Tina lacht, während sie mit der rechten Hand eine ihrer Pobacken umfasst und einige Male fest zudrückt, »seitdem ich mich regelmäßig von Melanie quälen lasse, ist mein Hintern so straff und knackig wie nie zuvor.«

»Aha«, sage ich nur. Was Besseres will mir zu Tinas plötzlicher Selbsthuldigung beim besten Willen nicht einfallen. Falls sie damit bezwecken wollte, dass ich meinen Entschluss, sie zu diesem Bootcamp-Kurs zu begleiten, womit sie mir bereits seit Wochen in den Ohren liegt, nicht schon wieder komplett bereue, muss ich leider sagen, Ziel verfehlt, meine Liebe.

Dennoch nehme ich mir fest vor, nicht mehr ganz so negativ zu sein. Jetzt bin ich hier und werde mich auch darauf einlassen. Punkt! Zumal Tina alles andere als eine Sportskanone ist, da kann sie zehnmal behaupten, ihr Hintern wäre so knackig wie der einer Zwanzigjährigen. Wenn sie diese Fitness-Übungen schafft, dann sollte ich das auf jeden Fall hinbekommen. Außerdem hört sich der Name Melanie nach einer sympathischen jungen Frau an und nicht nach einem beinharten und muskelgestählten Trainer, der uns bis aufs Blut quält, weil er es einfach toll findet, unsportlichen Frauen um die vierzig ihre Grenzen vor Augen zu führen. Melanie klingt sanft und verständnisvoll.

Die Melanie, die dann wenig später vor uns im Schein der Flutlichtbeleuchtung des Sportplatzes steht, hat bedauerlicherweise recht wenig mit der Assoziation, die mir bei ihrem Namen durch den Kopf gegangen sind, gemein. Sie ist groß, drahtig und trägt das schwarze Haar zu einem strengen Zopf zusammengebunden. Ihr Gesichtsausdruck erinnert mich spontan an einen Kampfpinscher.

»Nice, dass trotz des Dauerregens heute so viele da sind. Aber das hier ist ja auch kein Training für Weicheier, sondern für Leute, die ihre physischen wie psychischen Grenzen überwinden wollen«, begrüßt sie uns mit knallharter Stimme, und ich bekomme es auf der Stelle mit der Angst zu tun.

»Die macht doch nur Spaß, oder?«, raune ich Tina hoffnungsvoll zu.

»Nope!«, flüstert sie zurück. »Spaß ist etwas, das Melanie tatsächlich überhaupt nicht versteht.«

Ähm … ja.

Schon klatscht Melanie auffordernd in die Hände. »Zum Warmwerden joggen wir jetzt erst mal locker fünf Runden um den Sportplatz herum! Zack, zack!«, ruft sie uns durch den plätschernden Regen zu.

»Wie, es geht direkt mit dem Training los? Ich habe ja noch

gar keine Sportsachen an«, wage ich kleinlaut einzuwenden. »Wo kann ich mich denn umziehen?«

»Hier!«, erklärt Melanie unfreundlich.

»Hier? Mitten auf dem Sportplatz?«

Sie nickt. »Und zwar zack, zack!«

»Nun mach schon, Maxi«, zischt Tina mir zu. »Stell dich nicht so mädchenhaft an.«

Mädchenhaft? Ich? Bestimmt nicht!

Also steige ich aus meinen Gummistiefeln, zerre Turnschuhe und Jogginghose aus der Sporttasche und werfe einen Blick in die Runde der sieben männlichen und vier weiblichen Kursteilnehmer, die mich teils amüsiert, teils genervt anstarren. Meine Entschlossenheit schrumpft angesichts des absolut verständlichen Schamgefühls meinerseits, die Jeans vor aller Augen, die da auf mich gerichtet sind, auszuziehen, um in die Sportklamotten zu schlüpfen. Es ist zwar inzwischen stockdunkel, aber das Flutlicht hier auf dem Platz leuchtet grell und hell jedes Detail aus.

»Dann lass jetzt gefälligst die Jeans an«, motzt Melanie genervt und wendet sich dann Tina zu. »Hast du deiner Freundin nicht gesagt, dass sie in Sportsachen hier aufzutauchen hat?«

Tina nickt geradezu devot. »Doch …«

Hat sie? Okay, daran kann ich mich ehrlich gesagt nicht erinnern.

»Hier muss es doch zumindest eine Toilette geben, die wir benutzen dürfen. Dort kann ich mich doch …«

»Nein!«, fällt mir Melanie ins Wort. »Die Sporthalle ist dicht. Unser Training findet draußen statt. Immer. Wer pinkeln muss, der schwitzt es gefälligst aus oder verschwindet im Busch.«

Okay, klingt ziemlich … ähm … verlockend.

»Maxi, du blamierst mich …«, raunt Tina mir peinlich berührt zu.

Nein, das möchte ich auf gar keinen Fall. Auch wenn Tina mir das Ganze hier komplett anders geschildert hat.

Hektisch tausche ich Gummistiefel gegen Turnschuhe, ziehe meine Jacke aus und bin bereit.

»Von mir aus kann es losgehen«, sage ich bemüht fröhlich und nicke dabei grinsend in die Runde.

Von dem einen oder anderen bekomme ich ein Lächeln zurück, doch der Großteil starrt mich an, als hielten sie mich für extrem überspannt. Boah, leckt mich doch alle …

Wir joggen um den Sportplatz herum. Schon die erste Runde fällt mir schwer. Mitte der zweiten haben mich die anderen Teilnehmer überrundet. Anfang der dritten Runde kriege ich fiese Seitenstiche und habe sowieso keine Lust mehr. Das hier ist nichts für mich, sagt mir mein Kopf und noch viel deutlicher meine Lungenflügel. Nur leider scheint Melanie das nicht wahrhaben zu wollen.

»Zack, zack, das kann noch nicht alles gewesen sein! Gib Gas!«, ranzt sie mich an. Dabei wirft sie mir einen Blick zu, der keinen Zweifel daran bestehen lässt, dass sie mich bei Nichtbefolgung notfalls auch am Ohrläppchen hinter sich herziehen wird.

»Hier wird nicht schlappgemacht!«, stellt sie noch mal unmissverständlich klar.

Angesichts dieser unterschwelligen Drohung beende ich tatsächlich die dritte Runde – während die anderen locker ihre fünf gelaufen sind. Sogar die sonst so unsportliche Tina. Dennoch verspüre ich so etwas wie leichten Stolz auf mich. Immerhin bin ich seit gefühlten tausend Jahren nicht mehr so eine lange Strecke gelaufen. Vielleicht ist es gar nicht mal so übel, hin und wieder an die eigenen Grenzen zu gehen, um sie zu erweitern. Im Sport wie im Alltag, im wahren Leben. Ja, auf einmal spüre ich doch tatsächlich so etwas wie Kampfgeist in mir. Nein, ich werde jetzt nicht aufgeben. Ich bin dabei, und ich bleibe dabei!

»Weiter geht es mit dem Hampelmann. Zack, zack, zack!«, brüllt Melanie.

Ich hample wie blöd. Mein Schweiß vereint sich mit dem Regenwasser in einem Rinnsal, das mir ununterbrochen übers Gesicht läuft. Mein Herz vollführt eine wilde Trommelsession. Melanie schreit uns an, dass wir schneller werden sollen. Noch schneller. Noch viel, viel schneller. Mir wird schlecht. Himmel, hoffentlich muss ich mich nicht übergeben …

»Fertig!«, ruft Melanie endlich, als ich ernsthaft befürchte, ohnmächtig zu Boden zu fallen.

Auf den pitschnassen Rasen muss ich dennoch. Die anderen auch. Doch die scheint das im Gegensatz zu mir nicht großartig zu tangieren.

»Weiter geht es kreuz und quer durch den Dschungel.« Entschlossen geht Melanie in die Hocke. »So bewegt sich der Tiger, so der Gorilla, so die Schlange. Zack, zack, zack, nachmachen! Schlangenschlängeln, Tigervierfußsprint, Gorillahüpfen, Zack! Zack! Zack! Gebt alles, los, lasst den Tiger raus!«

Wie jetzt, ich soll mich über den nassen Rasen schlängeln? Im Matsch suhlen? Warum?

Die anderen wundern sich nicht, sondern tun, was Melanie verlangt.

»Hey, du«, blafft mich Melanie an. »Brauchst schon wieder ’ne Extraeinladung, oder was?«

»Ich mach ja schon«, murmele ich ergeben und schlängele los.

Nach kürzester Zeit laufe ich Gefahr, mit einer Wildsau verwechselt zu werden, die ein ausgiebiges Schlammbad genommen hat, und möchte jetzt auch wirklich nicht mehr weiter mitmachen. Mir doch egal, ob dieser Martin super zu mir passen würde oder Henning laut Tina einer ist, den man bestimmt nicht von der Bettkante schubsen sollte. Ich will niemanden kennenlernen, habe ich soeben beschlossen. Ich bleibe Single! Dann muss ich wenigstens keine Sorge haben, enttäuscht zu werden oder dass mein gerade so einigermaßen zurechtgeflicktes Herz direkt wieder kaputtgeht. Ich verschwinde jetzt von hier – zack-zack!

»Komm schon, Mädel, los, du kannst noch!«, feuert Melanie mich allerdings an. Dabei lächelt sie. Himmel, ich hätte es nicht für möglich gehalten, dass sie zu so etwas in der Lage ist.

Ich bin so verwirrt, dass ich mich folgsam in die Gorillastellung begebe und mit letzter Kraft im Kreis herumhüpfe.

»Genug Zeit im Dschungel verbracht«, erklingt kurz darauf dann aber wieder ihre gewohnte Militärstimme. »Zurück nach Deutschland. Damit ihr hier erst gar nicht abkühlt, geht es direkt mit flotten Squats weiter.«

Ich mache so gut ich kann mit. Aber viel ist nicht mehr drin. Nach drei mühseligen Versuchen beschließe ich, einfach in der Hockposition zu verweilen.

»Was ist los mit dir?«, brüllt Melanie mir direkt ins rechte Ohr. »Hoch mit dem Arsch! Zack, zack, zack!«

Sollte jemals wieder irgendwer zack, zack, zack zu mir sagen, werde ich zur gemeingefährlichen Furie, das schwöre ich hier und jetzt und für alle Zeiten, bevor ich aus meiner Hockstellung einfach hintenüberkippe. Unbeweglich liege ich da und genieße den Regen, der auf mein überhitztes Gesicht tropft.

Melanie beugt sich über mich. »Steh auf!«

Mit letzter Kraft hebe ich die Hand und zeige ihr den Mittelfinger.

27. Oktober 1991

Liebes Tagebuch!

Es geht noch mal darum, wie ich mir meine Zukunft vorstelle oder wo ich mich in dreißig Jahren sehe. Mir ist noch etwas eingefallen, und da der Zettel bereits in der Flasche steckt, dachte ich, ich schreib es halt hier auf.

Alsooo, ich habe vergessen zu erwähnen, dass ich vielleicht sogar – nö, nicht vielleicht, mit SICHERHEIT!!!, doch lieber auf dem Land leben möchte. Ich bin immer so schrecklich gern bei Oma und Opa im Alten Land, mir gefällt es da himmlisch gut. Ich könnte mir echt gut vorstellen, dort später mit meiner Familie zu leben.

Okay, meine Cousine Helena und ich haben uns zwar in den letzten Sommerferien, die wir zusammen bei Oma und Opa verbracht haben, hoch und heilig geschworen, dass wir in irgendeiner coolen Großstadt zusammen studieren und natürlich auch zusammenwohnen werden. Aber das eine schließt das andere ja nicht aus.

Erst das tolle Studium in einer richtig spannenden Stadt und dann mit meinem Mann, unseren Kindern und mindestens einem Hund (ich hätte total gern einen Labrador) ab aufs Land.

Vielleicht mache ich sogar eine Landpraxis auf. Ich habe neulich gelesen, dass es immer weniger Landärzte gibt. Richtig cool wäre es ja wohl, wenn mein Mann auch Medizin studiert hätte. Dann könnten wir uns direkt eine Praxis teilen; er als Allgemeinmediziner, ich als Kinderärztin.

Aber ich glaube, Rafi will Architekt werden. Egal, dann entwirft er halt unser Traumhaus.

Liebes Tagebuch, hab ich schon mal erwähnt, dass ich es kaum noch erwarten kann?! ☺

Bis ganz bald.
Deine Maxi ♥

PS: Warum heißt es eigentlich, Träume sind Schäume?

Kapitel 5

Die nächsten drei Tage durchleide ich Höllenqualen. Ich verspüre peinigenden Muskelkater an Stellen, von denen ich nicht einmal geahnt habe, dass ich dort überhaupt Muskeln besitze. Und statt allmählich abzuklingen, wird es nur immer noch schlimmer.

»Tut dir noch immer alles weh?«, fragt mich Summer, die am Tresen sitzt und auf dem Papierstrohhalm ihres Fruchtcocktails herumkaut.

Ich nicke. »Die Hölle. Mir graut es schon vor nachher, wenn ich mich wieder die Treppenstufen hinauf in meine Wohnung schleppen muss.«

Summer grinst. »O no, Tantchen, was machst du auch für'n Scheiß. Hätte ich dir gleich sagen können, dass Sport Mord ist.«

»Ja, danke, nur leider kommt der Tipp zu spät«, murmele ich. Leise stöhnend gehe ich hinter dem Tresen in die Hocke, um den Chardonnay, den ich kurz zuvor den beiden Frauen an Tisch 4 in langstieligen Weingläsern serviert habe, wieder zurück in die Kühlung zu stellen. O mein Gott, irgendwann muss das doch wohl mal vorbei sein. Ja, ich habe als komplett Untrainierte an einem mörderischen Fitness-Bootcamp-Kurs teilgenommen. Fraglos war das dumm, unvernünftig und im Nachhinein auch komplett am Ziel vorbei, denn so wie ich mich vom Platz geschlichen habe, hätte selbst der unattraktivste Kerl auf Erden mich nicht eines Blickes gewürdigt. Außerdem habe ich nach diesem besonderen Ereignis den Männern sowieso für alle Zeiten abgeschworen. Ich meine, es kann doch nicht angehen, dass ich mich körperlich so malträtieren muss, nur um einen Mann zu finden. Wenn mein Körper mich dafür dermaßen büßen lässt, dann bin und bleibe ich gern Single.

»Das nächste Mal solltest du vielleicht so was wie Stuhlyoga machen, wenn du dich unbedingt sportlich betätigen willst«, schlägt Summer mir kichernd vor.

»Es gibt kein nächstes Mal. Weder auf noch unterm Stuhl. Das garantiere ich dir.«

»Bootcamp-Kurs, boah, Maxi, du kommst manchmal aber auch auf schräge Sachen.«

»Das war nicht meine, sondern Tinas Idee«, stelle ich richtig. Okay, das macht es auch nicht viel besser. Zumal sich Tinas Ideen in der Regel nicht zum Nachahmen empfehlen, was mich die Vergangenheit gelehrt haben sollte. Wenn ich nur an die im wahrsten Sinne des Wortes lachhafte Aktion mit dem Lachyoga-Seminar zurückdenke, zu dem ich mich ebenfalls von ihr überreden lassen habe oder daran, wie wir bei der Weinverkostung als absolute Nichtweinkenner eben genau dadurch unangenehm aufgefallen sind. Vielleicht hätte ich meinem Bruder Joachim bei einer seiner zahlreichen Belehrungen zum Thema »Wein« doch mal zuhören sollen, dann hätte ich zumindest gewusst, dass Rosé nicht durch das Mischen von Rot- und Weißwein entsteht!

Summer rutscht vom Hocker und kommt mit ihrem leeren Glas in der Hand um den Tresen herum. Während sie es abspült und es anschließend mit dem Geschirrtuch auf Hochglanz poliert, etwas, das meine Nichte dermaßen akribisch verfolgt, dass man bei ihr einen leichten Gläserpolier-Tick vermuten könnte, schüttelt sie unentwegt den Kopf. »Tina hat 'nen Knall«, sagt sie. »Schon immer gehabt und der wird auch nicht weniger.«

Auch wenn mir nicht wirklich danach zumute ist, muss ich dennoch lachen. Summer und ihre ganz eigene Art und Weise, bestimmte Dinge direkt und schonungslos auf den Punkt zu bringen, ist immer wieder erfrischend amüsant.

»O ja, Tina ist echt durchgeknallt. Aber ich rechne ihr hoch an, dass sie mich nicht ganz allein wie einen geprügelten Hund abziehen lassen hat. Sie ist sofort an meiner Seite gewesen, obwohl dieses Biest von einer Trainerin sie angebrüllt hat. Von wegen, dass sie echt nicht wiederkommen müsse, wenn sie jetzt mit der *Lusche* den Sportplatz verließe. Mit Lusche hat sie übrigens mich gemeint.«

»Boah, was 'ne Bitch«, gibt Summer knurrend von sich. »Klingt irgendwie nach 'ner frustrierten Alten, die schon lange nicht mehr gev…«

Ich hebe die Hand und falle Summer ins Wort. »No, no, no, no, gut jetzt, Summer. Ich will gar nicht wissen, was genau ihr Problem ist.«

Summer grinst breit. »Manchmal bist du echt prüde, Maxi.«

Ich zucke mit den Schultern, was mir ebenfalls total schwerfällt, weil anscheinend auch dieser Bereich meines Körpers bemuskelt ist und daher schrecklich schmerzt. »Ich weiß nicht, ob prüde der treffende Begriff dafür ist. Aber ist auch egal.«

Die beiden Frauen an Tisch 4 versuchen, meine Aufmerksamkeit auf sich zu lenken, worauf ich sofort reagiere. Summer sieht mir nämlich sehr danach aus, als wolle sie noch weiter laut über Melanie nachdenken, besonders wie man der gefrusteten *Uschi* helfen kann.

»Darf es noch etwas bei Ihnen sein?«, erkundige ich mich freundlich bei den beiden Frauen.

Die linke, eine elegante Blondine, deutet erst auf ihr Glas und dann auf das der nicht ganz so hellblonden anderen Frau ihr gegenüber. Beide sind leer. Wow, die haben aber einen ordentlichen Zug am Leib.

»Seien Sie doch so freundlich und bringen uns gleich eine Flasche von dem Chardonnay.« Sie lächelt mich fröhlich an. »Jahres-Freundinnen-Tag.«

Okay, das erklärt Alkohol bereits zum Frühstück, finde ich und nicke den beiden verständnisvoll zu. »Sehr gern doch.«

Als ich zum Tresen zurückkehre, ist Summer im Begriff zu gehen.

»Ich muss zur Uni. Hab 'nen Termin mit meiner Studienberaterin«, meint sie und winkt mir lässig zu. »Bis später, prüdes Tantchen.«

Ich kneife die Augen zusammen und schnaufe ärgerlich. Doch natürlich ist nichts davon ernst gemeint.

Gegen Mittag kommt Emil und lächelt breit, als er sieht, dass ich mich noch schwerfälliger als tags zuvor bewege.

»Mädchen, Mädchen«, murmelt er. »Bist halt keine zwanzig mehr.«

Nun ist aber auch mal langsam gut mit der Fopperei, finde ich. Auch wenn ich weiß, dass weder Summer und erst recht nicht Emil es böse meinen.

»Wie gut, dass du noch immer fast doppelt so alt bist, Emil, und bereits vier Bandscheibenvorfälle hattest«, erwidere ich deshalb viel schnippischer, als es normalerweise meiner Art entspricht.

Emil mustert mich aufmerksam und verzieht sich dann ohne ein weiteres Wort in die kleine Küche meines Cafés.

Boah, würde Summer jetzt machen, ich bin eine richtig blöde Kuh. Mehr gibt es dazu wohl nicht zu sagen.

Nach einer Woche habe ich dann endlich sämtliche Nachwehen meines Ausflugs ins mörderische Fitness-Bootcamp überwunden. Ich bin wieder ganz die Alte und habe mich längst bei

Emil für all mein Herumzicken und Eingeschnapptsein, das Gejammer und Mich-halb-heulend-vor-lauter-Muskelkater-hin-und-her-Geschleppe, aufrichtig entschuldigt. Thomas und sein wunderbares junges Familienglück nagen zwar nach wie vor an mir, es fühlt sich aber längst nicht mehr so bitter … so lähmend an.

Beinah schon gut gelaunt lenke ich meinen weißen Golf Variant durch den wie immer zähflüssig fließenden Verkehr. Ich freue mich wirklich auf unseren Familienabend, der dieses Mal bei meinem Bruder Joachim und seiner Frau Anne stattfindet und so was wie eine alte Tradition bei uns ist. Einmal im Monat kommen wir reihum bei einem von uns drei Geschwistern zusammen, um gemeinsam zu kochen, während wir uns dabei über Gott und die Welt und das Leben im ganz Allgemeinen austauschen. Ich liebe diese Abende, ich bin wirklich gern ein Teil dieser Familie. Auch wenn sich seit meiner Trennung von Thomas, der ebenfalls die gemütlichen Stunden mit meinen Geschwistern und deren Familien immer sehr genossen hat, sich *das* Gesprächsthema dieser Zusammenkünfte für meinen Geschmack viel zu häufig und vor allem zu intensiv um meinen aktuellen Beziehungsstatus dreht.

Meine Geschwister samt Angetrauten sind leider nicht davon abzuhalten, mir unentwegt mit neuen Liebestipps zu kommen – oder, was tatsächlich im letzten Jahr gleich zweimal hintereinander so geschehen ist, mir einen potenziellen neuen Partner zu präsentieren. Beim ersten Mal hat es sich dabei um einen Arbeitskollegen aus der Kanzlei meines Bruders gehandelt, der so humorbefreit war, dass es schon wieder zum Lachen war.

Beim drauffolgenden Treffen, das bei meiner Schwester Claudia und ihrem Mann Ludwig stattfand, saß *rein zufällig* Ludwigs Tennispartner Ansgar neben mir am Tisch. Im echten Leben Kieferorthopäde und frisch geschieden. Wenn ich daran denke, wie mein Bruder uns vorgestellt hat, muss ich immer noch die Augen verdrehen. »Maxi, du wolltest doch früher auch Medizin studieren, ist das nicht ein lustiger Zufall?« Zum Glück haben wir schnell erkannt und es auch in aller Deutlichkeit dem anderen gegenüber ausgesprochen, dass weder ich an ihm, noch er an mir interessiert ist. Doch damit hatte das von meiner Schwester samt Gatten arrangierte Zusammentreffen für mich noch längst kein gutes Ende. Nachdem die Fronten zwischen uns erst einmal geklärt waren, vergaß Ansgar leider jegliche Contenance und jammerte mir den restlichen Abend vor, wie schlecht es ihm doch ginge. Die Scheidung habe er echt nicht gewollt, seine Ex-Frau aber sehr wohl. Bei der hielten sich nun auch größtenteils die drei gemeinsamen Kinder im Alter von fünf, sieben und neun Jahren auf, die er schmerzlich vermisste – allerdings erst jetzt. Früher, als er sie täglich hätte um sich haben können, war er mit Absicht oftmals so lange in der Praxis geblieben, bis er sicher sein konnte, dass die drei Rabauken von seiner Frau ins Bett gebracht worden waren und schliefen, verriet er mir *ganz im Vertrauen*. Kinder können wirklich anstrengend sein, ganz besonders, wenn *Mann* nach einem anstrengenden Arbeitstag seine wohlverdiente Ruhe genießen möchte. Tja, inzwischen bereut er sein egoistisches Verhalten zutiefst, das allerdings interessiert seine Ex-Frau nicht mehr im Geringsten.

Nach vier randvollen Rotweingläsern und schätzungsweise fünf Ouzos wollte er dann unbedingt von mir in den Arm genommen werden, in erster Linie, um mir den Blusenkragen nass zu heulen. Während er also wie ein Klammeraffe an mir hing, bedachte ich meine Geschwister mit einem Blick, der ihnen für alle Zeiten klarmachen sollte, dass ich nie wieder einen Fuß über ihre Türschwellen setzen würde, falls sie noch ein einziges Mal auf die bekloppte Idee kämen, mich mit irgendeinem ihrer Bekannten, Kollegen oder sonst einem in ihren Augen vielversprechenden Kandidaten verkuppeln zu wollen.

Mein Bruder wohnt mit seiner Frau und zwei halbwegs erwachsenen Kindern, eins davon ist Summer, in der ruhigen Lage von Duvenstedt in einem eher schlichten Einfamilienhaus. Als Senior-Partner einer der führenden Hamburger Kanzleien könnte Joachim sich ohne Probleme ein luxuriöseres Anwesen leisten. Doch meine Schwägerin Anne, die als Lehrerin an der Stadtteilschule Wilhelmsburg arbeitet, lebt nach der Maxime: Ich kann nicht Wasser predigen und Wein trinken – wobei sie sehr gern und dann vor allem immer sehr guten Wein trinkt.

Als ich meinen Wagen in die Einfahrt lenke und den Motor ausstelle, kommt Summer aus der Haustür gestürmt. Fröhlich lächelnd winkt sie mir zu. Ich öffne die Fahrertür und steige aus, während Summer bereits halb in ihrem kleinen quietschgelben Fiat 500 sitzt.

»Sorry, Tantchen, ich hab's eilig. Bin schon seit 'ner halben Stunde mit zwei Kommilitonen verabredet. Aber wir sehen uns ja morgen Mittag im Café.«

Ich nicke und will ihr einen schönen Abend wünschen, da fällt mir plötzlich etwas ein. »Summer, was redest du? Du bist für morgen früh eingetragen.«

Summer verharrt in der Bewegung. »Echt?«, ruft sie verdutzt. »Aber ... aber, ich geh jetzt feiern.«

Ich zucke mit den Schultern. »Ja, aber an dem Schichtplan kann ich jetzt auch nichts mehr ändern. Ich brauche dich morgen früh im Café. Du weißt doch selbst, was samstags immer los ist. Allein schaffe ich das nicht mit Frühstück und Emil ist bei seiner Tochter im Schwarzwald übers Wochenende.«

»Puuh«, macht Summer. »Das ist echt doof. Wir wollen später noch in so 'nen neuen Club und das lohnt sich ja gar nicht, wenn ich schon um ein oder zwei Uhr ...« Mitten im Satz stockt sie, winkt breit grinsend ab, als hätte sie einen Geistesblitz. »Ey, kein Problem, ich mache einfach durch«, erklärt sie schließlich locker. »Dann kann ich wenigstens nicht verschlafen. Also dann, viel Spaß mit den Dinos und bis morgen früh.«

Bevor ich noch was sagen kann, zum Beispiel, dass ich das für keine gute Idee halte, denn als wandelnde Mumie kann ich sie in der Hektik des samstägigen Frühstücksmarathons im Café nicht gebrauchen, hat Summer die Autotür zugeschlagen und den Motor gestartet. Meine erhobene Hand, die sie eigentlich zum Anhalten und Fensterrunterlassen bewegen soll, quittiert sie mit einem Lächeln – und weg ist sie.

»Mist, das wird doch 'ne Vollkatastrophe morgen früh«, fluche ich leise vor mich hin.

Doch dann beschließe ich, mir von Summers schon bekannter Verpeiltheit nicht den Abend vermiesen zu lassen, und laufe die Sandsteintreppen bis zur Haustür hinauf.

Anne öffnet, noch bevor ich überhaupt geklingelt habe.

»Maxi, hey, wie schön.« Sie drückt mich eng an sich und gibt mir erst links, dann rechts einen Kuss auf die Wange. Anne ist immer etwas drüber, ich kenne sie gar nicht anders. Vielleicht ist sie darum so beliebt bei ihren Schülern, weil sie stets ein wenig zu aufgeregt und hibbelig ist und einfach eine mitreißende Art hat. Ich mag Anne, ich mag sie wirklich gern, auch wenn ich mir schon oft die Frage gestellt habe, wie ein zwar liebenswerter, aber extrem trockener Mann wie mein Bruder Joachim und eine derart quirlige Frau wie Anne eine so gute und vor allem langlebige Ehe führen können. Womöglich ist genau das ihr Erfolgsrezept, sie passen so überhaupt nicht zusammen, sodass es schon wieder passt. Klingt verrückt, doch funktioniert augenscheinlich. Es sei denn, die beiden gaukeln uns allen seit Jahren etwas vor. Allerdings wüsste ich das, Summer hätte es mir längst gesteckt. Und nun ja, Anne ist auch kein Mensch, der sich verstellen kann, und auch niemand, der an einer unglücklichen Beziehung festhalten würde. Nein, die beiden lieben sich heiß und innig und das nun schon seit fast fünfundzwanzig langen Jahren.

»Gut siehst du aus«, meint Anne und zieht mich mit sich ins Haus.

Die anderen sind schon in der Küche um die große Kochinsel herum versammelt. Natürlich mit Rotweingläsern in den Händen. Anders ist das in dieser Runde quasi unmöglich.

Ich jedoch lehne ab.

»Ich bleibe heute bei Wasser«, sage ich zu meinem Bruder, der mir eines der bauchigen Gläser mit dunkelrotem Inhalt reichen möchte.

»Bist du krank?« Meine Schwester Claudia mustert mich besorgt.

Ich winke ab. »Nein, aber wie es scheint, bin ich morgen früh allein im Café und da kann ich mir keinen Brummschädel leisten.«

»Wie bitte?« Mein Bruder straft mich mit vorwurfsvollen Blicken. »Ich kredenze dir hier einen großartigen Gran Reserva. Das Cuvée aus 93 Prozent Tempranillo und sieben Prozent Mazuelo bringt es dabei lediglich auf 13 Prozent Alkohol. Ein Wein der Extraklasse, von dem du bestimmt keinen *Brummschädel* bekommst.«

»Bruderherz, ich wollte dir und deinem unter Garantie hervorragenden Wein wirklich nicht zu nahe treten«, beeile ich mich ihm zu versichern. Immerhin ist mir sein Faible für edle Rotweine hinlänglich bekannt. »Ich habe mich einfach unglücklich ausgedrückt. Ich möchte nüchtern bleiben, um später noch fahren zu können.« In Gedanken füge ich noch hinzu, dass ich auf jeden Fall vermeiden möchte, dass es so abläuft wie es halt immer abläuft: Claudia sagt, wir teilen uns ein Taxi, und da meine Schwester über recht viel Durchhaltevermögen verfügt, was einen gemeinsamen Abend mit gutem Essen und noch besserem Rotwein betrifft, komme ich unter Garantie zu spät ins Bett, um dem Ansturm morgen früh im Café einigermaßen gewachsen zu sein. Lehne ich jedoch das gemeinsame Taxi ab, ist sie beleidigt und fragt mich tagelang, ob sie irgendwas getan hat, worüber ich mich geärgert habe. Ich weiß, Claudia meint es nur gut, sie ist die älteste von uns drei Geschwistern und führt sich nur zu gern wie eine Art von Ersatzmutter mir gegenüber auf. Dabei erfreuen sich unsere Eltern bester Gesundheit und wir haben allesamt ein inniges Verhältnis zu ihnen. Doch irgendwie muss Claudia immer noch die große Schwester spielen, die auf die Lütte aufpasst, und mir bei jeder passenden und unpassenden Gelegenheit die Welt erklären.

Leider gefällt sich Claudia heute Abend mal wieder nur zu gut in der Besorgte-große-Schwester-Glucken-Rolle.

»Du siehst blass aus, Maxi«, meint sie unter meinem nicht gerade sparsam aufgetragenen Make-up erkannt zu haben. »Du arbeitest zu viel.«

Ich schüttele den Kopf. »Bestimmt nicht.«

»Was fehlt dir denn?«, mischt sich nun wieder mein Bruder Joachim ein. »Maxi, du weißt doch, wir unterstützen dich, wenn es bei dir knapp ist. Du musst nur ein Wort sagen …«

Hölle, was ist das nun wieder für ein Auftakt eines, wie ich gehofft habe, netten Familienabends? Ich bin das hilfsbedürftige und planlos im Weltall herumirrende Küken der ansonsten so glorreichen Familie, das weder über einen akademischen Titel noch Ehemann verfügt, und somit automatisch auf die großzügige Unterstützung meiner unfassbar erfolgreichen und taffen Geschwister angewiesen ist. Mein Bruder, der wahnsinnig erfolgreiche Jurist, der in die Fußstapfen unseres Vaters getreten ist, meine Schwester, die als studierte Betriebswirtin seit Jahren Teil der Geschäftsleitung eines großen und natürlich unfassbar innovativen Filialunternehmens ist.

»Leute, nun lasst doch mal die arme Maxi in Ruhe.« Anne rückt dicht an meine Seite. »Es ist ja nicht zum Aushalten, wie ihr sie mal wieder kleinredet.« Anne hat recht, meine Schwägerin hat so was von recht. Meine Geschwister reden mich klein, weil sie mich für klein und schwach halten. Und warum haben sie diesen Eindruck von mir? Weil ich ihnen diesen genauso vermittele.

Ich könnte nun mal wieder versuchen, sie vom Gegenteil zu überzeugen. Ihnen zu versichern, dass ich glücklicher Single und mehr als zufriedene Cafébesitzerin bin. Aber ehrlich gesagt, verspüre ich so überhaupt keine Lust mehr auf einen Abend in Gesellschaft meiner tollen Geschwister mit ihren perfekten Familien und natürlich noch perfekteren Jobs.

Tief durchatmend straffe ich die Schultern. Ich gebe mir die größte Mühe, dass mein Lächeln fröhlich ausfällt und keineswegs gequält. »Okay, ihr habt mich durchschaut«, verkünde ich. »Ich habe später noch ein Date.«

»Was?«, ruft Claudia so ungläubig aus, dass man es schon beinahe als verletzend auffassen könnte. *Du hast ein Date – wow, es geschehen noch Zeichen und Wunder.*

»Warum hast du ihn denn nicht mitgebracht?«, hält mein Bruder Joachim mir vor. »Dann hätten wir ihn gleich mal kennengelernt und dabei unauffällig auf Herz und Nieren prüfen können.«

Ähm … ja, warum eigentlich nicht? Ach so, weil ich Mister X gerade erfunden habe. Aber selbst wenn er keine Fiktion wäre, hätte ich ihn unter keinen Umständen hierhergeschleppt, und zwar genau aus diesem Grund.

Ich werfe einen Blick auf meine Armbanduhr. »Was«, rufe ich aus, »schon so spät? Dann muss ich mich jetzt leider direkt wieder verabschieden.«

»Wie bitte?« Skeptisch zieht mein Bruder die Augenbrauen hoch. »Du bist doch gerade erst gekommen.«

»Maxi, das ist unser Geschwisterabend. Da kannst du doch nicht so schnell abhauen«, hält mir nun auch Claudia vor.

Und wie ich kann, und wie!

30. Oktober 1991

Liebes Tagebuch!

Ahhh, wie Claudia mich nervt! Die ist sooo schlimm, echt, das geht gar nicht! Ständig meint sie, sie hätte mir was zu sagen, nur weil sie vier Jahre älter ist. Aber heute hat die echt den Vogel abgeschossen. Ich bin so sauer!!!

Ich war mit Lisa in der Pause drüben beim Kiosk. Lisa wollte sich Esspapier holen, die steht da toootal drauf. Auf jeden Fall haben wir angestanden, da habe ich auf einmal Rafis Stimme hinter uns gehört. Mein Magen hat sich richtig schmerzhaft zusammengezogen. Zum Glück ist Lisa nicht auf die Idee gekommen, albern herumzukichern. Das wär's echt gewesen. Dann hat Lisa ihr Esspapier gekauft und wir sind an der Schlange vorbei, die sich hinter uns gebildet hat. Als ich fast neben Rafi war, habe ich meinen ganzen Mut zusammengenommen und habe »Hi« zu ihm gesagt. Er hat zwar ziemlich verdutzt geguckt, aber auch »Hi« gesagt. Ahhhhh, das war so-so-so ... klasse. Er hat sogar ein kleines bisschen dabei gelächelt. Ich hätte ausflippen können vor Glück. Bis ich Claudia zwei Leute hinter Rafi in der Schlange entdeckt habe – und sie leider mich. Die doofe Kuh hat nichts Besseres zu tun gehabt, als mich direkt wieder zu bevormunden. Ob ich mir etwa Süßigkeiten gekauft hätte, und dass ich mich nicht darüber ärgern darf, dass ich im Moment so viele Pickel bekomme, weil das bei dem ganzen Süßkram, den ich mir ständig reindrücke, echt kein Wunder ist.

Alle haben mich angeguckt! ALLE! Auch Rafi. Er hat irgendwas zu seinem Freund gesagt und dann haben die laut gelacht. So richtig fies. Es war schrecklich. Wirklich!

Zu Hause habe ich Claudia aber erzählt, was ich von ihrem Kiosk-Auftritt halte. Doch sie hat mal wieder nur gemeint, dass sie die Ältere sei und es eben besser wüsste. Ahhh, wie die mich nervt! Noch ein Grund, mich aufs Erwachsensein zu freuen, denn dann hat das mit ihrer bekloppten Bevormundung endlich ein Ende!

Bis ganz bald.
Deine Maxi ❤

PS: Warum gibt es immer welche, die meinen, dass sie alles besser wüssten?

Kapitel 6

Summer kommt um zehn, statt um acht Uhr und ist sichtbar verkatert. Ach was, sie ist eindeutig betrunken.

»Sorry, ich hab verpennt«, murmelt sie und schlurft an mir vorbei in die Küche.

Ich erspare mir jeden Kommentar. Zumal mir dafür auch schlichtweg die Zeit fehlt. Wie bereits vermutet, ist mein Café um diese Zeit rappelvoll und zwar mit frühstückshungrigen Gästen.

»Ich bleib mal besser hier hinten und arbeite dir zu … okay?«, schlägt Summer vor.

Alles andere wäre auch absolut undenkbar. In ihrem Zustand kann ich sie nicht auf die Gäste loslassen, wenn ich das Risiko vermeiden möchte, dass sie samt ihrem gefüllten Tablett auf einen der Tische aufschlägt.

Doch schon nach wenigen Augenblicken stellt sich heraus, dass Summer leider auch in der Küche mit der Zubereitung und Zusammenstellung der verschiedenen Frühstücke gänzlich überfordert ist. Vom Geruch der Eier wird ihr kotzübel. Die Wurstscheiben kann sie nicht mal ansehen und überhaupt fühlen sich ihre Beine an wie Wackelpudding, der zu lange in der Sonne gestanden hat, erklärt sie mir mit weinerlicher Stimme.

»Ich mach's wieder gut«, verspricht Summer und schleppt

sich stöhnend hinaus in den Innenhof meines Cafés. Im Türrahmen bleibt sie noch mal stehen und wendet sich halb zu mir um. »Kann ich oben in deiner Wohnung noch 'ne Stunde schlafen?«

Wortlos deute ich auf meinen Hausschlüssel, der sich wie immer im Regal neben den Blöcken und den Stiften im Messingbecher befindet.

Als ich um kurz nach achtzehn Uhr die Tür meines Cafés von innen zuschließe und mich ans Aufräumen mache, taucht Summer wieder auf der Bildfläche auf. Sie scheint endlich ausgenüchtert und frisch geduscht zu sein.

»Sorry, das war echt daneben von mir«, murmelt sie und streicht mir entschuldigend über den Arm. »Ich weiß auch nicht, warum es mir so schlecht ging. Eigentlich habe ich gar nicht so viel getrunken …«

Ich bin zu erschöpft, um ihr großartige Vorhaltungen zu machen. Der Frühstücksvormittag war höllisch, ist direkt in einen überdurchschnittlich gut frequentierten Mittagstisch übergegangen, um dann nahtlos die Kaffee-und-Kuchen-Zeit einzuläuten. Ich bin unentwegt zwischen Küche, Tresen und den Tischen hin und her gehetzt, während ich mich quasi in Dauerschleife bei meinen Gästen für die lange Wartezeit auf ihre bestellten Speisen und Getränke entschuldigt habe.

»Jetzt sag doch was, Maxi«, verlangt meine Nichte. »Schrei mich an, beschimpf mich … Alles ist mir lieber als dein vorwurfsvolles Schweigen. Das kann ich echt nicht ertragen.«

Ich atme tief durch. »Kommt so etwas noch einmal vor, bist du gefeuert!«, erkläre ich trocken.

»Oha«, gibt Summer von sich, »das ist ja mal 'ne Ansage.« Sie klingt ungläubig. Was mich wiederum fast noch mehr ärgert als alles andere, was sie davor verbockt hat.

»Denkst du, das ist nichts als leeres Gerede?«, fahre ich sie an. »Traust du mir das nicht zu? Weil ich eh zu … inkonsequent bin und eigentlich sowieso nichts geregelt kriege?«

Summers Augen weiten sich perplex. »Wow, Maxi, ich hab nichts davon gesagt und so denke ich auch bestimmt nicht über dich. Wie kommst du bloß darauf?«

Ich habe bereits den Mund geöffnet, um ihr noch mehr meines Frustes an den Kopf zu pfeffern, da wird mir klar, dass ich Summer zwar absolut zu Recht mit fristloser Kündigung gedroht habe, aber sie ansonsten nicht dafür verantwortlich zu machen ist, dass ich mich seit einer geraumen Ewigkeit wie die Loserin der Nation fühle.

Ich winke ab. »Egal … lass es jetzt einfach gut sein …« Damit mache ich mich weiter daran, die Tische abzuräumen, die Gläser und das Geschirr in die Küche zu tragen und anschließend Tisch- und Tresenplatten feucht abzuwischen. Summer unterstützt mich dabei – beinahe schon heinzelmännchenmäßig schweigsam und emsig.

Nachdem wir kurz nach neunzehn Uhr endlich mit allem fertig sind, entschuldigt sich Summer noch einmal bei mir und verspricht mir hoch und heilig, dass so etwas nie wieder passieren wird.

»Und was du da vorhin kurz hast anklingen lassen«, fährt meine Nichte fort, »du musst dir nicht immer von deinen Geschwistern vorhalten lassen, wie toll sie sind und wie wenig du doch angeblich auf die Reihe kriegen würdest. Das ist nämlich absoluter Bullshit. Du bist die Besitzerin eines megaangesagten Cafés und bist supercool. Davon können die sich allesamt echt 'ne gehörige Scheibe abschneiden. Und weil sie das ganz genau wissen, versuchen sie dir immer einzureden, dass du es nicht draufhättest, das schwarze Schaf der Familie bist.«

»Wie kommst du darauf?«, frage ich und verspüre direkt einen schmerzlichen Stich in der linken Brust. »Haben deine Eltern so etwas in der Richtung gesagt?«

Summer winkt wild ab. »Um Himmels willen, Maxi, wo denkst du hin. Niemals würden die auch nur ein einziges schlechtes Wort über dich verlieren. Und erst recht nicht vor mir. Hölle, echt nicht. Aber ich bin nicht blöd und kriege doch ihre Art dir gegenüber mit … dieses gönnerhafte, gut gemeinte Wir-müssen-die-Kleine-unterstützen-Getue. Wenn ich an deiner Stelle wäre, würde mich das so was von ankotzen.«

Ich kann nicht anders, ich muss lachen. Summer hat es mal wieder schlicht und ergreifend auf den Punkt gebracht, es kotzt mich an! Es kotzt mich so was von an, dafür gibt es kaum noch Worte.

In der folgenden Woche hält Summer ihr Versprechen, sie tut wirklich alles, um ihren Samstag-Fauxpas wiedergutzumachen. Wann immer es ihre Vorlesungen zulassen, ist sie im Café und hilft mir, wo sie nur kann, und das sogar, obwohl sie überhaupt nicht zum Arbeiten eingeteilt ist. Am Freitag finde ich dann aber wirklich, dass es langsam mal wieder gut ist und sie bitte schön einen Gang runterfahren soll. Ach was, mindestens drei Gänge.

»Ich habe aber noch immer ein total schlechtes Gewissen dir gegenüber«, gesteht sie mir.

»Musst du nicht, Summer, echt nicht«, versichere ich ihr.

»Dann ist mein Job nicht länger in Gefahr?«

Ich schüttele den Kopf. »Natürlich nicht! Wo denkst du hin?«

»Ich denke logisch. In jedem anderen Café hätte ich bestimmt schon wegen der Sache mit der Trauerfeier vor einigen Wochen die Kündigung hingeknallt bekommen.«

»Welche Sache mit der Trauerfeier?« Ich weiß wirklich nicht, was meine Nichte damit meint.

»Der gut aussehende Witwer. Der die ganze Zeit von den zwei Hyänen so schamlos angeschmachtet worden ist. Du hast dich um seine beiden Kinder gekümmert, weil die völlig überfordert von den aufdringlichen *Tanten* gewesen sind.«

Ja, jetzt erinnere ich mich. Gregor Blomberg. Es hat da diesen kurzen Moment zwischen uns gegeben – den ich mir hundertprozentig eingebildet habe. Allerdings habe ich immer noch keinen Schimmer, worauf Summer hinauswill.

»Ich hatte doch die falsche Uhrzeit aufgeschrieben. Siebzehn statt fünfzehn Uhr. Du bist deshalb total ins Rotieren gekommen.«

»Ach, das meinst du«, begreife ich endlich und winke direkt ab. »Aber das wäre jetzt für mich kein Kündigungsgrund gewesen. Ich meine, so was kann jedem mal passieren.«

Summer guckt mich hoffnungsvoll an. »Dann ist jetzt alles wieder gut zwischen uns?« Auf einmal kommt sie mir wie die achtjährige Summer vor, die irgendeinen Quatsch angestellt hat und mich mit großen Kulleraugen darum bittet, es bloß nicht ihren Eltern zu erzählen. Damals wie heute bin ich nicht in der Lage, ihren himmelblauen Augen zu widerstehen.

»Summer … ich weiß, es ist nicht gerade ratsam, dir das so offen und ehrlich zu sagen, aber ich kann dir eh nie lange böse sein.« Liebevoll knuffe ich ihr gegen den Oberarm. »Wobei … wenn ich an die letzten Tage zurückdenke, wie du dich überschlagen hast, dann sollte ich wohl öfters mal die strenge Tante rauslassen.«

Vehement verneint Summer. »Bloß nicht. Ich bin ein schwer geschädigtes Lehrerkind«, witzelt sie herum. »Mit zu viel Autorität komme ich nicht klar.«

»Du Armes«, gehe ich auf ihren nicht ernst gemeinten Kummer ein. Allerdings kommt mir nun direkt mein etwas zu theatralischer Abgang letzten Freitagabend aus Summers Elternhaus wieder in den Sinn und das Herumblödeln mit meiner Nichte vergeht mir schlagartig. Meine Schwester hat mich in den letzten Tagen nahezu täglich mit Nachrichten bombardiert, in denen sie sich nach meinem Date erkundigt hat. Und Joachim hat mich gleich am Sonntag angerufen und wollte Näheres über meinen unbekannten Verehrer wissen. Als ich ihm seinen Wunsch nicht erfüllt habe – wie denn auch, wo es sich doch um ein komplett erfundenes Date gehandelt hat – ist er sofort beleidigt gewesen.

Summer, die ebenfalls von ihm ausgequetscht wurde, wie sie mir erzählt hat, vermutet jedoch etwas ganz anderes. »Denkst du gerade an den hotten Witwer?«

»Quatsch!«, fahre ich sie eine Spur zu heftig an.

»Also ja. Er hat dir gefallen«, plappert Summer ungeniert weiter. »Und eigentlich ist so ein Witwer auch gar nicht mal die schlechteste Idee. Ich meine, dann gibt es wenigstens keine Ex-Frau, mit der man sich als Neue immer noch herumschlagen muss. Auch was die Kinder betrifft. Hört man ja immer wieder, dass die Kleinen dann quasi zum Spielball werden und die Neue in der Regel schlechte Karten hat.«

Ich kann nur mal wieder den Kopf über Summer schütteln. »Summer, jetzt mal ganz ehrlich, was ist eigentlich verkehrt bei dir?«

Meine Nichte lacht. »Gar nichts. Ich spreche nur laut aus, was andere sich höchstens zu denken wagen.«

»Wenn du meinst«, murmele ich und drehe ihr den Rücken zu. Ich hoffe, sie versteht, dass ich kein Wort und auch keinen Gedanken mehr an Gregor Blomberg oder irgendeinen anderen Witwer verschwenden möchte. Summer hat ’nen Knall. Das ist Fakt!

»Aber gefallen hat er dir, gib es zu!«, lässt sie nicht locker.

Mist, vergeblich gehofft. »Nein! Er kann mir überhaupt nicht gefallen haben, Summer, weil ich in ihm nicht den Mann gesehen habe, sondern einen wirklichen Witwer, der von einem Tag auf den anderen mit zwei Kleinkindern dasteht. Ich finde es absolut pietätlos … ja, sogar abstoßend, wenn man in so einer Situation an irgendetwas anderes als an die Trauer dieses Mannes denkt.«

»Das haben die beiden Hyänen aber ganz anders gesehen«, gibt Summer zurück.

Ich zucke mit den Schultern. »Deren Sache, ich find's widerlich. Und jetzt tu mir den Gefallen und lass uns das Thema wechseln.« Summer nickt. Jedoch verheißt ihr nachdenklicher Gesichtsausdruck nichts Gutes. Ich kenne Summer einfach zu gut und somit auch all ihre verrückten Ideen und Allüren, als dass ich mir nichts dabei denken würde. Aber ich habe mich anscheinend geirrt. Summer wechselt das Thema und kommt auch den Rest ihrer Schicht nicht ein einziges Mal mehr auf Gregor Blomberg zu sprechen. Als sie sich kurz nach Ladenschluss von mir verabschiedet, betont sie noch einmal, dass sie echt erleichtert ist, dass nun wieder alles gut zwischen uns sei.

»Es war nie wirklich nicht gut«, erwidere ich und schließe hinter ihr die Tür ab.

Kurz vor der Tagesschau klingelt mein Handy. Ich will es zunächst ignorieren, Himmel, ich bin echt vom alten Schlag, denn die Tagesschau ist mir heilig. Doch ein flüchtiger Blick aufs Display verrät mir, dass es Summer ist, und ich vermute, dass sie mir wegen ihrer morgigen Frühstücksschicht etwas mitteilen will.

»Jetzt sag bloß nicht, du hast gerade erst gemerkt, dass du morgen früh arbeiten musst, und dich heute Abend mit Freunden in irgendeinem neuen Club verabredet«, sage ich vorwurfsvoll, bevor Summer überhaupt einen Mucks von sich geben kann.

»Quatsch! Wo denkst du hin«, entgegnet sie leicht gekränkt.

»Na ja, ganz so abwegig ist der Gedanke nun ja leider nicht.«

»Maxi, was soll das denn jetzt? Du hast doch gesagt, die Sache sei vom Tisch. Und jetzt hältst du es mir direkt wieder vor.«

Summer hat recht. »Entschuldigung. Es ist nur, weil ich eigentlich die Tagessch…«

»Kannst du morgen das Café ganz pünktlich zumachen?«, fällt Summer mir ins Wort.

»Warum?«

»Das ist eine Überraschung.«

»Wie bitte?«

»Vertrau mir und sag einfach Ja!«, verlangt Summer.

»Okay …«, höre ich mich murmeln – in erster Linie, damit ich nicht noch mehr von der Tagesschau verpasse –, »ja.«

Kapitel 7

»Kannst du mir jetzt endlich verraten, wohin wir fahren?«, verlange ich am nächsten Abend, nachdem ich mein Café auf die Minute um achtzehn Uhr abgeschlossen habe und nun, eine knappe Viertelstunde später, neben Summer im Auto sitze.

»Das sollte ich wohl tatsächlich tun«, sagt sie gedankenverloren. Wie mir scheint, jedoch eher zu sich selbst als zu mir. Ich höre ihr an, dass sie sich inzwischen wohl nicht mehr ganz so sicher ist, ob ich vom Ziel unseres kleinen, frühabendlichen Ausflugs begeistert sein werde.

»Du fährst jetzt aber nicht in irgendeinen Club oder so?«, kommt es mir voller Schreck in den Sinn.

»Maxi, sorry, aber was sollen wir so früh in einem Club? Außerdem kenne ich keinen einzigen, der um diese Uhrzeit überhaupt schon geöffnet hat.«

Und sie hätte mich sicherlich auch nicht noch einmal explizit darauf hingewiesen, mich doch bitte in gedeckten Farben zu kleiden. Summer selbst steckt von oben bis unten in Schwarz. O mein Gott, plant meine Nichte, mich zu irgendeinem Treffen von Gothic-Anhängern zu schleppen? Vielleicht samt Ritual, das mir meine negativen Gedanken austreibt und zwar inklusive bedauernswertem Opferhuhn.

»Ich habe da so einen Kommilitonen, Jannick heißt er, und sein Onkel Sören ...«

»Steht auf schwarze Magie und son Zeugs«, falle ich ihr ins Wort.

Summer wirft mir einen fassungslosen Blick zu. »Was? Unsinn! Wie kommst du denn auf so was Absurdes?«

Ich zucke mit den Schultern. »Nun ja, du in Schwarz, ich bin ebenfalls dunkel gekleidet. Das muss doch einen Grund haben ...«

Kurz lacht meine Nichte auf. »Maxi, ey, du hast vielleicht verrückte Gedanken. Hast du echt gedacht, ich wollte dich zu 'nem Treffen von lauter schwarz gekleideten Gruftis auf einen Friedhof entführen?«

Ich erspare mir die Antwort. Inzwischen kommt mir meine Vermutung selbst völlig absurd vor.

»Wobei ... Friedhof trifft es schon im entferntesten Sinne«, redet Summer nun weiter. »Also, wir fahren nicht zu einem, aber diejenigen, mit denen wir uns gleich treffen werden, haben alle momentan ... wie sag ich es am besten ... nun ja, eine engere Verbindung zu jemandem, der sich auf einem Friedhof *befindet.*«

»Was?« Ich verstehe absolut gar nichts mehr.

»Jannick, ich habe dir gerade ja schon von ihm erzählt, ich möchte einfach, dass du ihn kennenlernst.«

Jetzt verstehe ich es endlich; Maxi ist verknallt. In diesen Jannick. Ihren Kommilitonen. Und den möchte sie mir vorstellen. Was das Ganze jedoch mit Friedhof zu tun hat und warum ich mich so kleiden sollte, verstehe, wer will, ich jedenfalls nicht.

»Maxi, egal, wie komisch dir das jetzt gleich vielleicht alles vorkommen wird, bitte tu mir einfach nur den Gefallen und lass dich darauf ein. Versprichst du mir das?«

Da ich fest davon ausgehe, dass es sich einzig und allein um Summers frisch entfachte Liebe zu diesem Jannick dreht, nicke ich und bin auch relativ beruhigt. Inzwischen sind mir nämlich einige wirklich absurde Gedanken durch den Kopf gegangen.

»Du hättest doch einfach sagen können, dass du dich verliebt hast, und nicht so eine Geheimniskrämerei veranstalten müssen«, halte ich ihr vor, lächele sie aber verständnisvoll dabei an.

»Ja ... okay ...«, murmelt Summer. »Ganz so ist es dann auch nicht ...« Sie beißt sich auf die Unterlippe.

Ach du meine Güte, jetzt habe ich es wirklich kapiert, hat ja lange genug gedauert. Summer ist verliebt in Jannick und dieser Idiot erwidert entweder ihre Gefühle nicht oder hat es bisher nicht mitgekriegt. Ich bin also mit meiner Nichte unterwegs, um Jannick die Augen zu öffnen. Ich fühle mich wirklich geehrt, dass Summer gerade mich mit dieser Mission beauftragt.

Nur die gedeckten Farben ... ehrlicherweise kann ich mir darauf noch immer keinen Reim machen.

Zehn Minuten vor neunzehn Uhr betrete ich zusammen mit meiner Nichte das Gemeindehaus der evangelisch-lutherischen Kirchengemeinde Lokstedt.

Sie deutet auf einen hochgewachsenen braunhaarigen jungen Mann, der weiter hinten im Raum steht und irgendwelche Unterlagen sortiert. »Ich begrüße kurz Jannick. Bin gleich wieder zurück.«

»Okay ...«, murmele ich, während ich mich im Raum umsehe. Elf Erwachsene, allesamt wie ich in gedeckten Farben gekleidet, stehen allein in dem recht geräumigen Saal herum oder unterhalten sich in kleinen Gruppen in gedämpfter Lautstärke. In der Mitte des Raumes ist ein großer Stuhlkreis aufgebaut. Rechts neben mir auf einer Anreihung von drei schmalen Tischen befinden sich Kaffee- und Teekannen, Tassen, etwas Gebäck und mehrere Erfrischungsgetränke samt Gläsern.

Ich habe nicht den Ansatz einer Idee, was hier gerade stattfindet, und komme mir ausgesprochen fehl am Platz vor. Am liebsten würde ich auf dem Absatz kehrtmachen, doch irgendwie bringe ich es nicht übers Herz, Summer hängen zu lassen.

Tief durchatmend wende ich mich zu der Tischreihe um und greife nach einer der schlichtweißen Tassen Marke Ikea, um sie mit Kaffee zu füllen. Der Kaffee ist so stark, dass der Löffel darin stehen könnte. Ich krieg ihn nicht heruntergeschluckt, schaue mich unauffällig um, bevor ich die bittere Flüssigkeit zurück in den Becher spucke.

»Widerlich«, flüstere ich und stelle die Tasse auf ein größeres rechteckiges Tablett, auf dem sich bereits einiges an benutztem Geschirr befindet.

Gerade als ich mich vom Tisch entfernen will, betritt eine dunkelhaarige Frau, die ungefähr in meinem Alter ist, den Saal und steuert direkt die Kaffeekanne an. Sie greift nach einem Becher und will sich einschenken.

»Trinken Sie den lieber nicht«, rate ich ihr. »Der schmeckt widerlich.«

Sie mustert mich von oben bis unten und sagt dann mit ernster Stimme und regloser Mimik: »Der ist von mir.«

»Hm?«, mache ich, weil ich es im ersten Moment nicht kapiere.

»Der Kaffee. Ich habe ihn mitgebracht.«

»Oh, tut mir leid«, bringe ich verlegen hervor. »Ich wollte Sie nicht …«

Auf einmal beugt sie sich zu mir vor, berührt mich kurz am Unterarm. »Nein, das war ein Witz«, sagt sie lachend.

»Oh …« Mehr fällt mir dazu nicht ein.

»Ich bin Tamara«, fährt sie fort und hält mir ihre rechte Hand hin, die ich wie von selbst ergreife.

»Hi!«

»Und du?«

»Was und ich?«

»Wie ist dein Name?«

Ich bin ein wenig verdutzt darüber, dass sie mich direkt duzt, komme aber zu dem Schluss, dass es unter den Leuten, die hier zusammengekommen sind, wohl so üblich ist.

»Maxi. Also eigentlich Maximiliane …«, antworte ich.

»Schöner Name«, meint Tamara. »Kommst du öfters zu diesen Treffen?«

Ich schüttele den Kopf. »Nein, heute zum ersten Mal«, antworte ich wahrheitsgetreu.

Sie nickt. »Ich auch.«

»Schön«, sage ich, weil mir einfach nichts Besseres einfallen will. Ich wende mich zu Summer um, die mir allerdings den Rücken zugekehrt hat. So langsam werde ich wirklich ungeduldig. Jetzt soll sie mir doch einfach diesen Jannick vorstellen und …

»Entschuldige«, sagt Tamara, während ihr Zeigefinger sacht gegen meine rechte Schulter tippt. »Bist du Schauspielerin?«

»Nein, wieso?«, gebe ich vehement zurück.

»Ich finde, du siehst dieser einen Schauspielerin aus dieser erfolgreichen Netflix-Serie zum Verwechseln ähnlich. Die Hübsche mit den langen dunklen Haaren … tzzz, wie heißt die denn jetzt noch mal schnell …« Sie denkt angestrengt nach und ich frage mich wirklich, bei was für einer verrückten Truppe ich hier gelandet bin.

»Entschuldige bitte, ich rede den totalen Unsinn daher. Das kommt davon, weil ich so aufgewühlt bin. Sonst wäre mir natürlich bewusst, dass die Serie eine amerikanische Produktion ist und die Schauspielerin, der du so ähnlich siehst, somit auch. Warum sollte eine amerikanische Schauspielerin ausgerechnet an dieser Trauergruppe teilnehmen?«

Ich will sie gerade fragen, was sie bitte schön mit Trauergruppe meint, als Summer neben uns auftaucht. Sie nickt dieser Tamara kurz zu und zieht mich dann mit sich zu dem Stuhlkreis.

»Summer, was um alles in der Welt ist das hier und vor allem, was haben wir hier verloren?«, zische ich ihr leicht ungehalten zu. Irgendwie glaube ich inzwischen nicht mehr daran, dass unser Besuch etwas mit diesem Jannick zu tun hat. Eine dunkle Ahnung, auch wenn es noch so absurd klingen mag, braut sich da langsam, aber sicher in mir zusammen.

»Setz dich erst einmal, Tantchen«, raunt Summer mir zu und lächelt mich unsicher an.

»Warum?« Ich bleibe hartnäckig stehen.

»Bitte, Maxi, jetzt setz dich. Die sind hier alle in Trauer.«

Mir bleibt die Spucke weg. Habe ich mich gerade doch nicht verhört. Das hier ist tatsächlich eine Gruppe von Trauernden. Meine komplett durchgeknallte Nichte hat mich, aus welchem Grund auch immer, tatsächlich an einem Freitagabend in einen Gemeindesaal geschleppt, wo Menschen zusammengekommen sind, die einen schmerzlichen Verlust zu betrauern haben.

Und es soll noch unglaublicher werden. Ein untersetzter Mann mit Stirnglatze betritt Seite an Seite mit Gregor Blomberg den Raum und nickt freundlich in die Runde der bereits Anwesenden.

Ich bin so perplex, dass ich mich widerstandslos von Summer auf den Stuhl neben ihr ziehen lasse. Keine zwei Minuten später haben alle Anwesenden im Saal im Stuhlkreis Platz genommen und nachdem der Mann mit der Stirnglatze, bei dem es sich um den Gemeindepastor Sören Friedrichs handelt, ein paar nette Begrüßungsworte an die Runde gerichtet hat, wendet er sich an Summer und mich und sagt: »Tja, sieht so aus, als hätten wir heute einige Neue unter uns.«

Ich zucke zusammen. Neue? Wir sind keine *Neuen*. Tamara ist eine Neue. Aber wir haben hier überhaupt nichts verloren. Und genau das will ich auch endlich klarstellen. Doch Summer kommt mir – mal wieder – zuvor.

»Hi, ich bin Summer und das ist meine Mutter Maxi.« Sie hebt kurz die Hand, während einer nach dem anderen ihren Gruß erwidert und dazu seinen Namen nennt. Auch Gregor Blomberg, der Summer und mich glücklicherweise nicht wiederzuerkennen scheint. Mir fehlen schlichtweg die Worte. Ich kann nicht glauben, was hier gerade abläuft. Erst recht nicht, als nun wieder der Gruppenleiter das Wort ergreift.

»Wie es bei uns so üblich ist, wenn wir jemand Neues in unserer Runde begrüßen dürfen, beginne ich unsere Trauerrunde damit, über einen schweren Verlust zu sprechen, der mich dazu bewegt hat, diese Gruppe zu gründen und nun schon seit mehr als fünf Jahren zu leiten. Meine Cousine Hannelore ist beim Kirschenpflücken von der Leiter gefallen, hat sich dabei den Hinterkopf aufgeschlagen und ist verblutet. Leider war ich es, der sie darum gebeten hat, mir einen Eimer der süßen Früchte ins Pfarrhaus zu bringen. Mit dieser Schuld muss ich seitdem nun leben und nun wisst ihr, warum ich diese Gruppe gegründet habe.«

»O mein Gott«, haucht Summer neben mir und fasst sich voller Grauen an die Kehle. »Das tut mir ja so leid …«

Pastor Sören Friedrichs nickt ihr sanft lächelnd zu. »Danke, ich weiß deine Anteilnahme zu schätzen, Summer. Möchtest du uns nun von eurem Verlust erzählen?«

Nein, das möchte sie unter Garantie nicht, schreit es laut in mir. Summer hat nämlich überhaupt keinen *Verlust* zu beklagen. Und ich bin auch nicht ihre Mutter, sondern ihre Tante. Das, was wir hier tun, ist eine unfassbare Sauerei. Und genau das werde ich jetzt auch endlich richtigstellen!

»Es fällt mir nicht leicht, darüber zu reden«, wispert Summer. »Für Mama und mich war es wirklich eine große Überwindung, denn auch wenn … Pa…pa nun schon vor längerer Zeit von uns gegangen ist, schmerzt es noch immer ganz schrecklich. Als ich nun von dieser Trauergruppe gehört habe, war mir sofort klar, dass Mama und ich hierherkommen müssen, um endlich Papas Verlust zu verarbeiten.«

WAS? Was redet sie denn da nur? Das ist eine Lüge. Eine grausame Lüge.

»Eine gute Entscheidung«, sagt die Frau neben ihr und drückt meiner angeblichen Tochter tröstend die Schulter.

Summer bedankt sich leise und fährt dann tatsächlich mit ihrer unfassbaren Lügengeschichte fort. »Es geschah völlig unerwartet. Eben waren wir noch in Italien im Urlaub und Papa hat lachend im Wasser herumgeplanscht und dann war er plötzlich … weg.« Zitternd atmet Summer durch, während ich nur wie erstarrt dasitzen kann. »Auf dem Weg zum Hotel ist er von einem Auto erwischt worden. Der Fahrer, der zu schnell war, hat aus bis heute unerklärlichen Gründen die Kontrolle über seinen Wagen verloren. Papa wurde durch die Luft geschleudert, während Mama und ich nur hilflos dabei zusehen konnten. Er war … war sofort tot …«

Summer schlägt sich die Hände vors Gesicht und fängt darunter leise an zu schluchzen.

»Alles gut, Summer«, meint Pastor Sören Friedrichs einfühlsam. »Lass deine Trauer zu, hier bist du in geschützter Runde und kannst dir sicher sein, dass wir dich auffangen. Die Gruppe trägt dich, trägt euch, Summer und Maxi, die Gruppe teilt eure Trauer und nimmt euch gleichzeitig ein wenig davon ab.«

Ich muss das jetzt und hier aufklären. Summers Show ist wirklich das Hinterletzte, wenn ich auch zugeben muss, dass sie über großes schauspielerisches Talent verfügt. Doch die Blicke, die Trauer, der Schmerz, all der Kummer und irgendwo auch ein wenig Hoffnung in den Augen der anderen, lässt mich einfach sitzen bleiben und schweigen. Und dann ist da auch noch Gregor Blomberg, der uns wohl inzwischen wiedererkannt hat und mich so mitleidig anschaut, dass ich mir selbst ein bisschen leidtue. Nein, ich bringe es nicht fertig, den Irrsinn, den Summer hier gerade abzieht, aufzuklären. Nicht jetzt. Aber sobald wir diesen Raum verlassen und außer Hörweite der anderen, der echten Trauernden, sind, wird es in unserer Familie wirklich einen plötzlichen Todesfall zu beklagen geben, weil ich Summer nämlich mit bloßen Händen erwürgen werde.

(Kein Datum, weil ich es mir
auf keinen Fall merken möchte. ☹)

Liebes Tagebuch!

Ich bin am Boden zerstört, Rafi ist mit dieser Isabell aus seinem Jahrgang zusammen. ☹

Das war's für heute und es gibt auch kein Herz, weil meins nämlich für alle Zeiten gebrochen ist!

Deine verheulte Maxi ☹

PS: Warum muss Liebe nur so wehtun?

Kapitel 8

»Bist du eigentlich von allen guten Geistern verlassen«, fahre ich meine Nichte wütend an.

Summer hingegen zeigt nicht den Hauch von einem schlechten Gewissen, geschweige denn Reue.

Stattdessen blickt sie mir selbstbewusst ins Gesicht. »Ich weiß echt nicht, warum du dich so aufregst. Mein Plan ist doch wunderbar aufgegangen. Dieser große Wikinger-Typ hat dich die ganze Zeit angeguckt. Und dass Gregor Blomberg dort aufgetaucht ist, das kann nur ein richtig nicer Wink des Schicksals sein. Der hat dir doch bei der Trauerfeier schon ziemlich gut gefallen. Und außerdem hast du dich super mit seinen beiden Kindern verstanden.«

Empört schnappe ich nach Luft. Ich habe die teilnehmenden Männer aus der Trauergruppe sicherlich nicht auf ihre Date-Qualitäten geprüft. Was ist nur mit Summer los, der muss mal gehörig der Kopf gewaschen werden. Ich muss ihre Worte immer noch verdauen. Soeben hat sie mir doch allen Ernstes ihren Plan näher erläutert, der da heißt, dass ich mir am besten einen verwitweten Mann suchen soll, der im günstigsten Fall sogar Kinder hat. So hätte ich quasi auf einen Schlag eine Familie, die ich mir so sehr wünsche. Es ist nicht zu glauben, aber Summer hält das wirklich für eine gute Idee, wie sie gesagt hat, sogar für den grandiosesten Plan, den sie jemals ausgeheckt hat.

»Warst du es nicht, die gemeint hat, dass sie null Bock auf irgendwelche Typen hätte, die entweder nur eine Affäre suchen oder mit der Ex-Frau gerade in einer unschönen Trennungsschlacht um Vermögen und Kinder stecken? Und weil du auf so einen Stress gut verzichten kannst, stattdessen der Männerwelt abschwören und in Ruhe und Würde mit deinen Zwergkaninchen altern wolltest.«

Nun bin ich noch perplexer als zuvor, denn ich kann mich nicht erinnern, so etwas Summer gegenüber erwähnt zu haben. Anne hingegen schon und das nicht nur einmal, sondern immer dann, wenn ich die mitleidigen Blicke meines Bruders und meiner Schwester nicht mehr ertragen konnte.

»Hast du Anne und mich etwa belauscht«, krächze ich.

»Belauscht, was heißt belauscht, das klingt irgendwie total fies. Ich habe das natürlich mit dem Fake-Date mitbekommen, weil Dad mich ja ausquetschen wollte, wie du weißt, und du mir ja dann alles erzählt hast, wobei ich dir schwören musste, kein Wort zu den anderen darüber zu verlieren. Was dein Gespräch mit Mama betrifft, war es so, dass ich zum Glück mitbekommen habe, wie du dich bei ihr beschwert hast, und das nicht nur einmal. Als dann neulich diese Trauerfeier im Café war, da ist mir der geniale Gedanke gekommen, dass du dir am besten einen Witwer angelst. Und wie der Zufall es so will, hat mir Jannick dann vor ein paar Tagen von dieser Trauergruppe erzählt, die sein Onkel leitet, und dass er da manchmal mithilft, den Raum vorzubereiten und so. Außerdem hat er gesagt, dass es schon passiert ist, dass sich dort zwei kennengelernt haben, aus denen dann was geworden ist. Also beziehungstechnisch. Das ist beinah wie mit Tinder, da geht keiner ernsthaft davon aus, dass man dort jemanden fürs Leben findet und – oh Wunder! – hin und wieder passiert es dann doch.«

»Das mit dem Date habe ich nur behauptet, weil meine Geschwister mal wieder keine Ruhe geben wollten«, stoße ich keuchend hervor. »Ja, das war nicht okay, das gebe ich zu. Aber du bist noch viel schlimmer, stelle ich gerade fest, du bist krank, Summer. Anders kann ich mir diesen Irrsinn, den du da von dir gibst, einfach nicht erklären.« Damit wende ich Summer den Rücken zu und stampfe wütend davon.

»Wo willst du denn hin?«, ruft Summer mir hinterher. »Das Auto steht dort drüben …«

In das ich unter keinen Umständen einsteigen werde. Wenn ich nämlich nicht gleich aus dem Dunstkreis meiner komplett durchgeknallten Nichte komme, kann ich wirklich für nichts mehr garantieren.

»Maxi! Jetzt sei doch nicht eingeschnappt …«

Eingeschnappt? Wie kann Summer annehmen, ich sei eingeschnappt? Ich bin entsetzt. Ich bin … verletzt. Zum einen, dass sie das Leid der Menschen in dieser Trauergruppe für meine Zwecke, also zu meinem persönlichen Vorteil und möglichen Glück auszunutzen gedenkt. Aber auch darüber, dass sie annimmt, ich sei so verzweifelt auf der Suche nach einem Mann samt Kindern, dass ich mich auf so einen perfiden Plan wie ihren einlassen würde. Und wenn ich es gerade richtig verstanden habe, dann ist dieser Jannick eingeweiht gewesen. Der Neffe des Pastors. Der Mann, der sich noch immer die schlimmsten Vorwürfe macht, dass seine Cousine seinetwegen diese verdammten Kirschen gepflückt hat und dabei auf tragische Weise ums Leben gekommen ist.

Sind die eigentlich alle beide komplett bescheuert?

Ich stampfe zornig den Fußweg entlang, ohne zu wissen, wohin er führt, aber auf jeden Fall weit von Summer weg, die gar nicht ahnt, wie sehr ihr eigenes Leben gerade in Gefahr ist. Ich bin so aufgebracht, dass ich nicht mitbekomme, dass ein Wagen langsam neben mir herfährt. Erst als derjenige hinterm Lenkrad das Fenster auf der Beifahrerseite runterlässt und ruft: »Maxi? Hallo, Maxi, kann ich dich vielleicht irgendwohin mitnehmen?« – werfe ich einen Blick nach links und erkenne

Gregor Blomberg, der sich mit dem Oberkörper halb über den Beifahrersitz gelehnt hat und mich fragend ansieht.

O mein Gott, einer der potenziellen Kandidaten, wie Summer sich vorhin ausgedrückt hat. Einer von denen, der gerade aufs Übelste von meiner Nichte und ja, durch mein Schweigen auch von mir, hinters Licht geführt wurde.

»Nein danke«, antworte ich leise und beschleunige meine Schritte.

Doch Gregor Blomberg scheint so schnell nicht aufgeben zu wollen. »Ich wollte mich sowieso längst bei dir noch einmal in aller Form bedanken«, redet er unverdrossen weiter, wobei er langsam neben mir herfährt, um mich so zum Einsteigen zu überreden.

»Wofür?«, frage ich. Mehr aus Höflichkeit als aus echtem Interesse. Das gilt nämlich nur einer Sache, so zügig wie möglich von hier fortzukommen und das Ganze schnellstmöglich zu vergessen.

»Steig ein, dann erfährst du es«, sagt er und lächelt mich augenzwinkernd an.

Ich bleibe stehen. Okay, vielleicht sollte ich die Gelegenheit nutzen, um mich bei ihm zu entschuldigen. Womöglich geht es mir dann ein bisschen besser, wenn ich wenigstens einem der *Betroffenen* gegenüber reinen Tisch gemacht habe.

»Ich muss zurück nach Eppendorf …«

»Kein Problem, ist genau meine Richtung.«

Unentschlossen zucke ich mit den Schultern und mache einen halbherzigen Schritt auf sein Auto zu. In diesem Moment entdecke ich Summers Fiat. So schnell ich kann, ziehe ich die Beifahrertür auf und werfe mich auf den Sitz. Auf gar keinen Fall darf Summer sehen, dass ich mich mit Gregor Blomberg unterhalte. So verstrahlt, wie meine Nichte gerade drauf ist, betrachtet sie womöglich ihren absurden Plan als Erfolg und fühlt sich in ihrem Handeln auch noch bestätigt.

»Ui«, gibt Gregor Blomberg von sich. »Das nenne ich mal rasantes Einsteigen.«

Ich mache mich ganz klein auf dem Sitz, während Summers Wagen an Gregors großem dunklen Mercedes vorbeifährt.

»Versteckst du dich etwa vor deiner Tochter?«, fragt er verwundert, als er erkennt, wer da hinterm Lenkrad des kleinen Flitzers sitzt. »Habt ihr euch gestritten?«

Ich hole tief Luft. Ich muss ihm sagen, was Summer und ich … also was wir getan …

»Das fände ich sehr bedauerlich. Ich war zwar eben einen Moment lang irritiert, weil mir nicht bewusst war, dass auch du deinen Partner verloren hast, und ich außerdem irgendwie der Meinung war, dass es sich bei Summer um deine Nichte handeln würde. Aber ich finde es wirklich beeindruckend, wie du deiner Tochter zuliebe den Weg in die Trauergruppe gefunden hast, obwohl es dir sichtbar schwerfällt, dich den anderen gegenüber zu öffnen. Das ist wirklich groß von dir, dass du Summer diesen Wunsch erfüllst, obwohl dir anzusehen ist, dass du dich ausgesprochen unwohl, ja irgendwie fehl am Platz gefühlt hast.« Er blickt mir fest in die Augen und mein Magen zieht sich sonderbar zusammen. »Du bist ein ausgesprochen empathischer Mensch. Das habe ich schon bemerkt, als du dich so rührend um meine Kinder gekümmert hast. Sie reden noch heute davon, wie schön es für sie war, mit deinen beiden Kaninchen kuscheln zu dürfen. Dadurch hast du diesen so schweren Tag für die beiden ein wenig *angenehmer* gemacht.« Er holt tief Luft, dann spricht er langsam weiter. Seine Stimme klingt rau, fast, als würde er mit den Tränen ringen. »Ich meine, wir hatten viel Zeit, um Abschied von meiner Frau zu nehmen, auch die Kinder – sie hatte Krebs, die letzten Wochen waren sehr, sehr schlimm und ihr Tod im Grunde genommen eine Erlösung für sie. Aber trotzdem: Wenn es dann so weit ist, ist es ein Schock. Also, es war ein Schock. Für mich und die Kinder. Und da waren deine Kaninchen das erste Mal seit Langem, dass sie etwas Schönes erlebt haben. Dafür wollte ich mich eigentlich längst noch mal in aller Form bei dir bedanken. Aber nun ja, es war viel zu tun, zu organisieren, zu verändern, sodass ich bisher einfach nicht die Zeit dafür gefunden habe. Dass ich dich nun ausgerechnet bei der Trauergruppe wiedertreffe und wir dazu das gleiche Schicksal teilen, hat mich wirklich sehr bewegt.«

Himmel, was soll das? Warum ist der nur so verdammt nett und vor allem beeindruckt von mir? Damit macht er es mir doch quasi unmöglich, ihm Summers perfiden Plan und mein Schweigen dazu zu gestehen.

»Also … nun ja, es ist etwas anders, als Sie … ähm … du jetzt gerade annehmen musst …« Ich kann nicht mehr weiterreden, weil mir einfach der Mut dafür fehlt. Warum habe ich Summer vorhin nicht auf der Stelle ausgebremst? Ich hätte es direkt klarstellen müssen. Mich mit hochrotem Kopf bei allen entschuldigen müssen, und dann Summer, notfalls an den Haaren, aus dem Raum zerren sollen. Dann wäre ich jetzt nicht in dieser schrecklich unangenehmen Lage.

»Maxi, nun mach dein großherziges Verhalten doch nicht unnötig klein.« Gregor lächelt mich warmherzig an. »Aber irgendwie passt das zu dir. Du handelst so, weil es deinem feinen Charakter entspricht und nicht, weil du auf Lob und Anerkennung aus bist.«

Ich schlucke und schlucke und allmählich sollte ich wirklich mal langsam mit der Wahrheit herausrücken. Nur … wenn Gregor mich so anschaut, so bewundernd, so warm, und das mit diesen wirklich unfassbar schönen Augen, wie soll ich ihm da gestehen, dass ich eigentlich eine stinkverlogene blöde Kuh bin?

Eine bemitleidenswerte vierundvierzigjährige Frau, der die eigene Familie nicht zutraut, noch einen Mann abzukriegen, geschweige denn eigene Kinder zu haben (wofür eh die Uhr eigentlich längst abgelaufen ist!).

Nein, ich kann es ihm nicht sagen. Ich kann mich nicht noch mehr erniedrigen, das schaffe ich wirklich nicht.

»Ja, es ist gerade tatsächlich alles nicht so leicht«, höre ich mich traurig sagen. »Aber ich gebe mein Bestes … für Summer, meine Tochter …«

Zu Hause werde ich schon sehnsüchtig von Summer erwartet. Irgendwie ist sie ins Treppenhaus gekommen und hat es sich auf der Fußmatte vor meiner Wohnungstür gemütlich gemacht.

»Da bist du ja endlich«, ruft sie erleichtert und springt von der Matte auf. »Ich habe mir wirklich schon Sorgen um dich gemacht. Ich dachte, das Ganze wäre eine gute Idee, aber im Nachhinein, also, wo ich etwas Zeit hatte, darüber nachzudenken und du ja auch echt krass sauer darauf reagierst hast, da …«

Doch ich habe keine Lust mehr, mir Summers Erklärungen oder Ausreden anzuhören und erst recht keine Entschuldigungen.

»Tu so was nie wieder!«, zische ich ihr warnend zu. »Sonst sind wir die längste Zeit gut miteinander gewesen.«

Und während Summer sichtbar geknickt abzieht, geht es in meinem Kopf drunter und drüber. Ich habe mich eben selbst als verwitwete Mutter einer erwachsenen Tochter ausgegeben. Nun gut, nicht ich habe das den anderen gegenüber behauptet, sondern Summer. Ähm, bis auf Gregor. Egal, denn da ich in großer Runde dazu geschwiegen und es nicht auf der Stelle richtiggestellt habe, ist es sowieso auch meine Lüge. Man mag mir zugutehalten, dass ich in dieser Situation einfach zu perplex gewesen bin, um das Ganze aufzuklären. Vielleicht wollte ich auch einfach nur auf die Gefühle der echten Trauernden Rücksicht nehmen. All das kann ich möglicherweise zu meiner Entschuldigung vortragen. Was jedoch unentschuldbar ist, ist, dass ich Gregor eben im Auto nicht die Wahrheit gestanden habe. Und das aus rein egoistischen Gründen, weil ich einfach nicht schlecht vor ihm dastehen wollte.

»Mein Gott, Maxi, schäm dich«, murmele ich, während ich mich mit gefühlt zentnerschwerer Last auf den Schultern in meine Wohnung schleppe.

20. November 1991

Liebes Tagebuch!

Ich melde mich nur ganz kurz, weil ich in den nächsten Tagen nicht allzu viel Zeit haben werde. Papa hat bald Geburtstag – er wird 45 – uhhh, sooo steinalt – und feiert mal wieder richtig groß. Wir müssen alle bei den Vorbereitungen helfen, weil er so viel in der Kanzlei zu tun hat, hat Mama gesagt. Aber mir ist es total wichtig, dass du erfährst, was ich heute erfahren habe. Ich bin nämlich sosososooo erleichtert.

Rafi ist nicht mit dieser Isabell aus seinem Jahrgang zusammen, die sind wirklich nur Freunde! Ich weiß das, weil Lisa mitgekriegt hat, dass Isabell auf Rafis besten Freund steht und Rafi ihr sogar Tipps gegeben hat, wie das mit denen hinhauen könnte. Darum sind die ständig zusammen.

Ich bin echt erleichtert und nun kann ich mich auch auf Papas Feier freuen – hoffentlich ist nicht wieder dieser komische DJ von Papas 40. dabei. Kalle hieß der und hat die ganze Zeit schrecklich altmodische Musik gespielt und peinliches Zeug ins Mikrofon geredet.

Bis ganz bald.
Deine Maxi ♥

PS: Warum müssen Erwachsene nur immer so schrecklich peinlich sein?

Kapitel 9

Zwei Wochen später habe ich Summers hirnrissige Aktion weitestgehend aus meinem Gedächtnis verdrängt. Meine Nichte war klug genug, den Abend mit keiner Silbe mehr zu erwähnen. Ansonsten hätte ich ihr Angebot bestimmt nicht angenommen, dass sie mich von zu Hause abholt, damit wir zusammen zum 75. Geburtstag meines Vaters und ihres Großvaters fahren.

»Man muss die Feste feiern, solange die Knie und die Hüfte es noch mitmachen«, lautet einer seiner Lieblingssprüche. So hat er zu diesem Anlass nicht nur seinen engsten Familienkreis eingeladen, sondern knapp an die fünfzig Gäste. Neben meinen Geschwistern samt ihren Familien haben sich beinahe all meine Tanten, Onkel, Cousinen und Cousins mit ihrem teils noch jungen, teils bereits erwachsenen Nachwuchs an diesem recht eisigen Samstagabend Ende November im Saal des Stammgasthofes meiner Eltern eingefunden. Natürlich sind auch die engsten Freunde meiner Eltern und deren Kinder und Enkelkinder herzlich dazu von ihm eingeladen worden. Ich kann wieder einmal nur über den Elan meiner Eltern staunen, die bestens gelaunt ihre vielen Gäste in Empfang nehmen – und auch darüber, dass mein Vater nicht lange fackelt, um auf meinen »wunden Punkt«, wie er es immer auszudrücken pflegt, zu sprechen zu kommen.

»Summer, mein Engel«, sagt er freudig und kneift ihr sacht in die rechte Wange. »Sehr umsichtig von dir, dass du deine Tante begleitest.«

Ich schenke ihm ein breites Lächeln. »Danke für die Einladung, Vater«, und übergehe seine Anspielung einfach. »Auf deinen Achtzigsten bin ich wirklich gespannt. Das hier ist kaum noch zu übertreffen.« Mit einer Handbewegung deute ich auf die zwei festlich gedeckten langen Tafeln, die vielen Speisen, die zu einem appetitlich aussehenden Büfett an der linken Seite des Saals aufgebaut sind, und die kleine Bühne, auf der Papas Lieblings-DJ »Disco-Kalle« hinter seinem Mischpult steht und schon unfassbar gut gelaunt ist. »Leute, schnallt euch an, Leute, das wird 'n Spaß ... Leute, heut geben wir mal wieder so richtig Gas.«

»O mein Gott, Kalles Drohungen werden auch immer *gefährlicher*«, raunt mir Summer grinsend zu.

»Kalle ist der Beste«, sagt mein Vater, während er sich komplett unrhythmisch zu Roland Kaisers und Maite Kellys Song *Warum hast du nicht nein gesagt* in den Hüften wiegt.

»Tooootal«, stimmt ihm Summer zu. »Voll meine Musik, Opa, so was höre ich quasi rund um die Uhr.«

Entweder versteht er die Ironie in Summers Stimme nicht oder er ignoriert sie galant. Auf jeden Fall ist seine Feierlaune ungetrübt, als er hinter uns neu eingetroffene Gäste entdeckt. »Hannelore, Bernhard, da seid ihr ja endlich!«, ruft er und tanzt ihnen entgegen.

»Oha, Opa ist mal wieder genauso *gefährlich* gut drauf wie Disco-Kalle«, meint Summer lachend.

Wir gesellen uns zu Summers Eltern. Anne mustert mich von Kopf bis Fuß, während sie anerkennend durch die Zähne pfeift. »Toll siehst du aus, Maxi. Findest du nicht auch, Joachim!«

Mein Bruder nickt. »Ich kann mich nur wiederholen, es ist mir unverständlich, dass du Single bist. Und was ist denn nun mit diesem Mann, wegen dem du frühzeitig von unserem Geschwisterabend fortmusstest?«

»O Paps, jetzt lass es doch mal. Das nervt.« Meine Nichte spricht mir aus der Seele. Zumal sie seit ihrer bescheuerten Aktion mit der Trauergruppe sowieso alles tut, um mich vor meiner Familie in Schutz zu nehmen. Leider nicht allzu erfolgreich. Erst nach ein paar weiteren quälenden Minuten scheint mein Bruder einzulenken. »Okay, anderes Thema«, sagt er. Aber nur für den ersten Moment. »Du erinnerst dich doch noch an Martin Klein, Maxi?«, fragt er mich.

Ahnungslos zucke ich mit den Schultern. »Nicht, dass ich wüsste.«

»Natürlich kannst du das«, behauptet Joachim vehement. »Wir haben zusammen studiert und waren eng miteinander befreundet. Er war mehrmals bei uns zu Hause.«

Ich kann mich beim besten Willen an nichts von alldem erinnern und habe nicht den blassesten Schimmer, warum ich es sollte, was ich meinem Bruder auch so sage.

Doch grundlos hat er den Namen seines ehemaligen Kommilitonen natürlich nicht ins Spiel gebracht. Das hätte mir eigentlich direkt klar sein müssen.

»Anne und ich haben Martin gestern Abend zufällig bei unserem Italiener getroffen.«

»Wie schön«, sage ich aus reiner Höflichkeit.

Joachim nickt, erklärt dann aber: »So *schön* war der Anlass allerdings nicht. Zumindest für Martin. Er hat die letzten zwölf Jahre in London gelebt, wo er als Syndikusrechtsanwalt für ein großes britisches Unternehmen überaus erfolgreich tätig gewesen ist. Nun ist er zurück nach Deutschland gekommen und im Begriff, sich beruflich wie privat neu zu orientieren. Seine Frau … oder besser Ex-Frau, wegen der er ursprünglich nach London gezogen ist, hat sich nämlich einige Zeit davor bereits *umorientiert.*« Mein Bruder schenkt mir einen bedeutungsvollen

Blick. »Sie lebt jetzt mit einer anderen Frau zusammen«, verkündet er mit gesenkter Stimme.

»Okay«, sage ich gedehnt, was die Brauen meines Bruders mal wieder ruckartig in die Höhe schnellen lässt.

»Hast du es nicht verstanden, Maxi? Sie hat ihn verlassen, um zukünftig mit einer anderen Frau zusammenzuleben. Als Paar.«

Ich nicke. »Doch, natürlich habe ich das verstanden.«

»Und warum reagierst du dann so ... so gleichgültig?«

»Weil ich erstens diesen Martin nicht kenne und zweitens nichts Verwerfliches daran finden kann, dass seine Ex mit einer anderen Frau zusammenlebt, und es mich drittens eh nichts angeht.«

Joachim starrt mich einigermaßen fassungslos an. »Was? Dich überrascht es nicht, dass man oder in diesem Fall Frau, fast zwanzig Jahre mit einem Mann liiert ist, um dann von einem Tag auf den anderen festzustellen, dass sie sich zu einer anderen Frau hingezogen fühlt? Kannst du dir vorstellen, wie das für Martin war und ja, auch noch immer ist?«

»Puh ...«, mache ich. »Joachim, was erwartest du denn jetzt, was ich dazu sage? Ich kenne weder Martin noch seine Ex-Frau. Das Einzige, was mir jetzt spontan dazu einfällt, ist, wo die Liebe nun mal hinfällt.« Ich wende meinem Bruder halb den Rücken zu, um ihm zu verstehen zu geben, dass ich keine Lust habe, mir länger Gedanken über irgendeinen Martin und seine gescheiterte Ehe zu machen. Aber leider will Joachim das partout nicht kapieren.

»Wie auch immer. Anne und ich haben ihn ganz spontan nächsten Freitag zu uns zum Essen eingeladen und es wäre doch schön, wenn du ...«

»Halt!«, falle ich meinem Bruder ins Wort. »Lass es, Joachim. Ich habe kein Interesse!«

Joachim wirft Anne einen hilfesuchenden Blick zu.

Doch Anne schüttelt den Kopf. »Ich habe dir gleich gesagt, dass das keine gute Idee ist.«

»Ich muss aufs Klo«, murmele ich und lasse die beiden stehen.

Unterwegs treffe ich Summer, die mit zwei blutroten Cocktails in den Händen von der Bar kommt.

»Hey, wo willst du hin? Der Typ hinterm Tresen hat extra viel Wodka für uns reingemischt.« Sie zwinkert mir verschwörerisch zu.

»Ich bin gleich zurück«, verspreche ich ihr.

Im grün gefliesten Damen-WC Marke 70er-Jahre-Charme des gediegenen Stammgasthofes meiner Eltern verweile ich so lange vor dem ovalen Spiegel und betrachte mich darin, bis ich mich meiner Familie und ihren unentwegten Verkuppelungsversuchen wieder einigermaßen gewachsen fühle. Außerdem vertraue ich auf Summers dunkelroten Cocktail und dass es dort, wo der herkommt, noch viel, viel mehr davon gibt.

Doch kaum, dass ich den Saal wieder betreten habe, geht es mit den ersten Vorführungen los, einer Sache, die ausgesprochen beliebt in unserer Familie ist und der ich so gar nichts abgewinnen kann. Meine Cousine Annabell und ihre drei Töchter überreichen meinem Vater ihr Geschenk und liebe Glückwünsche in Form eines Gedichtes.

Mein Vater ist entzückt, die Gäste ebenfalls. Weiter geht es mit Cousin Lutz. Er, seine Frau und die vier Kinder, zwei Jungs und zwei Mädchen im Alter von schätzungsweise acht bis sechzehn Jahren, so genau weiß ich das nicht, da ich Lutz nur alle Jubeljahre mal sehe, haben einen *lustigen* Sketch einstudiert, den mein Vater zum Totlachen findet. Untermalt wird das Ganze von Disco-Kalles *superlauten* Kommentaren. Lieber Herr im Himmel, lass es bitte schnell vorbei sein, flehe ich im Stillen.

Allerdings werden meine Gebete nicht erhört. Es folgen noch gespielte Glückwunschtelegramme, musikalische Vorführungen und zum Wegschmeißen amüsante Spiele, bevor Disco-Kalle auf einmal ins Mikro trällert: »Ihr seid der Meinung … das … war … SPITZE!« – woraufhin alle Anwesenden *Spitze* mitrufen und dabei in die Höhe springen und den Hans Rosenthal geben, ob sie nun wissen, wer das ist, oder auch nicht. Dann wird mit viel Getöse endlich das Büfett für eröffnet erklärt.

Ich bin so erleichtert, dass ich mich als eine der Ersten darauf stürze und mir den Teller randvoll schaufele. Dabei werde ich von meiner Cousine Helena aufmerksam gemustert, was ich jedoch zu ignorieren versuche. Helena und ich sind gleichaltrig und haben als Kinder oft die Ferien bei unseren Großeltern im Alten Land auf deren schönem Hof verlebt. Damals haben wir uns wirklich gut verstanden. O ja, Helena und ich haben uns unser Studentenleben an einer tollen Uni und in einer unbedingt angesagten Großstadt in unserer gemeinsamen Wohnung in den aufregendsten Farben ausgemalt, während wir Seite an Seite im warmen Gras zwischen den Apfelbäumen lagen. Helena hat es dann nach München verschlagen, um einer alten Familientradition folgend Jura zu studieren und sich in Holger, ebenfalls angehender Jurist, zu verlieben. Nach erstklassig bestandenem Zweiten Staatsexamen und einer kurzen Anstellung in einer natürlich ausgesprochen renommierten Münchner Kanzlei haben die beiden frisch Vermählten mit der Familienplanung losgelegt und sie nach der Geburt der Zwillinge Ben und Charlotte dann direkt wieder für erfolgreich abgeschlossen erklärt. Helena ist die ersten zwei Jahre daheim bei den Kindern geblieben, um dann mit vollem Elan zurück ins Berufsleben zu kehren. So ist es bis heute geblieben und ja, es hat diverse Momente gegeben, in denen ich sie heimlich für die Erfüllung unserer Kindheits- und Jugendpläne bewundert habe. Womöglich habe ich deshalb den Kontakt zu ihr einschlafen lassen, den wiederum sie immer versucht hat, aufrechtzuerhalten.

»Als ich mit den Zwillingen schwanger war, habe ich auch

immer so einen Heißhunger gehabt«, sagt sie und knufft mir dabei leicht in die Seite.

Ich schlucke.

»O, Maxi, entschuldige bitte«, beeilt Helena sich zu sagen. »Ich wollte dir nicht zu nahe treten. Es ist nur so, dass ich dachte, du wärst momentan in keiner festen Beziehung. Zumindest hat deine Schwester das neulich erwähnt, als wir telefoniert haben.«

Während ich sie völlig perplex anstarre, weil ich nicht im Ansatz kapiere, was sie mir damit sagen will, plappert sie schon weiter: »Aber wer braucht heute noch 'nen Ehemann, um Mutter zu werden.«

Mir fällt immer noch nichts ein. Absolute Leere in meinem Kopf.

»Hast du dich mit Hormonen behandeln lassen? Ab vierzig ist es ja oftmals nicht mehr so leicht, schwanger zu werden? Oder war es von vornherein eine künstliche Befruchtung?«

Endlich verstehe ich, was Helena wohl meint zu wissen. Lang genug hat es schließlich gedauert. Doch außer ihr kopfschüttelnd einen Vogel zu zeigen, fällt mir beim besten Willen keine angemessene Reaktion auf so viel Stuss ein, wie der, der da eben aus ihrem doch eigentlich ziemlich gebildeten Mund gekommen ist.

»O nein, Maxi, so wollte ich das überhaupt nicht sagen«, versucht sie sich zu rechtfertigen. »Ich habe keine Ahnung, warum ich so einen Unsinn von mir gebe. Vielleicht weil ich immer noch so enttäuscht bin, dass du dich so rar gemacht hast und ich all die Jahre vergeblich versucht habe, den Kontakt zu halten.« Sie stockt, schüttelt über sich selbst den Kopf. »Wenn ich ehrlich bin, dann wollte ich dich gerade einfach nur provozieren, was absolut unmöglich von mir ist und wofür ich mich nur noch einmal entschuldigen kann.«

»Schon gut, Helena«, murmele ich und trage meinen Teller für zwei rüber zum Tisch, wo ich Ausschau nach meinem Sitzplatz halte. Meine Eltern sind große Anhänger von Tischkärtchen, über deren Platzierung sie sich lange und intensive Gedanken machen. Ich gehe fest davon aus, dass ich wie meine Geschwister in der Nähe meiner Eltern sitze. Doch auch nach minutenlangem Suchen kann ich beim besten Willen kein Kärtchen mit meinem Namen darauf finden.

»Ach Maximiliane, Schatz«, flötet da auf einmal meine Mutter. »Hier vorn bei uns war es irgendwie recht eng geworden. Ich habe dich zu den Enkelkindern gesetzt. Bist du so lieb und hast ein Auge auf die etwas Kleineren? Dann können ihre Eltern auch mal ganz ungestört das leckere Essen genießen, was ihnen nicht allzu häufig vergönnt ist.«

Ich kann meine Mutter nur anstarren, während ich darauf warte, dass sie lachend das Späßchen, das sie sich da gerade mit mir erlaubt hat, aufklärt. Doch ich warte vergeblich. Sie hat sich längst der Tochter ihrer guten Freunde Magdalene und Kurt Jansen samt ihrem Mercedes-Vertragspartner-Autohausbesitzer-Gatten Ulrich zugewandt. Dass Ulrich Inhaber eines solchen Autohauses ist, weiß ich so genau, weil meine Mutter nicht müde wird, es mir zu erzählen … ach was, vorhalten trifft es besser. »Schau mal, Maxi, wie gut es der Tina geht.« Ich weiß immer nicht, was sie mir damit eigentlich sagen möchte. Dass eine Frau sich einzig und allein durch den Erfolg ihres Gatten profilieren könnte? Ich kann es mir schwer vorstellen, denn eigentlich ist meine Mutter nicht so … dumm. Sie ist zwar nie berufstätig gewesen, hat ihre Aufgabe darin gesehen, die Kinder zu erziehen und ihrem Mann den Rücken freizuhalten, aber dennoch ist sie alles andere als ein folgsames Hausmütterchen ohne Meinung und Stimme.

»Ihr könnt ganz unbesorgt wegen Tom und Hauke sein«, verspricht sie den beiden. »Maxi hat sich bereit erklärt, bei den Kindern zu sitzen und sie, wo es aufgrund des Alters noch vonnöten ist, auch zu beaufsichtigen.«

Ich bin wirklich nicht scharf darauf, den Dank des Autohaus-Dream-Team-Ehepaares zu hören oder noch erniedrigender, ihre mitleidigen Blicke auf mir zu spüren, und verflüchtige mich schnell ans Ende der hinteren Tafel, wo sich das *junge Volk* bereits mehr hingeflegelt als gesetzt hat.

Summer blickt mir mit ungläubigen Augen entgegen. »Haben Oma und Opa dich wirklich zu den Enkelkindern und Co gesetzt?«

Ich zeige mich äußerlich ungerührt. »So muss ich wenigstens nicht die ganze Zeit das Happy-Family-Life-Gerede meiner Verwandtschaft ertragen«, erkläre ich.

Summer nickt. »Das ist ein Argument.«

Eine Weile hocken wir schweigend nebeneinander. Mir ist der Appetit ein wenig vergangen. Auch angesichts des dicken Popels, den Hauke aus seinem linken Nasenloch hervorgezaubert hat, um ihn sich anschließend in den Mund zu stecken. Aber trotz der Popelfresserei und des Lärms, den besonders die noch etwas jüngeren Kinder hier hinten bei uns am Tisch veranstalten, der Zankereien zwischen Cousine Annabells drei eben bei der Aufführung noch so wohlerzogenen Schwestern samt allerübelsten Kraftausdrücken, wovon *Halt's Maul, du bekloppte Kuh* noch zu den harmloseren zählt, stelle ich zunehmend fest, dass ich mich umgeben von den Kindern, Jugendlichen und jungen Erwachsenen meiner Familie so wohl fühle, wie es weiter vorn an der Tafel inmitten der ach so beglückten Pärchen bestimmt nicht der Fall wäre. Ich gönne ihnen ja ihr Glück, wirklich, mich allerdings sollen sie damit bitte schön einfach mal in Ruhe lassen.

So lausche ich Toms ohne Zweifel absolut unlustigen Witzen und lache artig darüber. Ich schnappe mir Haukes Glas, als es umzukippen droht, und schlichte den nächsten Zoff zwischen Elsa, Rieke und Louisa. Summers vier Jahre jüngerer Bruder Jacob erzählt mir voller Begeisterung von seinen Zukunftsplänen als Fußballprofi und findet es *voll korrekt* von mir, dass ich ihn ernst nehme und nicht wie sein Vater es handhabt, direkt genervt abwinke.

Wir essen und trinken, wir plaudern und blödeln herum, wir erzählen uns Witze und lachen herzhaft zusammen und mit etwas Abstand betrachtet, bin ich meinen Eltern sogar richtig dankbar, dass ich nicht bei den *Erwachsenen* sitzen muss.

Nur Summer kann sich noch immer schrecklich über ihre Großeltern aufregen. »Ganz ehrlich, Maxi, ich schnall nicht, warum du dir das gefallen lässt. Ich meine, ich find's eigentlich schon ein Unding, dass ich mit einundzwanzig hier bei den *Kindern* sitzen muss. Aber dich hierherzuverbannen, das geht echt gar nicht.« Summers Hand knallt scheppernd auf den Tisch. »Hauke, hör endlich damit auf, deine Popel zu fressen. Sonst kotz ich dir auf den Teller«, blafft sie ihn an.

Ich wuschele dem hungrigen jungen Mann über seinen Haarschopf, während ich ihn vor Summer verteidige. »Wenn sie nun mal so lecker schmecken.«

Hauke lacht, Summer gibt Würggeräusche von sich und Tom erzählt den nächsten unlustigen Witz. Ich kann mir wirklich keine unterhaltsameren Tischnachbarn vorstellen.

Nach dem Essen lässt mein Vater es sich nicht nehmen, höchstpersönlich mit einem Tablett herumzugehen, auf dem sich unterschiedliche Schnäpse befinden. Als er am Ende der hinteren Tafel angekommen ist und ihm wohl endlich bewusst wird, dass ich hier inmitten der Kinder und Jugendlichen, wovon Summer die älteste ist, sitze, schüttelt er fast ein wenig ärgerlich den Kopf.

»Maxi, Kind, nein, so geht das nicht. Komm mit zu deinen Geschwistern. Wir rücken die Stühle etwas zusammen, dann passt das schon.«

»Wie schön, Opa«, fährt Summer ihn ziemlich schroff an, »dass euch das auch endlich mal auffällt. Ich muss dir echt sagen, an Maxis Stelle hätte ich mich nicht so abschieben lassen. Kein feiner Zug, Opa, echt nicht.«

Ich lege meine Hand auf Summers Unterarm. »Lass gut sein, Summer. Alles ist in bester Ordnung.«

»Maxi soll hierbleiben!«, verlangt das Schwesterntrio.

»Ich esse auch keine Popel mehr«, verspricht Hauke.

Und Tom kündigt lauthals an: »Und ich erzähle dir noch viel, viel mehr Witze, Maxi, wenn du hier bei uns bleibst.«

»Boah, Tom, du sollst Maxi doch nicht drohen«, zieht Rieke ihn lachend auf.

»Du verstehst sicher«, wende ich mich an meinen Vater, »dass ich unter diesen Umständen auf gar keinen Fall den Platz wechseln kann.«

Mein Vater holt tief Luft. Ihm wird immer bewusster, dass es eigentlich eine Frechheit war, mich mangels Partner nach hinten zu verbannen. Dafür schämt er sich und möchte es unbedingt wiedergutmachen, das sehe ich ihm an, und dass ich jetzt nicht einlenke, das ärgert ihn maßlos. Mein Vater ist jemand, der sehr wohl in der Lage ist, Fehler einzugestehen, und sich auch dafür entschuldigen kann. Nur kommt er gar nicht damit klar, wenn man ihm nicht die Gelegenheit dafür gibt.

»Na ja, Maximiliane, falls du es dir noch anders überlegen solltest, ich bitte den Gastwirt darum, dass vorn bei uns ein Stuhl für dich dazugestellt wird.«

»Alles gut, Papa«, winke ich ab. »Ich fühle mich hier sehr wohl.«

Sein Blick fällt auf meinen Teller, der noch halb voll ist, was daran liegt, dass ich mir einfach zu viel aufgetan habe.

»Und was ist damit?«, fragt er. »Dir scheint es nicht geschmeckt zu haben.«

»Daran sind meine Popel schuld«, ruft Hauke. Damit sich mein Vater wohl ein Bild davon machen kann, schiebt er den Zeigefinger in sein rechtes Nasenloch und lutscht ihn anschließend genüsslich ab.

»Ihhh …«, ruft Summer. »Junge, du bist so widerlich.«

Hauke freut's und mein Vater hat es plötzlich ziemlich eilig, zurück zum Tresen zu kommen, wo er das fast leere Tablett abstellt und dann eines der kleinen Schnapsgläser in die rechte Hand nimmt, um das Wort an seine Gäste zu richten.

»Auf die Gesundheit und darauf, dass wir noch viele so schöne Feste zusammen feiern können, aber vor allem auf meine wunderbare Frau, die nun schon seit dreiundfünfzig Jahren an meiner Seite ist. Ohne dich, meine geliebte Hanna, wäre mein Leben nichts wert. Ohne dich stände ich heute nicht hier im Kreis meiner Kinder und Enkel, Verwandten und Freunde. Ohne dich möchte ich nicht sein ...« Einen kurzen Moment stockt er, bevor er lachend in die Runde ruft: »Prost!«

Und während seine Gäste im Chor »Prost, Hans-Hermann!« erwidern und ich dieses Mal nicht verhindern kann, dass sich der Inhalt von Haukes Glas über die weiße Tischdecke ergießt, macht sich in mir auf einmal eine altbekannte Sehnsucht breit. Mit solch einer schmerzlichen Wucht wie nie zuvor, sodass ich nicht in der Lage bin, die Tränen zurückzuhalten. Genauso wenig wie den unbedingten Drang zu unterdrücken, mein noch fast volles Weißweinglas in einem Zug zu leeren und mir dann sofort nachzuschenken.

Nie werde ich so etwas erleben. Weil ich nie eine eigene Familie haben werde. Nie. Nie. NIE!

Nach dem dritten Glas kommt Summer an den Tisch zurück, die zwischenzeitlich draußen an der frischen Luft gewesen ist.

»Da bist du ja«, sage ich.

Skeptisch mustert Summer mich. »Lallst du etwa?«

Ich zucke mit den Schultern. »Höchstens ein ganz kleines bisschen.«

»Sag mal, spürst du das auch?«, brüllt Disco-Kalle ins Mikro. »Gefühle außer Plan ...«

»Okay, du Verrückte. Wir machen das!«, erkläre ich.

»Was genau meinst du?«

»Wir gehen noch mal zu dieser Trauergruppe.«

»Maxi, du bist betrunken.«

»Nein, nur ein bisschen angeschickert. Aber du kannst mich beim Wort nehmen. Mein Entschluss steht, wir ziehen das durch!«

Kapitel 10

Mit den Plänen ist das bei mir immer so eine Sache, erst bin ich wild entschlossen und auch meistens Feuer und Flamme, aber je näher die tatsächliche Umsetzung rückt, desto mehr gerate ich ins Grübeln. So ist es nun auch mit meinem Entschluss, erneut die Trauergruppe zu besuchen. Was mir am Abend der Geburtstagsfeier meines Vaters noch gut und richtig vorgekommen ist, weil die Verzweiflung so heftig in mir rumort hatte, kommt mir inzwischen wie der größte Blödsinn vor, den ich jemals zu begehen gedacht habe.

»Dieser höllische Weißwein-Wodkacocktail-Mix ist daran schuld«, erkläre ich meine Schwachsinnsentscheidung vor mir selbst. Doch für einen Rückzieher ist es zu spät, Summer und ich stehen bereits vor der Tür des Gemeindesaals.

»Ein einziges Mal noch«, zische ich Summer zu. »Und auch nur, weil ich es dir versprochen habe.« Und weil ich Gregor wiedersehen möchte. Ihn und vielleicht auch irgendwann seine beiden Kinder, füge ich in Gedanken hinzu und komme mir gleich noch schäbiger vor. Himmel, der Mann trauert um seine geliebte Ehefrau und ich habe nichts Besseres zu tun, als mich auf eine Stufe mit den beiden Hyänen von der Trauerfeier zu stellen. Boah, Maxi, und das alles nur, weil ich mir einbilde, dass es da *gewisse Momente* zwischen uns gegeben hätte. Und auch ein wenig wegen seiner schönen Augen.

»Maxi, Summer, das freut mich aber, dass ihr wieder dabei seid«, erklingt Pastor Sörens Stimme und entreißt mich meiner schamhaften Gedanken.

Der Pastor ergreift meine Hand und blickt mir fest in die Augen. »Du bist nicht allein«, sagt er mit einfühlsamer Stimme.

»Danke«, krächze ich und entziehe ihm vorsichtig meine Hand.

Kurze Zeit später sitzen wir im Stuhlkreis. Gregor ist nicht da, Pastor Sören hat gemeint, er hätte niemanden für seine Kinder gefunden und sich deshalb für heute entschuldigt. Ich komme mir doppelt schlecht vor, da es mich ärgert, dass ich nun ganz umsonst hierhergekommen bin und nun ja, dass ich überhaupt hier sitze, ich Betrügerin.

Ich bin so sehr damit beschäftigt, mich innerlich zehnfach selbst zu verfluchen, dass ich zunächst nicht reagiere, als Pastor Sören das Wort an mich richtet.

»Max… ähm, Mama«, meint Summer zu mir. »Pastor Sören hat dich etwas gefragt?«

»Wie bitte?« Ich starre Summer verwirrt an.

»Ich habe gefragt, ob du nicht vielleicht ein bisschen von dir erzählen magst?«, erklärt Pastor Sören geduldig und schenkt mir dabei ein engelsgleiches Lächeln.

Ich schlucke. Und komme mir immer mieser vor. Ich schäme mich vor mir selbst und noch viel mehr vor den anderen, den echten Trauernden. Vielleicht klingen meine nächsten Worte deshalb so grob: »Es ist, als wäre mein Mann von einem Auto angefahren, mehrere Meter durch die Gegend geschleudert worden und dann mit dem Kopf zuerst auf den Asphalt aufgeschlagen. Ganz unverhofft und extrem brutal und sofort tödlich. So in etwa fühle ich mich. Alles klar?«

Neben mir auf dem Stuhl schnappt Summer laut nach Luft, während alle anderen mich einigermaßen entsetzt anstarren. Nur natürlich Pastor Sören nicht, er ist unverändert verständnisvoll und mir so was von zugewandt.

»Ich verstehe deine Wut, Maxi«, versichert er mir. »Und es ist gut so, dass du sie zulässt ... herauslässt. Hier bei uns musst du dich nicht verstellen, hier darfst du sein, was du bist und gerade fühlst.«

Uff! Ich kann weder Pastor Sören ansehen noch die anderen. Summers Hand auf meinem Unterarm möchte ich am liebsten wegschlagen, aber ich will die anderen nicht noch mehr ... ähm, erschrecken.

»Entschuldigung«, murmele ich, ohne den Blick von meinen ineinander verschlungenen Fingern auf meinen Oberschenkeln zu lösen.

»Ich verstehe dich sehr gut«, erklärt da eine ähnlich einfühlsam klingende Männerstimme wie Pastor Sörens mir im Stuhlkreis gegenüber.

Widerwillig sehe ich hoch und erkenne, dass der Mann, den Summer als Wikinger bezeichnet hat und der mich angeblich beim letzten Mal die ganze Zeit verstohlen gemustert hätte, derjenige ist, der das gesagt hat.

»Ähm ... danke«, hauche ich und gucke schnell wieder weg.

Davon lässt sich der Blonde aber nicht entmutigen. »Als meine Freundin von dieser mörderischen Welle vor der Nordküste der hawaiianischen Insel O'ahu vom Surfboard gerissen und mit voller Wucht gegen das Lavariff geschleudert wurde, habe ich eine unglaubliche Wut verspürt, in erster Linie auf mich, weil ich Sue nicht davon abgehalten habe. Sicher, sie war eine wahnsinnig gute Surferin und sich des Risikos, das an dieser Stelle sogar schon Weltklasse-Surfern zum Verhängnis geworden ist, durchaus bewusst. Aber dieser Nervenkitzel ... diese unentwegte Suche nach einer noch größeren Herausforderung, der perfekten Welle, dem hammermäßigsten Ritt, der hat Sue und mich einfach alle Risiken beiseiteschieben lassen. Ich habe mir monatelang die schlimmsten Vorwürfe gemacht. O ja, ich habe mich selbst so abgrundtief dafür gehasst, und war so wahnsinnig wütend auf mich, dass mein Umfeld sich irgendwann ernsthafte Sorgen um mich gemacht hat. Durch meine Familie bin ich dann auf diese Gruppe hier aufmerksam geworden und seitdem ich hierherkomme, Teil dieses geschützten Kreises bin, mich endlich traue, zu sagen, wie es in mir aussieht, wie ich mich fühle, geht es mir von Woche zu Woche besser. Deshalb verstehe ich deine Wut so, so gut und möchte dich ermutigen, dazu zu stehen und dich keinesfalls dafür zu schämen. Das, was du gerade empfindest, ist absolut menschlich, inklusive der Wut.«

Was für ein schreckliches Unglück. Und wie schlimm, dass er denkt, er befände sich in einem geschützten Raum, wo doch zwei miese Betrügerinnen anwesend sind.

»Es tut mir so sehr leid …«, krächze ich. »Alles …« Und damit meine ich nicht nur den tragischen Verlust, den er zu betrauern hat.

Dankbar lächelt er mich an. Ich schaue ihn zum ersten Mal richtig an und irgendwas in mir fängt zu rattern an. Er kommt mir bekannt vor. Von irgendwoher kenne ich ihn. »Danke, aber wie bereits gesagt, seitdem ich mir nicht länger die Schuld an Sues Tod gebe, geht es mir besser. Von Tag zu Tag besser.«

Ich bringe irgendwie ein Lächeln zustande, bevor ich erneut den Blick auf meine Hände richte. Natürlich ist ein jeder hier in der Runde sensibel genug, mich nicht weiter zu bedrängen. Sie akzeptieren, dass ich nicht mehr über den schrecklichen Unfalltod meines Mannes und Summers Vater erzählen möchte und die restliche Zeit einfach nur noch schweigend dasitze und darüber grübele, an wen nur der Wikinger mich erinnert.

Ich atme auf, als Pastor Sören nach eineinhalb Stunden das heutige Treffen der Trauergruppe für beendet erklärt, und schwöre mir hoch und heilig, dass ich lieber den Rest meines Lebens allein und somit auch kinderlos bleiben werde, als dass ich es noch ein einziges Mal wage, mich auf solche heuchlerische Art und Weise hier bei diesen armen, armen Menschen einzuschleichen.

Schäm dich, Maxi, schäm dich!

Und ich bin nicht die Einzige, die sich wie die Allerletzte vorkommt. Summer hakt sich beim Rausgehen bei mir unter und raunt mir zu: »Maxi, nein, du hast von Anfang an recht gehabt, noch mal kommen wir hier nicht her. Dieser Rafael, also die Geschichte von seiner Freundin, ich bin jetzt noch fix und fertig. Das kann ich mir nicht noch mal antun. Echt nicht.«

»Rafael heißt der? Bist du dir da sicher?«, gebe ich leise zurück.

Anscheinend nicht leise genug, denn besagter Rafael taucht plötzlich direkt vor uns auf.

»Hey, ihr beiden, das könnt ihr mir nicht antun.« Er grinst und erinnert nun kaum noch an den von Kummer erfüllten Mann von vorhin. »Ich wollte euch nicht vertreiben. Echt nicht.«

»Hast du nicht«, beruhigt Summer ihn.

Mir fehlen die Worte. Was nicht allein damit zusammenhängt, dass ich vor lauter schlechtem Gewissen am liebsten auf Zwergengröße schrumpfen möchte, jetzt wo ich Rafael so direkt vor mir habe, da … da …

»Hast du mich eigentlich noch immer nicht erkannt, Maxi?«, sagt er auf einmal.

Ich atme tief durch. »Luisen-Gymnasium?«

Er nickt. »Rafael Finke. Rafi …«

O mein Gott, Rafi, der Schwarm meiner Jugend. Der Junge, den ich als Vierzehnjährige unbedingt heiraten wollte und dem ich den schlimmsten Liebeskummer meiner Teenagerjahre verdanke, weil er damals einfach schier unerreichbar für mich gewesen ist. Ist das nun die Quittung dafür, dass ich mich hier so betrügerisch eingeschlichen habe?

»Dass wir uns ausgerechnet unter solch traurigen Umständen wiedertreffen müssen«, sagt Rafael. Er legt mir die Hand auf die Schulter und blickt mir tief in die Augen. »Ist vielleicht ein Wink des Schicksals.«

»Ähm … das … äh…«, suche ich stammelnd nach Worten.

Summer kommt mir zu Hilfe. »Ihr seid auf dasselbe Gymnasium gegangen?«

»Wenn ich mich recht erinnere, warst du einen oder sogar zwei Jahrgänge unter mir«, meint Rafael.

Ich nicke. Sagen tue ich nichts.

»Hast du Kinder?«, will Summer wissen.

Wenn Rafael über die plötzliche Frage verwundert ist, so lässt er es sich zumindest nicht anmerken. »Nein, leider nicht. Dabei habe ich mir mindestens eine halbe Fußballmannschaft gewünscht. Aber irgendwie sollte es nicht sein.« Für einen kurzen Moment lächelt er wehmütig, bevor er sich wieder an mich wendet. »Und du, Maxi, ist Summer dein einziges Kind?«

Wieder nicke ich mechanisch. Lügnerin! Was ist mit deinem und Summers eben gefassten Vorsatz, diese makabre Show zu beenden, schreit das schlechte Gewissen in mir.

»Und sonst, wie ist es dir sonst so ergangen?«, fragt Rafael weiter.

Was hätte ich zu Schulzeiten dafür gegeben, dass Rafi mich wenigstens eines Blickes würdigt oder nur ein Wort mit mir spricht, ach was, dass er mich überhaupt wahrnimmt. Mannomann, was war ich damals verknallt in ihn. Doch das ist Lichtjahre her und jetzt interessiert mich nur, dass ich ihn schnellstmöglich abgewimmelt bekomme und dann auf Nimmerwiedersehen von hier verschwinden kann.

»Habt ihr vielleicht noch etwas Zeit?«, fragt er uns. »Wir könnten noch irgendwo etwas zusammen trinken gehen und ein bisschen über alte Zeiten plaudern.«

No! Niemals! Selbst unter normalen Umständen verspüre ich nicht die geringste Lust, mich daran zu erinnern, wie sehr ich als Teenager unter meiner Schwärmerei für Rafi gelitten habe und wie schlimm es war, als aus ihm und dieser unglaublich hübschen Isabell dann ein Paar geworden ist. Ach was sage ich, kein gewöhnliches Paar, *das* Traumpaar des Gymnasiums schlechthin. Beide wahnsinnig blond und gut aussehend und dazu irre sportlich und klug genug, um jeweils eine Eins vor der Abinote stehen zu haben. Soweit ich es noch immer verfolgen konnte, haben die beiden dann in Berlin studiert und sind später zusammen ins Ausland gegangen. Eine Schulliebe, die auch nach dem Abschluss gehalten hat.

»Gute Idee!«, höre ich Summer neben mir sagen. »Ich bin wirklich neugierig, ein bisschen was über deine Schulzeit zu erfahren, Mum. Du redest ja nicht so häufig darüber.«

Ich starre sie eindringlich an. Nein, Summer, das ist absolut keine gute Idee! Doch meine Nichte ignoriert mich einfach.

»Prima. Was haltet ihr von dem italienischen Restaurant hier gleich um die Ecke?«

»Ach so, du willst richtig Essen gehen«, beeile ich mich zu sagen. »Das passt dann leider doch nicht, ich bin nämlich gerade auf Diät.«

Verwundert mustert mich Rafael. »Diät? Du bist superschlank, warum willst du abnehmen?«

Ich atme tief durch.

»Das sage ich ihr auch ständig«, mischt Summer sich ein. »So, und nun genug der Diskussion, Mum, auf zum Italiener und wenn du partout nichts Richtiges essen willst, dann bestellst du dir einfach nur 'nen Salat.«

Ich bringe sie um. Gleich wenn wir Rafael endlich wieder losgeworden sind, bringe ich sie um!

14. Dezember 1991

Liebes Tagebuch!

Du fragst dich bestimmt, warum ich so lange nichts von mir hören lassen habe?! Vielleicht hast du dir schon Sorgen um mich gemacht. Und ja, dazu hast du allen Grund, um mich muss man sich auch Sorgen machen. Es ist nämlich so, dass mein Herz nun wirklich und bestimmt für immer gebrochen ist. Alles tut weh, es fühlt sich so an, als wäre ich mit dem Rad gegen den Bürgersteig geknallt.

Rafi und diese Isabell, sie sind doch zusammen. Das, was Lisa da gehört hat, war alles nur ein Trick. Rafi ist wohl total verknallt in Isabell und hat irgendwie versucht, so an sie ranzukommen – mit Erfolg, sein Plan hat hingehauen. Auf jeden Fall sind sie das Traumpaar des Gymnasiums. Sogar einige Lehrer haben das schon gesagt. Die sehen so unfassbar toll zusammen aus … Ich komme mir dumm vor, dass ich auch nur eine Sekunde denken konnte, dass so einer wie Rafi sich für mich interessieren könnte.

Ich schätze, ich werde mich nie wieder verlieben. Und falls doch, dann nie so wie in Rafi.

Lisa hat gesagt, ich soll den Kopf nicht hängen lassen. »Dann machst du eben als Ärztin Karriere und angelst dir 'nen tollen Chefarzt.«

Ich kann mir zwar im Moment absolut nicht vorstellen, dass ich mir irgendwann irgendwen angeln werde, weil mein Herz ja unwiderruflich gebrochen ist, aber das mit der Karriere als Ärztin, das werde ich auf jeden Fall machen.

Vielleicht werde ich Kardiologin. Die verdienen eh besser als Kinderärzte, glaube ich. Außerdem kenne ich mich schon jetzt mit kranken Herzen aus. ☹

Bis bald.
Deine Maxi 💔

PS: Aber kann ein toller Beruf wirklich die Lösung sein?

Kapitel 11

»Du hast dich kaum verändert«, sagt Rafael, nachdem wir an einem kleinen 4er-Tisch im hinteren Teil des Restaurants Platz genommen haben. Der Italiener scheint ein Geheimtipp zu sein, denn nur weil zur Sekunde telefonisch eine Reservierung abgesagt wurde, haben wir den Tisch überhaupt noch ergattern können.

»Jaja, meine Muddi war schon immer ziemlich hot«, sagt Summer und wackelt mit den Augenbrauen.

Ich trete ihr unterm Tisch gegen das Schienbein. Zum einen, weil ich diese Aussage unmöglich von ihr finde, zum anderen, weil wir angeblich um meinen Mann und ihren Vater trauern. Da erscheint mir ihr flapsiges Gerede alles andere als angebracht.

Denselben Gedanken hatte wohl auch Rafael, denn er möchte wissen: »Wie lange ist dein Mann denn schon tot, Maxi?«

»Im Januar sind es zwei Jahre«, kommt Summer mir mit einer Antwort zuvor.

Ich schwitze Blut und Wasser, weil Rafael nun noch verwunderter wirkt. »So lange schon. Puh, dann wurde es aber höchste Zeit, dass ihr euch endlich mit eurer Trauer auseinandersetzt.«

Summer stimmt ihm nickend zu, ich ziehe es vor zu schweigen. Jedes Wort, das über meine Lippen kommt, bedeutet in dieser Situation zweifelsohne nur noch eine weitere Lüge mehr.

»Ich habe auch eine Weile gebraucht«, gesteht Rafael uns nun, »bis ich in der Lage war, über Sues Tod zu sprechen. Erst als ich beschlossen habe, zurück nach Deutschland zu kehren, nach Hamburg, und meine Mutter mir von der Trauergruppe erzählt hat, war ich dann endlich bereit, mir alles von der Seele zu reden.«

»Du hast im Ausland gelebt?«, will Summer wissen.

»Ja, Sue und ich waren bis zu ihrem Tod zwei Jahre in Australien, knapp ein Jahr in Florida, davor eine ganze Weile lang in Mexiko und für kürzere Zeit in Frankreich, Spanien und Portugal.«

»Wow, klingt ziemlich cool«, verkündet Summer.

Doch Rafael zuckt nur gleichgültig mit den Schultern. »Das hört sich bestimmt so an. Aber was uns bei all der Reiserei und unseren Abenteuern irgendwie nicht geglückt ist, das ist, irgendwo auch mal sesshaft zu werden und eine richtige Familie zu gründen. Wir dachten immer, wir hätten noch Zeit, und dann …« Er stockt, blickt kurz auf seine Hände, die gefaltet auf der Tischplatte liegen, und atmetet tief durch. »Das Gute an meinem Job als Brückenarchitekt ist der immer wieder wechselnde Arbeitsplatz, der Sue und mich viele Jahre lang an die spannendsten Orte der Welt geführt hat. Der Nachteil daran ist, dass einem irgendwie dabei das Heimatgefühl verloren geht, man einfach nirgendwo so richtig dieses Zuhause-Gefühl hat. So ist es uns beiden zumindest ergangen.«

Ich möchte eigentlich nichts über Rafaels Vergangenheit erfahren, ich möchte nicht einmal hier mit ihm sitzen. Doch eine Frage brennt mir so sehr unter den Nägeln, dass ich es nicht verhindern kann, sie ihm zu stellen. »Ich war der Meinung, dass Isabell und du damals geheiratet hättet. Zumindest wurde das so erzählt.«

In Rafaels Gesichtszügen ist für einen kurzen Augenblick so was wie Wehmut erkennbar. Doch seine Stimme klingt hart, beinahe schon aggressiv. »Wir waren nicht lange verheiratet, keine zwei Jahre. Isabell und ich, das war nichts als ein großer Irrtum.«

Oha, so hat das damals aber nicht ausgesehen. Die beiden galten als das von allen bewunderte Traumpaar der Schule.

»Das hört sich fast so an, als hättest du früher ein bisschen für Rafael geschwärmt, Max… Mum«, muss Summer unbedingt sagen.

»Quatsch!«, blaffe ich sie mit einer Mischung aus Ärger und Verlegenheit an. »Du gibst mal wieder nur Unsinn von dir.«

Summer lacht und mir steigt die Röte ins Gesicht. Himmel, wie peinlich. Dass ich für Rafael ein bisschen geschwärmt habe, ist dreißig Jahre her. Damals war er noch Rafi, der hübsche Typ mit den hellblonden Haaren, die immer ein wenig zerzaust gewirkt haben, und so strahlend blauen Augen, als blickte man an einem Sonnentag hinauf in den Himmel. O mein Gott, was für eine kitschige Beschreibung. Zumal das so lange her ist, dass es eh nicht mehr wahr ist. Heute sitzt mir da am Tisch auch kein irre attraktiver Typ mit wahnsinnig süßen Grübchen, wenn er lächelt, gegenüber, sondern ein Mann, dem man schon ansieht, dass er in den letzten Jahren wohl einiges durchgemacht hat. Rafael ist immer noch attraktiv, aber längst nicht mehr der Mädchenschwarm von damals, dafür wirkt er viel zu … verlebt.

»Warst du?«, fragt Rafael und guckt mich herausfordernd an.

Ich winke lässig ab und schaffe es sogar, dabei frech zu lächeln. »Bilde dir mal bloß nichts ein, war ich nämlich nicht.«

Ist das jetzt eigentlich Lüge Numero zehn, elf oder zwölf? Egal, ich habe eh längst aufgehört zu zählen.

Der Kellner tritt an unseren Tisch, ein junger und wirklich gut aussehender Italiener, der Summer ganz besonders breit angrinst und durch sein Erscheinen und die Frage nach unseren Wünschen einen abrupten Themenwechsel herbeiführt, wofür ich ihm auf ewig dankbar sein werde.

Der restliche Abend verläuft dann zum Glück einigermaßen

entspannt. Summer, die davon träumt, die Welt zu bereisen, und unbedingt demnächst ein oder gern auch mehrere Auslandssemester machen würde, quetscht Rafael über die verschiedenen Länder, in denen er gelebt hat, aus. Über die Sitten und Gebräuche, die Vor- und Nachteile und was ihm wo ganz besonders gut gefallen hat. So verfliegt die Zeit, ohne dass wir noch einmal auf unsere verstorbenen Partner, wovon einer bekanntlich komplett erfunden ist, zu sprechen kommen. Als wir uns um kurz nach dreiundzwanzig Uhr vor der Tür des italienischen Restaurants voneinander verabschieden, bin ich fast gewillt zu denken, dass es eigentlich ein ganz schöner Abend gewesen ist, mal davon abgesehen, dass er sich nur ergeben hat, weil Summer und ich die größten Lügnerinnen aller Zeiten sind.

Summer winkt Rafael noch mal lässig zu und ist schon auf dem Weg zum Auto, als er plötzlich zu mir sagt: »Du hast gelogen, Maxi.«

Ich zucke zusammen. Er hat mich durchschaut. Er ist hinter Summer und meine absolut pietätlose Lüge gekommen. Ich habe zwar keine Ahnung wie, aber was spielt das schon für eine Rolle. Und wenn ich ganz ehrlich bin, dann bin ich sogar ein wenig erleichtert, dass diese Witwenshow ein Ende hat.

»Es tut mir leid, Rafael, ich weiß auch nicht, warum ich das getan habe. Und natürlich ist mir klar, dass es absolut unverzeihlich ist.«

Rafael lacht. Ups, er scheint es echt mit Fassung zu tragen. Ist seine verstorbene Freundin vielleicht auch nur eine Erfindung? Blödsinn. Auf so eine bekloppte Idee muss man erst mal kommen – und nicht jeder hat eine Summer.

»Es ist dreißig Jahre her, aber ich hab's nicht vergessen. Außerdem habe ich mich damals ziemlich geschmeichelt gefühlt. Du warst schon echt süß.«

Wovon spricht er? Ich versteh mal leider wieder absolut gar nichts und so scheine ich auch zu gucken.

»Ich rede davon, dass du damals in der Schule in mich verknallt gewesen bist. Das meinte ich damit, dass du vorhin gelogen hast.«

Ich sacke innerlich in mich zusammen, als wäre ich ein Ballon, in den man mit einer Nadel hineingestochen hat.

»Ach so«, krächze ich atemlos.

Fragend schaut mich Rafael an. »Ja, natürlich, was hast du denn gedacht?«

»Dass du Summer und mich durchschaut hättest«, rutscht es mir heraus.

»Max… ähm Mum, kommst du?«, ruft Summer mir vom Auto zu.

Ich drehe mich zu ihr herum und stürme dann vom Fleck weg los.

»Maxi?«, schreit Rafael mir hinterher. »Was hast du damit gemeint? Jetzt warte doch mal.«

»Fahr los«, verlange ich hektisch von meiner Nichte. »Mach schon. Wir müssen hier auf der Stelle verschwinden!«

Summer tut, was ich von ihr verlange und sogar noch ein bisschen mehr, sie hält einfach mal den Mund. Wofür ich ihr wirklich dankbar bin.

Summer bringt es tatsächlich fertig, den Abend mit Rafael beim Italiener und meinen fluchtartigen Abgang mit keiner Silbe mehr zu erwähnen. Manchmal scheint meine Nichte tatsächlich über so etwas Ähnliches wie Feingefühl zu verfügen oder sie ahnt, dass ich ihr direkt an die Gurgel gehen würde.

Hinzu kommt, dass die ersten Advents- und Weihnachtsfeiern unmittelbar bevorstehen und wir auch mit dem üblichen Tagesgeschäft momentan alle Hände voll zu tun haben, sodass eh kaum Zeit für private Gespräche bleibt. Die Anfragen und festen Buchungen dafür sind bereits vor Wochen bei mir eingegangen. Mal von einer Gruppe Freundinnen, die ein gemütliches Adventskränzchen mit Kaffee und Kuchen planen, mal sind es Sportgruppen, die wir hier demnächst erwarten und bewirtschaften dürfen. Vereinzelt werden wir auch Firmenfeiern ausrichten, doch da das Café nur bis achtzehn Uhr geöffnet ist und die meisten Firmen dann doch eher eine abendliche Veranstaltung planen, ist es lediglich bei der Anfrage geblieben. Ich bin nicht traurig drum, denn auch so ist mein Café mehr als gut gebucht worden, sodass ich, was das Berufliche betrifft, recht zufrieden sein kann.

Über mein privates Dilemma möchte ich möglichst nicht nachdenken und erst recht nicht damit konfrontiert werden, und das scheint Summer tatsächlich – es geschehen noch Zeichen und Wunder! – kapiert zu haben.

Dass wir kein weiteres Mal zu dem Treffen der Trauergruppe gehen, ist so was von in Stein gemeißelt, dass wir auch hierüber kein Wort mehr verlieren müssen. So arbeite ich emsig vor mich hin, Summer unterstützt mich nach Kräften und auch auf Emils Back- und Kochkünste kann ich mich hundertprozentig verlassen.

Am 6. Dezember erwarten wir um drei Uhr nachmittags die Dienstags-Yoga-Gruppe des Bramfelder Sportvereins, die mit dreißig Personen ihre Nikolausfeier bei uns veranstalten möchte. Zu Kaffee und Tee werden wir Baumkuchen, Marzipan, Lebkuchen und Christstollen servieren und für diejenigen, die es lieber etwas herzhafter mögen, hat Emil eine Möhren-Ingwer-Suppe mit Lebkuchen und eine Champignon-Steinpilzsuppe gezaubert, die schon bei der Zubereitung das Café mit herrlich weihnachtlichem Duft erfüllt hat.

Summer und ich tragen lange Schürzen im Weihnachtslook und nur weil meine Nichte einfach keine Ruhe geben wollte, Haarreife mit kleinen Weihnachtsmännern, die mit einer Feder links und rechts an den mit rotem Samt überzogenen Reif befestigt sind und bei jeder Kopfbewegung auf und ab wippen. Summer findet es wahnsinnig lustig, ich hingegen komme mir etwas albern vor.

»Wir sehen total süß damit aus«, verteidigt Summer den Kauf der Haarreife vor mir. »Und die Gäste wird es freuen.«

»Wohl eher amüsieren«, murmele ich wenig begeistert.

Um halb drei sind wir mit den Vorbereitungen komplett fertig. Summer ist so begeistert von den Haarreifen, dass sie beschließt, noch mal flugs in die Drogerie zu flitzen, wo sie die Teile zufällig heute Morgen entdeckt hat, um noch weitere Varianten davon zu kaufen. »Die gab es auch noch mit Rentieren und Engeln, dann können wir von Feier zu Feier ein bisschen variieren.«

O lieber Herr im Himmel, bitte lass die Teile ausverkauft sein, bete ich innerlich, während Summer gut gelaunt das Café verlässt. Kaum ist die Tür hinter ihr zugefallen, öffnet sie sich auch schon wieder und ein Mann tritt ein.

»Entschuldigung«, sage ich, ohne richtig hinzusehen. »Das Café ist heute wegen einer privaten Feier geschlossen.«

»Wie schade«, murmelt der Mann und nun erkenne ich auch, um wen es sich handelt, Gregor Blomberg. Und er ist nicht allein gekommen, links und rechts von ihm entdecke ich seine beiden kleinen Kinder, die mich etwas schüchtern anlächeln. »Luisa und Ben wollten fragen, ob sie die beiden Kaninchen …«

»Flips und Flops«, fällt ihm seine Tochter kindlich vorwurfsvoll ins Wort. »Das habe ich dir doch schon so oft gesagt.«

Gregor Blomberg lächelt sie liebevoll an. »Entschuldige bitte, mein Engel, ich bin wirklich zu dumm, dass ich mir die Namen der beiden Fellnasen nicht merken kann.«

Das Herz geht mir regelrecht auf, als nun auch noch der kleine Ben mit wahnsinnig ernster Kinderstimme feststellt: »Papa kann sich einfach nichts merken. Das ist ein Deilama.«

»Dilemma«, verbessert ihn seine Schwester. »Immer sagst du alles falsch.«

Ben verzieht den Mund, was ihn noch niedlicher aussehen lässt.

»Dann wollen wir mal wieder gehen«, erklärt Gregor Blomberg, während ich nur dastehen, die drei angucken und denken kann: Was für eine entzückende kleine Familie.

»Und was ist mit Flips und Flops?«, wispert seine Tochter hörbar enttäuscht.

»Die besuchen wir halt ein anderes Mal, Luisa«, erklärt Gregor mit weicher Stimme. »Heute ist das leider nicht möglich. Frau Sievers bekommt gleich Gäste und hat dann viel zu tun.«

»Aber wir haben uns doch so auf Flips und Flops gefreut.« Luisas Augen füllen sich mit Tränen und ich finde endlich meine Stimme wieder – wenn auch ich selbst ein bisschen überrascht bin, was für ein Vorschlag nun über meine Lippen kommt.

»Was haltet ihr davon, wenn ihr einfach zu mir hoch in die Wohnung geht und Flips und Flops einen Besuch abstattet? Ins Café kann ich die beiden leider nicht holen, manche Gäste haben das nämlich nicht so gern. Und im Innenhof mit den beiden zu hocken, dafür ist es heute definitiv zu kalt.«

Gregor Blomberg schaut mich verwundert an. »Wir sollen einfach so in deine Wohnung gehen? Ist dir das wirklich recht?«

Nein! Absolut nicht. Aber diesen erwartungsvollen Kinderaugen kann ich nichts abschlagen.

»Wenn das für dich in Ordnung ist?«, gebe ich die Frage an Gregor zurück und hoffe insgeheim, dass er meinen Vorschlag doch noch ablehnt. Jetzt, wo ich genauer darüber nachdenke, fällt mir nämlich ein, dass im Wohnzimmer noch die Bügelwäsche liegt und in der Küche das Geschirr vom Frühstück steht. Gregor muss mich für schrecklich unordentlich halten – was mir eigentlich total egal sein kann.

»Bitte, Papa, sag Ja«, bettelt Luisa.

Ben sagt nichts, er schmiegt sich nur noch enger an seinen Vater und reibt seine Wange an Gregors Handrücken. Dabei schaut er ihn so flehend an, dass mir fast das Herz zerspringt. Wie süß das ist!

»Na gut«, stimmt Gregor schließlich zu. »Auch wenn es mir wirklich unangenehm ist«, versichert er mir. »So war das natürlich nicht geplant, und wir möchten dir auch keine Umstände bereiten.«

»Macht ihr nicht«, erkläre ich entschlossen. Ich verschwinde in der kleinen Caféküche, wo Emil mich fragend anschaut, nehme den Hausschlüssel vom Regal und überreiche ihn dann Gregor. »Erste Etage, linke Tür.«

Gregor lächelt mich mit einer Mischung aus Verlegenheit und Dankbarkeit an. »Wir bleiben höchstens eine Viertelstunde.«

»Nur keine Eile. Flips und Flops freuen sich über jede Menge Streicheleinheiten.«

Kaum habe ich Gregor und seine beiden entzückenden Kinder zur Hintertür rausgelassen, kommt Summer zurück. Bewaffnet mit einer Tüte, in der ich diverse weitere Peinlichkeiten erahne.

»Sag mal, Maxi, leide ich unter Halluzinationen oder ist da gerade Gregor samt seinen Kindern zur Hintertür raus?«

Tief atme ich durch. »Ich weiß auch nicht, was mich da gerade geritten hat«, jammere ich. »Plötzlich standen die drei im Café, weil sie Flips und Flops besuchen wollten, und dann habe ich mich auch schon sagen gehört, dass sie gern hoch in meine Wohnung gehen könnten.« Klatschend schlage ich mir die flache Hand vor die Stirn. »Summer, wie blöd kann man eigentlich sein? Warum habe ich das getan?«

Summer hat natürlich wieder ihre ganz eigene Erklärung dafür. Wie kann es auch anders sein? »Weil du dich gefreut hast, ihn und die Kinder zu sehen, und weil du auf ihn stehst.«

»Blödsinn!«, rufe ich lauter aus, als eigentlich beabsichtigt, was wiederum Emil aus der Küche hervorlockt.

»Ich will mich nicht in deine Herzensangelegenheiten einmischen, Maxi«, murmelt er und grinst dabei, wie ich finde, völlig unangebracht. »Aber wie der dich angeguckt hat, ich glaube, der ist nicht nur wegen seiner beiden Zwerge hierhergekommen.«

»Das ist doch Unsinn, Emil«, blaffe ich ihn an. »Der Mann ist frisch verwitwet. Der hat bestimmt kein Interesse an irgendjemandem, und erst recht nicht an mir. Außerdem konntest du das in der Küche doch überhaupt nicht erkennen.«

Emil grinst noch immer. »Hab um die Ecke gelinst.«

»Wenn Emil das sagt«, ist sich nun auch Summer ganz sicher, »dann ist es auch so. Er kennt sich schließlich aus.«

»Ach lasst mich doch in Frieden«, stoße ich knurrend hervor und bin heilfroh, dass in diesem Moment die Dienstags-Yoga-Truppe eintrifft. Doch während ich äußerlich ganz die professionelle Caféinhaberin bin, die gewillt ist, ihren Gästen eine rundum gelungene Nikolausfeier zu bereiten, überschlagen sich in meinem Kopf die Gedanken.

Wie Gregor mich angesehen hat, und dann dieser Moment, als ich ihm den Schlüssel gegeben habe, wie er da gelächelt hat. Verdammt! Wenn ich mir nicht absolut sicher wäre, dass Gregor bestimmt nicht an mir interessiert ist, dann würde ich jetzt denken, dass er mich tatsächlich ein bisschen angeflirtet hat.

18. Dezember 1991

Liebes Tagebuch!

Heute haben wir in der Schule über unsere Weihnachtswünsche gesprochen. Frau Kauert wollte aber nicht von uns hören, was wir uns an materiellem Kram wünschen, sondern für unser Leben, die Umwelt, die Menschheit und so ... eben nix, was man kaufen kann.

Natürlich haben es einige mal wieder nicht kapiert – ganz besonders Frank, der die ganze Zeit von irgendeiner Vespa gesprochen hat, die er unbedingt haben will.

Als ich an der Reihe war, habe ich was von Weltfrieden gesagt und dass die Leute in Afrika nicht länger Hunger leiden müssen, genauso wie Lisa und Mareike es schon vor mir gesagt haben. Mir ist einfach nichts Besseres eingefallen. Und das nur aus einem einzigen Grund: Rafi!

Mir zerreißt es das Herz, wenn ich ihn und Isabell zusammen sehe. Und auch wenn ich mir das mit der Karriere als Kardiologin vorgenommen habe und dann auch bestimmt einen anderen tollen Mann kennenlernen werde, ich glaube, ich werde trotzdem nicht glücklich sein. Rafi ist die Liebe meines Lebens (jaaa, das klingt total übertrieben, weil ich das erste Mal verliebt bin und noch gar keine Vergleichsmöglichkeiten habe) – trotzdem bin ich mir sooo sicher, dass es keinen geben wird, den ich so toll finde wie ihn.

Und das ist so schlimm, dass ich mir lieber gar nichts mehr wünsche, weil davon eh nichts in Erfüllung geht.

Bis bald.
Deine Maxi ☹

PS: Werde ich jemals wieder glücklich sein?

Kapitel 12

Ächzend lässt sich Anne in einen der bequemen Korbsessel im Wintergarten meiner Eltern sinken. Ich folge ihrem Beispiel nicht, sondern laufe in dem recht geräumigen Glasanbau, den meine Mutter wie jedes Jahr ausgesprochen opulent geschmückt hat, auf und ab. Mein Magen drückt. Ich habe definitiv zu viel gegessen. Vielleicht wäre es doch klüger gewesen, mich meinem Bruder und den anderen auf ihrem Spaziergang anzuschließen.

»Nun setz dich doch«, verlangt Anne. »Du machst mich ganz nervös mit deinem Herumrennen.«

Es ist der 25. Dezember und wie es in unserer Familie Tradition ist, verbringen meine Geschwister und ich den Tag bei unseren Eltern. Meine Mutter ist daran schuld, dass Anne und ich uns kaum noch rühren können, denn sie hat sich mit ihrem fünfgängigen Weihnachtsmenü mal wieder selbst übertroffen. Ich kann sie immer nur für ihre fantastischen Kochkünste bewundern, zumal sie jegliche Hilfe von uns konsequent ablehnt.

»In der Küche habe ich das Sagen!«, lautet ihre ewig knappe und einzige Begründung dafür.

Während die anderen unterwegs sind, ist meine Mutter schon wieder damit beschäftigt, die Vorbereitungen fürs Kaffeetrinken zu treffen. Auch dafür benötigt sie keine Hilfe, hat sie Anne und mir gerade noch einmal klipp und klar gesagt und uns in den

Wintergarten geschickt, weil sie den doch dieses Jahr ganz besonders schön dekoriert hat, also so wie jedes Jahr.

»Meine Hose platzt, wenn ich mich setze«, erkläre ich meiner Schwägerin.

»Rate mal, warum ich dieses Wallewallekleid angezogen habe.« Anne zwinkert mir zu. »Aber eigentlich hättest du es besser wissen müssen. Immerhin kennst du deine Mutter schon ein paar Jahre länger als ich und weißt ganz genau, was sie uns anlässlich irgendwelcher Feiern für Unmengen an Köstlichkeiten auftischt.«

»Ja, später ist man immer klüger«, murmele ich und lasse mich laut seufzend Anne gegenüber in das weinrote Polster des Korbsessels sinken. Doch mein Hosenbund ist so eng, dass ich kaum atmen kann.

»Stört es dich, wenn ich meine Hose aufmache?«

Anne lacht hell auf. »Bitte schön. Tu dir bloß keinen Zwang an.«

»Oh«, stöhne ich, nachdem ich den Knopf und einen Teil des Reißverschlusses meiner eleganten schwarzen Bundfaltenhose geöffnet habe, »was für eine Wohltat.«

Eine Weile sitzen wir einfach nur so da und hängen unseren Gedanken nach. Meine kreisen um Gregor, mit dem ich in den letzten Tagen ganz unverhofft ständig zu tun hatte. Zuerst sein überraschendes Auftauchen zusammen mit seinen Kindern am Nikolaustag im Café, weil Luisa und Ben unbedingt meine Kaninchen besuchen wollten. Zwei Tage später ist Gregor dann zunächst alleine ins Coffee & Cream reingeschneit gekommen und das unmittelbar, bevor ich es schließen wollte.

»Ich hätte große Lust, noch ein bisschen über den Weihnachtsmarkt zu bummeln«, erklärte er. »Magst du mich vielleicht begleiten?«

»Das ist eine nette Idee, aber ich bin ziemlich erschlagen und …«, setzte ich an, zumal ich absolut keine Lust darauf verspürte, mein Lügengespinst fortzuführen.

»Du würdest Luisa und Ben überglücklich damit machen, Maxi«, fiel er mir ins Wort. »Sie wünschen sich so sehr, dass du uns begleitest.«

»Wie jetzt, die beiden sind auch hier? Wo denn?«

Gregor nickte. »Sie warten vor der Tür. Haben mich sozusagen vorgeschickt.« Er lächelte und mein guter Vorsatz begann zu bröckeln.

»Ich bin wirklich erledigt«, sagte ich noch mal halbherzig. Doch dann schob sich die Tür erneut auf und zwei Paar hoffnungsvolle Kinderaugen schauten mich an.

»Na gut, wenn ihr mich mitnehmen möchtet, dann sag ich natürlich nicht Nein.«

»Juchuuu«, gab Luisa jubelnd von sich. »Das wird toll.«

Zehn Minuten später hatte ich das Café abgeschlossen und mir meinen warmen Mantel, Mütze, Schal und Handschuhe aus der Wohnung geholt.

»Das wird toll«, wiederholte Luisa.

Ben ergriff wie selbstverständlich meine Hand, während Luisa Gregors nahm. So liefen wir los. Wie eine glückliche kleine Familie – alles, was ich mir immer gewünscht hatte, aufgebaut auf eine dreiste und absolut unverzeihliche Lüge.

Als wir kurz darauf an einem Kinderkarussell anhielten, und Ben und Luisa auf zwei schneeweiße Karussellpferde kletterten, legte mir Gregor einen Moment die Hand auf die Schulter, bevor er losging, um am Fahrhäuschen gleich einen ganzen Stapel Chips für seine Kinder zu kaufen.

»Ich kann es nicht in Worten ausdrücken, wie dankbar ich dir bin, Maxi.«

»Kein Problem«, murmelte ich verlegen. »Ich mache ja nichts Besonderes.« Außer lügen, schob ich in Gedanken hinterher.

»Du bist da, das ist mehr, als ich überhaupt erwarten kann.«

Gregor holte die Fahrchips und ich winkte den Kindern zu, die mit leuchtenden Augen auf den beiden Holzpferden saßen und gespannt darauf warteten, dass das Karussell sich in Bewegung setzte.

Ben und Luisa drehten Runde für Runde auf dem Karussell und das bei jeder Fahrt auf den beiden Pferden sitzend, obwohl Gregor ihnen mehrfach vorschlug, doch auch mal in das Feuerwehrauto oder den Rennwagen, die Kutsche oder auf die Giraffen zu steigen. Doch die Kinder fühlten sich auf den Rücken der weißen Karussellpferde so wohl, dass sie jeden seiner Vorschläge ignorierten.

Als der Fahrchipberg endlich aufgebraucht war, rechnete ich fest damit, dass sie ihren Vater anbetteln würden, noch mehr Chips zu kaufen, wie ich es von meinen Nichten und Neffen damals in diesem Alter gewohnt war. Aber da hatte ich mich gehörig vertan. Lächelnd kletterten sie von den Rücken der Pferde und bedankten sich bei ihrem Papa, dass er sie sooo viele Runden auf ihren Lieblingspferdchen hatte *reiten* lassen.

Unsere Hände fanden wie bestens geübt in die vorherige Formation zurück und wir schlenderten weiter. Zwei, drei Weihnachtsbuden später blickte Luisa sehnsüchtig zu den gebrannten Mandeln und der kleine Ben schien mit offenen Augen von warmen Schmalzkuchen zu träumen, doch erst als Gregor sie fragte, ob sie vielleicht etwas haben wollten, nickten sie und schauten ihn mit strahlenden Augen an.

»Und du, Maxi, darf ich dir auch etwas mitbringen?«

Ich verneinte. »Danke, das ist nett von dir, aber ich habe vorhin im Café *die Reste* vom Mittagstisch aufgegessen und bin noch immer pappvoll.« Was ausnahmsweise keine Lüge war. Ich hatte ja schließlich nicht ahnen können, dass ich wenig später in sehr netter Gesellschaft noch einen Weihnachtsmarktbummel unternehmen würde. Und auch nicht, wie wohl ich mich dabei fühlen würde … fast wie ein Teil dieser himmlischen Familie, was die drei trotz ihres traurigen Schicksals zweifelsohne waren.

»Magst du vielleicht einen Glühwein trinken?«

Sehr gerne, unbedingt, aber irgendwie hatte ich das Gefühl, es sei besser, einen klaren Kopf zu bewahren, und lehnte auch dieses Angebot dankend ab.

Luisa und Ben *zwangen* mich dann allerdings doch noch dazu, etwas von den gebrannten Mandeln und dem warmen Schmalzkuchen zu kosten. Dafür bedurfte es nur eines Blickes aus ihren Kinderaugen, sodass ich regelrecht dahinschmolz.

»Hm, sehr lecker«, musste ich wohl zugeben und bedankte mich ebenso freundlich, wie die beiden Kinder es zu jedem passenden Zeitpunkt taten.

»Die beiden sind wirklich gut erzogen«, meinte ich zu Gregor, während Ben und Luisa ausnahmsweise mal ein, zwei Schritte vor uns herliefen.

Gregor nickte. »Jessica legt großen Wert darauf, dass sie sich schon von klein auf gut zu benehmen wissen«, erklärte er, wobei sich seine Stimme seltsam hölzern anhörte. »Das und eine hervorragende Bildung liegt ihr ganz besonders am Herzen.«

Da Gregor mir gegenüber noch niemals den Namen seiner verstorbenen Frau erwähnt hatte und dazu in der Gegenwartsform von Jessica sprach, dabei auch wie ich fand recht sachlich, fast schon kritisch klang, nahm ich an, dass er von seiner Schwester spräche, die ich bei der kleinen Trauerfeier in meinem Café kennengelernt hatte. Wobei *kennengelernt* etwas übertrieben klang, ich hatte sie gesehen – mehr nicht.

»Kümmert sich deine Schwester um Luisa und Ben?«

Überrascht schaute Gregor mich an. »Wie kommst du darauf? Sie lebt in München und ist nur wegen der Beerdigung in Hamburg gewesen.«

Ich hob die Schultern. »Ich dachte, Jessica … weil du doch gerade gesagt hast, dass sie viel Wert auf gute Manieren …«

»Entschuldige bitte«, fiel er mir ins Wort. »Ich habe schon wieder in der Gegenwart von Jessi gesprochen. Das passiert mir immer wieder. Irgendwie hat mein Gehirn noch nicht wirklich registriert, dass sie nicht mehr da ist.«

»Dann ist Jessica deine Frau … gewesen?«

Gregor nickte.

»Du hast sie wohl sehr geliebt«, rutschte es mir heraus. Im nächsten Moment hätte ich mich dafür ohrfeigen können. »Ich … ich wollte dir nicht zu nahe treten.«

Doch Gregor winkte ab. »Alles gut, Maxi. Ich komme klar. Und die Kinder auch … irgendwie. Jessica war eine tolle Frau und auch eine gute Mutter. Aber sie war auch manchmal etwas … kühl.«

»Okay …« Mehr fiel mir dazu wirklich nicht ein zu sagen.

»Maxi, entschuldige bitte, du sollst jetzt nicht denken, ich würde schlecht von meiner Frau reden. Bitte nur das nicht. Sie war wunderbar, wahnsinnig attraktiv und sehr gebildet und absolut ehrgeizig. Sie hatte stets alles im Griff, Job, Familie, das große Haus, unseren Freundeskreis. Nur … es ist so, als ich dich damals mit Luisa und Ben im Hinterhof gesehen habe, wie ihr zusammengesessen habt mit den Kaninchen, du warst so lieb und sanft im Umgang mit den Kindern. Obwohl ihr euch doch fremd wart, hatte ich das Gefühl, ihr wäret euch ganz nah, wirktet so vertraut miteinander. Jessica hat ihre Kinder geliebt, das hat sie, aber sie war einfach nicht der Typ Mutter, der zu so viel Nähe und Herzenswärme fähig war, und darunter haben die Kinder manchmal schon gelitten.«

Uff. Wie sollte ich bitte schön auf solch eine Offenbarung reagieren? Indem ich schlecht von einer Verstorbenen dachte oder sogar sprach? Nein, bestimmt nicht. Auch wenn sie mir durch Gregors Schilderung und ja, die mir fast schon wie gedrillt erscheinenden guten Manieren ihrer beiden kleinen Kinder irgendwie, hm … etwas unsympathisch war, so hatte ich dennoch nicht das Recht, mich in irgendeiner Form dazu zu äußern. Glücklicherweise kamen Luisa und Ben zu uns zurück und das etwas sonderbare Gespräch hatte damit sowieso ein Ende, was mir mehr als recht war.

Wir bummelten noch eine gute Stunde über den Weihnachtsmarkt, bevor Gregor meinte, dass es nun langsam an der Zeit für die beiden sei, nach Hause zu fahren und ins Bett zu gehen. Ich sah Luisa und Ben an, dass sie gern noch geblieben wären. Aber ihre »gute« Erziehung verbat es ihnen, ihrem Papa zu widersprechen oder quengelig zu werden. Wirklich praktisch, solch *gut funktionierende* Kinder, schoss es mir mit einem Anflug von Bitterkeit durch den Kopf, aber mir taten die beiden nur noch immer mehr leid.

Bei der Verabschiedung drückte ich erst Ben und dann Luisa ganz herzlich an mich und konnte mich gerade noch ausbremsen, jedem von ihnen einen Abschiedskuss auf die Wange zu geben. Besonders der kleine Ben schmiegte sich so eng an mich, dass mir das Herz fast überquoll.

»Du bist so lieb zu uns, Maxi«, flüsterte Luisa mir zu. »Danke.«

Wow – Wow – WOW! Das waren die Worte eines Kindes, das sich bei mir dafür bedankte, weil ich nett und einfühlsam mit ihnen umging.

Auch wenn ich später dafür direkt die Hölle durchtraben musste, weil ich schlechte Gedanken für eine Verstorbene hatte, aber Jessica Blomberg war mir tot wie lebendig durch und durch unsympathisch. Basta!

Dieser vorweihnachtliche Ausflug hatte somit für mich mit ausgesprochen gemischten Gefühlen geendet. Einerseits wollte ich die beiden zuckersüßen Kinder am liebsten nicht mehr loslassen und ja, auch ihr Vater war fraglos ein toller Mann. Doch der Gedanke, einfach so eine Instant-Familie zu übernehmen, war mir niemals so fern wie an diesem Abend, als ich mich wie erschlagen schließlich hoch in meine Wohnung geschleppt hatte und noch Stunden brauchte, um meine völlig verquer laufenden

Gedanken und Gefühle einigermaßen sortiert und vor allem beruhigt zu bekommen.

Das dritte Treffen mit Vater, Tochter und Sohn Blomberg lag nur einen Tag zurück, Heiligabend morgens. Als es an der Wohnungstür geklingelt hatte, war ich fest davon ausgegangen, den Postboten vor mir zu haben. Doch ich sollte mich irren, Gregor, mal wieder in Begleitung seiner Kinder, stand auf der Fußmatte und lächelte mich herzlich an.

»Luisa und Ben wollten dir unbedingt noch ein kleines Geschenk vorbeibringen«, erklärte er.

Wie die drei mich angeschaut hatten, so ... hoffnungsvoll, da konnte ich nicht anders, als sie hereinzubitten. Während Gregor und ich Kaffee tranken und dabei Emils restliche Weihnachtsplätzchen vertilgten, hatten Luisa und Ben das gemacht, was ihnen besonders gut gefiel, mit Flips und Flops kuscheln.

»Sie sind ganz vernarrt in die beiden Fellnasen«, hatte Gregor da auf einmal zwischen zwei Plätzchenbissen zu mir gesagt. »Genauso wie in dich, Maxi. Aber ich denke, das hast du längst bemerkt und auch, dass ich mich sehr zu dir hingez...«

»Maxi? Maximilianeee!«, werde ich recht unsanft von meiner Schwägerin aus meinen Erinnerungen ins Hier und Jetzt zurückgeholt. »Träumst du mit offenen Augen?«

»Wie ... ähm ... nein«, stottere ich.

Anne grinst mich breit an. »Okay, du sahst aber gerade schon ziemlich weggetreten aus.«

Ich hole tief Luft und bin bereits im Begriff, erneut zu widersprechen, da überlege ich es mir anders. »Anne, du hast recht. Ich war mit meinen Gedanken tatsächlich ganz woanders, nämlich bei einem Mann, den ich vor einiger Zeit kennengelernt habe und ...«

»Was?«, ruft Anne mir dazwischen. »Dein Date? Dann ist es also etwas Ernstes? Und warum erfahre ich erst jetzt davon?«

»Anne, lass mich doch erst mal ausreden«, gebe ich zurück.

Einsichtig nickt Anne. »Ja, klar doch. Entschuldige bitte. Leg los. Ich bin ganz Ohr und total gespannt.« Ganz genauso sieht sie auch aus. Wie jemand, der kurz vorm Explodieren ist.

»Es geht um einen anderen Mann. Einen Mann, der seit einigen Wochen verwitwet ist …«

»Uiii«, fällt Anne mir erneut ins Wort, »wie tragisch. Was ist seiner Frau denn zugestoßen?«

»Anne! Wenn du mich nicht erzählen lässt, dann sag ich gleich gar nichts mehr«, drohe ich ihr an.

»Schon gut, jetzt bin ich wirklich ruhig. Ehrenwort.«

Wieder atme ich tief durch. »Wie auch immer, er hatte mein Café für die Trauerfeier seiner Frau gebucht und dabei ist es dann zu einer Begegnung zwischen Flips und Flops und seinen beiden Kindern gekommen.«

»Wer sind Flips und Flops? Und Kinder hat der arme Mann also auch. Oje, das ist wirklich sehr tragisch.«

Ich hebe die Hände. Anne kann es einfach nicht lassen. »Flips und Flops sind meine Kaninchen. Eines davon hat mir übrigens dein Mann geschenkt, damit ich nicht so allein bin«, erkläre ich leicht bissig.

»Maxi, nun sei doch nicht so. Ich bin nun auch wirklich still. Aber erzähl bitte, bitte weiter.«

Eine letzte Chance gebe ich ihr noch. Und tatsächlich, Anne hält den Mund, während ich ihr schildere, was sich die letzten Tage zwischen Gregor und mir so alles zugetragen hat. Wobei ich natürlich den Teil mit der Trauergruppe, meinen angeblich verstorbenen Mann und dass Summer meine und nicht ihre Tochter ist, weglasse. Anne steht mir wirklich nah und ist auch stets sehr verständnisvoll. Aber ich schätze, wenn sie Wind davon bekommt, was ihre Tochter da angezettelt hat und ich durch mein Schweigen und dann sogar aktives Zutun noch unterstützt habe, ist es vorbei mit ihrer Toleranz.

Als ich fertig erzählt habe, lehnt Anne sich in ihrem Stuhl zurück. »Was weißt du über Gregors verstorbene Frau?«, fragt sie stirnrunzelnd. »War die Ehe glücklich?«

Ich hebe die Hände und lasse sie gleich wieder fallen. »Keine Ahnung. Sie ist wohl ziemlich streng zu den Kindern gewesen. Aber ich denke, Gregor und sie, nun ja, das hat wohl schon gepasst. Der Jüngste, Ben, ist sechs Jahre alt.«

Anne macht große Augen. »Ja und? Was spielt das Alter des jüngsten Kindes bitte schön dabei für eine Rolle?«

»Weil, wenn sie unglücklich miteinander gewesen wären, sie wohl kaum noch ein zweites Kind in die Welt gesetzt hätten.«

Annes Augen weiten sich noch ungläubiger. »Das ist jetzt nicht dein Ernst, Maxi, du hast doch am eigenen Leib erfahren, wie schnell sich Gefühle und damit verbundene Pläne ändern können.«

Ich zucke getroffen zusammen. »Danke, Anne, dass du mich auch noch an Thomas und sein mieses Verhalten erinnern musst.«

Anne beugt sich etwas vor, sodass sie mir ihre Hand auf den Unterarm legen kann. »So war das nicht gemeint, Maxi. Ich wollte damit nur sagen, dass sich seit der Geburt des kleinen Ben einiges geändert haben kann. Manchmal ist es sogar so, dass Paare meinen, ein weiteres Kind könnte ihre angeknackste Ehe noch retten. Aber meistens geht das komplett nach hinten los. Ich kann dir da diverse Beispiele nennen.«

Ich schüttele den Kopf. »Nein, musst du nicht, denn ich verstehe sowieso nicht, worauf du hinauswillst.«

Anne nimmt ihre Hand von meinem Unterarm und lehnt sich dann wieder auf ihrem Stuhl zurück. »Wenn Gregor Blomberg und seine verstorbene Frau keine gute Ehe geführt haben, vielleicht sogar kurz vor der Trennung standen, dann halte ich es für möglich, dass er sich in dich verguckt hat, Maxi. Darum habe ich dich gefragt, ob er dir etwas über seine verstorbene Frau erzählt hat. Ich gehe sogar fest davon aus, denn ich kann mir kaum vorstellen, dass ein Mann, der in großer Trauer um seine geliebte Frau ist, wenige Wochen nach deren Tod so sehr den Kontakt zu einer anderen Frau sucht, die dazu auch noch ausgesprochen attraktiv ist.«

Im ersten Moment kapiere ich nicht, dass meine Schwägerin mich damit gemeint hat. Ich selbst finde mich nämlich nicht sonderlich gut aussehend. Na ja, zumindest im Vergleich mit Thomas' elfengleichem und jungem Zauberwesen.

»Das ist doch völliger Unsinn«, gebe ich zurück.

Anne zuckt mit den Schultern. »Du hast mich gefragt, was ich über Gregors Verhalten dir gegenüber denke, und das ist meine ehrliche Antwort darauf.«

Langsam schüttele ich den Kopf. »Nein, das glaube ich nicht. Also, dass er und seine verstorbene Frau sich nicht mehr verstanden haben. Seine Kinder wirken trotz der Trauer um ihre Mutter schon sehr gefasst, so, hm, wie soll ich es am besten ausdrücken, geerdet, in Sicherheit. Ich denke, wenn es in der Partnerschaft der Eltern nicht mehr gut gelaufen wäre, dann würde man das den Kindern schon irgendwie anmerken. Ja, sie sind auffällig wohlerzogen, aber ich denke, das ist eher eine Sache der Mutter mit den Kindern gewesen, die sehr viel Wert, vielleicht sogar zu viel Wert auf so etwas gelegt hat.«

Anne nickt. »Schon möglich … Aber wenn die Kinder so klar sind, so gefasst, kann das auch ein Zeichen dafür sein, dass sie … hm, wie sag ich es, ohne dass es zu bösartig klingt?!«

»Am besten gar nicht, Anne«, bitte ich sie. »Ich möchte nicht mehr darüber reden und auch keine Mutmaßungen anstellen. Erst recht nicht in eine Richtung, die die Verstorbene … nun ja, schlecht dastehen lässt. Das steht weder mir noch dir zu.«

Eine Weile sagen wir nichts. Ich komme mir inzwischen ein bisschen doof vor, dass ich Anne überhaupt von Gregor erzählt habe. Was ist denn schon Großes zwischen uns bislang passiert? Seine Kinder haben sich in meine niedlichen Kaninchen verliebt und weil sie gerade eine schwere Zeit durchmachen, völlig egal, ob ihre Mama streng gewesen ist oder nicht, ist es doch nur allzu verständlich, dass ihr Vater alles unternimmt, damit sie einen Moment lang mal ihren Kummer vergessen können. Was erkennbar der Fall ist, wenn sie mit Flips und Flops kuscheln dürfen. Warum muss ich gleich wieder alles Mögliche in Gregors wirklich nachvollziehbares Verhalten hineininterpretieren? Aber hat er nicht gesagt, dass er vernarrt in mich ist?

»Weißt du, Maxi, wenn ich dir einen Tipp geben darf, würde ich dir raten, einfach alles auf dich zukommen zu lassen. Anscheinend ist dir dieser Gregor ja nicht ganz unsympathisch und seine Kinder auch nicht. Und er fühlt sich wohl in deiner Nähe und das sicherlich nicht ohne Grund.«

Logisch. Gregor Blomberg nimmt an, dass wir dasselbe Schicksal teilen und ich mich aufgrund meines schmerzlichen Verlustes so gut in ihn hineinversetzen kann. Aber davon darf Anne bekanntermaßen unter keinen Umständen etwas erfahren.

»Hier seid ihr«, ruft Summer und kommt in den Wintergarten geschneit. Ihre Wangen sind von der Kälte sichtbar gerötet.

»Hui, du bringst ja ordentlich viel frische Luft mit herein«, sagt Anne.

»Draußen ist es ja auch arschkalt.«

»Summer, musst du dich denn immer so vulgär ausdrücken.«

»Mum, du bist Lehrerin an einer Stadtteilschule. Erzähl mir nicht, dass *arschkalt* dort zu der Kategorie vulgär gehört.«

Gespielt empört winkt Anne ab. »Sag mal, Maxi, ist meine Tochter dir gegenüber eigentlich auch immer so patzig?«

»Nein, ist sie nicht.«

Summer setzt sich auf die Armlehne meines Stuhles und schmiegt sich wie ein kleines Kind an mich. »Du bist eben mein liebstes Mamilein.« Verschwörerisch zwinkert sie mir zu.

Mir bleibt die Spucke weg, Summer ist wirklich ein Fall für sich.

»Neulich waren Maxi und ich abends noch im Restaurant und haben rein zufällig ihren Teenagerschwarm getroffen.«

»Echt?«, ruft Anne interessiert. »Wer ist es denn? Kenn ich ihn?«

»Nein!«, rufe ich lauter als eigentlich beabsichtigt.

»Rafael! Ein cooler Weltenbummler! Großbrückenarchitekt! Der ist quasi überall in der Welt zu Hause«, meint Summer.

»Der Name sagt mir nichts«, murmelt Anne.

Und das ist auch gut so. Ich wüsste nämlich wirklich nicht, wie ich Anne gegenüber erklären sollte, wie und wo ich innerhalb kurzer Zeit gleich zwei Männer kennengelernt habe, die ihre Partnerin auf tragische Art und Weise verloren haben. Dazu das angebliche Date, was es natürlich nie gegeben hat. Ich schätze, das Ganze ist selbst für Anne zu viel, und das, wo sie doch ziemlich leiderprobt mit mir in puncto sonderbare und misslungene Beziehungen ist.

Kapitel 13

»Ich verstehe nicht, warum du mich nicht zu der Party begleiten willst.« Tina schüttelt den Kopf. »Nenn mir bitte nur einen einzigen plausiblen Grund dafür.«

»Weil ich auf Flips und Flops aufpassen muss, das ist der Grund.«

Tina beginnt in meinem Wohnzimmer auf und ab zu laufen, während ich noch tiefer in die Polster meiner Couch sinke, um ihr damit zu verdeutlichen, dass ich fest entschlossen bin, den Abend ganz genau hier zu verbringen.

Nach dreimaligem Wohnzimmerdurchqueren bleibt sie schließlich mit in die Seiten gestemmten Händen direkt vor mir stehen. »Du spinnst doch«, wirft sie mir an den Kopf. »Es ist Silvester. Alle gehen aus. Auch wenn sie Kaninchen haben, die angeblich 'ne Panikattacke wegen der bekloppten Böllerei bekommen.«

»Nicht angeblich, das ist eine Tatsache«, stelle ich klar.

»Dann pack von mir aus den Käfig ins Badezimmer, häng ein Tuch drüber, und mach die Tür zu. Dann kriegen sie garantiert kaum was von dem Lärm mit.«

Ich deute mit der Hand auf die übergroße Kaninchenunterkunft. »Wie du vielleicht erkennst, ist das Gehege der beiden dafür viel zu groß.«

»Boah, Maxi, das ist echt nicht dein Ernst.« Ärgerlich stampft Tina mit dem linken Fuß auf. »Als ich dich vor Wochen, Maxi, vor bereits mehreren Wochen gefragt habe, ob du an Silvester mit mir zu dieser Party von Henning und Uwe kommst, hast du sofort Ja gesagt und dich sogar richtig darauf gefreut. Und jetzt willst du mir weismachen, dass du zu Hause bleiben musst, weil du deine *Kaninchen* unmöglich allein lassen kannst? Das ist doch Bullshit. Ich meine, was ist passiert, haben die Tiere inzwischen ein traumatisches Erlebnis gehabt, sodass du ihnen jetzt die Pfötchen halten musst?«

Ich atme tief durch. Tina hat recht, es ist wirklich nicht fair, ihr so kurzfristig abzusagen. Und auch damit, dass ich Flips und Flops auf keinen Fall allein lassen kann. Ich sollte ihr wirklich den wahren Grund nennen, aber ich schätze, dann wird sie mich für noch viel durchgedrehter halten, als sie es eh gerade schon tut.

Tina fährt sich mit der linken Hand durch ihr schulterlanges dunkelblondes Haar. »Vorschlag!«, sagt sie mit bemüht ruhiger Stimme. »Eigentlich habe ich gedacht, wir machen uns ganz in Ruhe hier bei dir zu Hause fertig, trinken dabei schon das ein oder andere Glas Prosecco und nehmen uns dann ein Taxi zu der Partylocation. Aber wie mir scheint, brauchst du noch ein bisschen Zeit für dich. Also düse ich jetzt wieder zurück zu mir, schmeiße mich in mein Outfit und bin dann gegen einundzwanzig Uhr wieder bei dir, um dich abzuholen.«

Ich zucke mit den Schultern. »Das ändert nichts daran, dass ich dann noch immer keine Lösung für die Kaninchen habe?«

Tina zieht die Luft scharf zwischen den Zähnen ein. Sie bemüht sich sichtlich darum, ruhig zu bleiben – und ich komme mir von Minute zu Minute mieser vor. Nein, es ist absolut nicht fair von mir, dass ich sie so hängen lasse und dazu auch noch dreist anlüge. Aber neuerdings komme ich ohne irgendwelche absurden Lügen anscheinend nicht mehr mit meinem Leben zurecht.

»Ich bin verabredet«, gestehe ich ihr endlich und es fühlt sich wie eine Erlösung an.

»Nicht dein Ernst?«, erwidert Tina keuchend. »Du lässt mich hier antanzen, erzählst mir einen von empfindlichen Kaninchenohren und dabei willst du mich eigentlich nur loswerden, weil du inzwischen eine bessere Verabredung hast. Ist das so, Maxi? Wenn ja, dann sag mir bitte, wann das passiert ist, dass du dich von meiner besten Freundin zur saublöden Kuh entwickelt hast?«

O mein Gott, Tina hat so recht, ganz genau das bin ich nämlich, eine verlogene saublöde Kuh.

»Es ist noch viel schlimmer, Tina«, gestehe ich ihr nun ziemlich kleinlaut. »Ich habe an einer Art von Selbsthilfegruppe für Verwitwete teilgenommen und dort den anderen gegenüber behauptet, dass ich meinen Mann verloren hätte. Summer ist auch dabei gewesen und hat sich als meine Tochter ausgegeben. Und das alles nur, weil ich dachte, ich lerne dort einen Mann kennen … mit Kindern. Also, na ja, die ganze Wahrheit ist, dass die Idee ursprünglich Summers war, in die sie mich zunächst nicht eingeweiht hat. Und als ich es dann endlich kapiert habe, war ich natürlich auch alles andere als begeistert, ich war sogar schier entsetzt und stinkwütend auf meine Nichte. Trotzdem habe ich es versäumt, dem Wahnsinn an Ort und Stelle ein Ende zu bereiten, und da ich um einiges älter bin und deshalb auch klüger sein sollte, trage ich im Grunde auch die alleinige Verantwortung für diese absolut unmögliche Aktion.«

Tina lässt sich neben mich aufs Sofa fallen. Sie wirkt auf einmal total erschöpft und so hört sie sich auch an. »Das ist ja vielleicht eine verrückte Sache, Maxi«, haucht sie mir zu. »Ich muss schon sagen, auf so was bin selbst ich noch nicht gekommen und du weißt, *was* ich alles bereit bin zu tun, um endlich meinen Mister Right zu bekommen.« Sie klopft mir auf die Schulter. »Respekt, Maxi, mein Respekt!«

Ich glaub, meinen Ohren nicht trauen zu können. »Tina …

ähm, warum verachtest du mich jetzt bitte schön nicht abgrundtief? Warum schreist du mich nicht an und bezweifelst, dass ich noch ganz dicht bin oder so?«

Tina grinst – ich glaub's wirklich nicht. »Weil das einfach eine echt geniale Idee ist, Maxi«, erklärt sie dann. »Summer ist wirklich ein Fuchs. Ich wünschte, ich hätte so eine Nichte.«

»Du findest wirklich, dass es okay ist, was wir, aber vor allem ich, getan haben?«

»Was heißt okay«, erwidert Tina. »Ich will es mal so ausdrücken, moralisch korrekt ist es bestimmt nicht. Aber ich kann es nachvollziehen. Wir sind zwei Frauen, Anfang vierzig, die in einer Großstadt wie Hamburg leben. Auf *normalem* Weg einen halbwegs *normalen* Mann zu finden, ganz ehrlich, Maxi, das ist quasi unmöglich. Eine völlig illusorische Vorstellung. Und wenn ich bedenke, was ich schon alles bereit war zu tun, nur um irgendeinem Kerl zu gefallen, es ihm recht zu machen, eine Chance bei ihm zu haben, dagegen ist eure Aktion fast noch harmlos. Ich hab mich schon in Lack und Leder gezwängt, mich auf Blind Dates eingelassen, war auf so ziemlich jeder Ü40-Party und das bereits lange, lange bevor die 40 in greifbare Nähe gerückt ist. Ich habe mir stundenlange Monologe von unfassbar langweiligen und selbstverliebten Typen angehört und dabei wahnsinnig interessiert getan. Ich war mit einem Kerl auf seinem öden Kutter, und habe mir – wenn er nicht hingeguckt hat – die Seele aus dem Leib gekotzt, weil ich doch sofort immer seekrank werde. Gefühlte tausend Mal habe ich vorgetäuscht jemand zu sein, der ich gar nicht bin, nur um irgendeinen von diesen völlig verschrobenen Großstadttypen zu gefallen, während die sich wie die Neandertaler benommen haben.«

Nun bin ich wirklich baff. »Das heißt, du verabscheust mich deshalb nicht für alle Zeiten?«

Tina schüttelt den Kopf. »Nein, bestimmt nicht. Ich bin schon enttäuscht, dass du mir nicht längst davon erzählt hast und auch wegen heute Abend. Du hättest mich wirklich früher einweihen können. Dann würde ich jetzt nicht so blöd dastehen und nachher allein zu der Silvesterparty traben müssen. Ich muss zugeben, das verletzt mich schon ziemlich. Aber was die Aktion an sich angeht, die nehme ich dir auf keinen Fall übel – auch wenn ich dir so etwas im Leben nicht zugetraut hätte, weil du eigentlich absolut nicht der Typ dafür bist.«

Ich nicke. »Bin ich auch nicht, immer noch nicht. Ich hasse mich deshalb. Ganz besonders, weil ich längst den Punkt verpasst habe, die Wahrheit zu sagen.«

Tina mustert mich einen Moment lang schweigend, bevor sie wissen will: »Und diese Verabredung, von der du gerade gesprochen hast? Handelt es sich dabei um einen Mann, den du in dieser Selbsthilfegruppe kennengelernt hast? Einen Witwer?«

Ich stoße die Luft laut aus. »Ja … o verdammt, es ist echt total bescheuert. Ich habe uns da alle in eine Situation gebracht, aus der irgendwie niemand mehr unbeschadet herauskommt.«

»Inwiefern?«

Ich erzähle ihr von Gregor und seinen beiden entzückenden Kindern, die mir schon richtig ans Herz gewachsen sind, und dass er mich gefragt hat, ob ich Lust hätte, den Silvesterabend mit ihm und seiner Familie zu verbringen. Ich berichte ihr von jeder einzelnen Begegnung mit Gregor, Luisa und Ben und auch davon, wie wahnsinnig verletzt ich gewesen bin, als ich neulich meinen Ex Thomas mit seiner jungen Frau und ihrem gemeinsamen Baby begegnet bin, und dass mir dadurch erst so richtig bewusst geworden ist, dass ich wahrscheinlich so etwas wie die drei nie haben werde, nie erleben darf.

»Aber das entschuldigt natürlich nichts«, ende ich schließlich.

»Bist du in diesen Gregor verliebt?«, ist das Einzige, was Tina nach meinem umfassenden Geständnis von mir wissen will.

Tatsächlich habe ich mir darüber noch nicht wirklich Gedanken gemacht. Gregor ist attraktiv, ohne Frage ist er das. Und ich bin auch gern mit ihm zusammen. Doch vor allem genieße ich die Zeit mit seinen Kindern. Wenn Tinas Frage gewesen wäre, ob ich mich in Luisa und Ben verliebt hätte, wäre meine Antwort ein deutliches Ja gewesen.

»Okay, dein Schweigen sagt mehr als tausend Worte.«

Ich hebe die Hände, lasse sie unentschlossen wieder zurück auf die Decke fallen, in die ich mich gekuschelt habe.

»Ich schätze tatsächlich, dass ich mehr in seine Kinder als in ihn vernarrt bin«, gebe ich dann zu.

»Komischerweise habe ich es genauso vermutet«, erklärt Tina.

»Warum? Ich meine, wie kommst du darauf?«

»Weil du dieses überübergroße Muttergen in dir hast. Ich denke, dir ist eigene Kinder zu haben immer wichtiger gewesen als der Partner dazu.«

Ich schüttele den Kopf. »Ich glaube, da irrst du dich. Ja, ich mag Kinder sehr, sehr gern, aber ich würde doch nicht mit einem Mann zusammen sein wollen, nur weil ich mich nach eigenen Kindern sehne.«

»Wie auch immer«, meint Tina. Sie beugt sich etwas vor und nimmt die Prosecco-Flasche vom Tisch, die sie vor geraumer Zeit zusammen mit zwei Gläsern dorthin gestellt hat, weil sie dachte, wir stoßen erst einmal auf den vor uns liegenden tollen Abend an, bis ich nichts Besseres zu tun hatte, als ihr meine haarsträubende Kaninchen-Böller-Panik-Story weismachen zu wollen. Mit einem leisen Ploppen öffnet sie den Verschluss und lässt die perlende Flüssigkeit in die Gläser laufen. Eines davon reicht sie mir, mit dem anderen prostet sie mir zu.

»Auf die Erfüllung all unserer Wünsche und Träume!«, sagt Tina und blickt mir dabei fest in die Augen. »Egal mit welchen Mitteln.«

Ich stoße zwar mit ihr an und trinke auch einen großen Schluck, doch dann schüttele ich erneut den Kopf. »Nein, Tina, hier heiligt der Zweck bestimmt nicht die Mittel, absolut nicht.

Das ist mir gerade so was von endlich klar geworden.« Ich stelle das Glas auf den Tisch zurück und erhebe mich vom Sofa.

»Was hast du vor?«, will Tina verdutzt von mir erfahren.

»Ich rufe jetzt Gregor an und sage ihm, dass aus dem gemeinsamen Abend nichts wird. Und bei dieser Gelegenheit erkläre ich ihm dann auch, dass es besser ist, wenn wir uns nicht mehr sehen, vor allem für die Kinder. Die beiden sollen sich nicht noch mehr an mich gewöhnen und ich mich auch nicht an sie, weil das Ganze sowieso keine Zukunft hat. Gregor gegenüber ist es eine Sauerei, was ich getan habe, den Kindern gegenüber einfach nur gemein, herzlos und abscheulich. Das muss ein Ende haben und zwar heute noch!«

Ich sehe Tina nachdenklich nicken, während ich mein Smartphone aus der Handtasche hervorkrame und Gregors Nummer wähle.

Es dauert keine drei Klingeltöne, dann habe ich Gregor in der Leitung.

»Maxi, hey, ist etwas passiert?«, fragt er mich.

Zunächst bin ich verwundert, woher er weiß, dass ich dran bin, dann fällt mir ein, dass er dafür nur aufs Display seines Handys sehen musste.

»Wie kommst du darauf, dass etwas passiert ist?«, frage ich dennoch erstaunt.

»Wir sind um neunzehn Uhr verabredet und du rufst jetzt an …«

Okay, aber ich könnte zum Beispiel nur noch mal fragen, ob ich etwas mitbringen soll oder … Unsinn. Stopp. Gregor hat absolut recht. Es ist etwas passiert. Ich werde langsam mal wieder normal im Kopf.

»Ja, du hast recht, es ist etwas passiert. Ich war längst mit meiner Freundin Tina für Silvester verabredet, als ich deine Einladung angenommen habe. Das war nicht fair … Tina gegenüber und euch erst recht nicht.«

»Oh, das heißt dann also, du wirst nicht kommen?«

»Ja, leider. Aber nicht nur deshalb, Gregor. Ich denke, es ist generell besser, wenn wir uns nicht me…«

»Papa, bitte komm schnell. Ben hat auf den Tisch gebrochen«, höre ich Luisa im Hintergrund aufgeregt rufen, bevor ich meinen Satz zu Ende bekomme.

»Ich muss mich kümmern, entschuldige bitte«, sagt Gregor.

Ich bin versucht, mich besorgt nach dem kleinen Mann zu erkundigen, verkneife es mir dann aber, weil es mich schlicht und ergreifend absolut nichts angeht – das sollte ich endlich mal kapieren.

»Bis hoffentlich bald, Maxi«, beeilt sich Gregor noch zu sagen, bevor er das Telefonat beendet, ohne wirklich sauer zu sein, was mich irgendwie auch überrascht.

Auch wenn mir die beiden Mäuse schon jetzt fehlen, bin ich dennoch erleichtert, denn ich, Maximiliane Sievers, habe im Leben der drei nichts verloren!

31. Dezember 1991

Liebes Tagebuch!

Eigentlich wollte ich heute mit Lisa zu dieser Party gehen, die bei Frank im Keller stattfindet. Ich habe echt so sehr bei Mama und Papa darum gekämpft, dass ich bis halb eins bleiben darf, weil Lisa und die anderen Mädchen auch dürfen. Und als sie es mir dann endlich erlaubt haben, war ich sososooo happy.

Puh, und jetzt ist es endlich so weit und ich möchte da überhaupt nicht mehr hin. Lisa hat nämlich gestern durch Zufall mitgekriegt, dass Frank nur zusammen mit seinem Bruder Matthias im Partykeller seiner Eltern feiern darf. Und weil Matthias zwei Jahre älter ist, kommen natürlich auch Freunde von ihm dorthin.

Du ahnst, liebes Tagebuch, wer ebenfalls dabei sein wird, nicht wahr?!

Genau, Rafi und seine ach so wunderbare und superschöne Isabell.

Ich kann da nicht hin. Ich kann die beiden nicht zusammen sehen. Das geht echt nicht. Und das habe ich auch so zu Lisa gesagt. Doch Lisa hat gemeint, ich wäre echt keine Freundin, wenn ich sie hängen lassen würde. Wir waren ja fest verabredet und ihr gegenüber ist das total fies, das weiß ich selbst. Aber wenn ich die beiden sehe, dann bringt mich das bestimmt um.

Bis bald.
Deine unentschlossene Maxi ☹

PS: Darf ich Lisa im Stich lassen, nur weil ich Angst vor Herzstichen habe?

Kapitel 14

Um kurz vor zehn werden Tina und ich mit großem Hallo von den beiden Gastgebern in Empfang genommen. Henning und Uwe sind im Besitz eines traumhaften Penthouse im angesagten Wohngebiet HafenCity. Lichtdurchflutete Räume, in denen klare Linien, schnörkellose Silhouetten, gedeckte Farbe und dennoch Behaglichkeit das Gesamtbild dieser Luxusimmobilie ausmachen. Ich war bereits einige Male hier und bin dennoch jedes Mal aufs Neue zutiefst beeindruckt.

Henning passt wie gemalt in die spektakuläre Umgebung, mit seiner schlanken Statur und dem schönen Gesicht, das ein wenig an einen griechischen Aristokraten erinnert, und seinem exklusiven Kleidungsstil. Sein Ehemann Uwe hingegen kommt mir immer ein wenig fehl am Platz vor, denn er ist im Aussehen wie in puncto Kleidung das genaue Gegenteil von Hennig. Untersetzte Statur, rundes Gesicht mit Stirnglatze und nicht übersehbarer Wohlstandsbauch. Uwe trägt bevorzugt Jeanshosen zu weich fallenden Hemden, die in der Regel auffallend bunt gemustert sind. Ich mag die beiden wahnsinnig gern, weil ihre gute Laune ansteckend wirkt und ich ihren trockenen Humor einfach so liebe.

»Wir haben uns ja eine Ewigkeit nicht mehr gesehen«, stellt Henning fest, während er mir einen Begrüßungskuss auf die linke und dann die rechte Wange haucht. Anschließend tritt er einen Schritt zurück und mustert mich von oben nach unten.

»Maxi, wenn ich auf Frauen stehen würde, du wärst meine Favoritin. Ich liebe es, wie dein dunkel glänzendes Haar dein ovales Gesicht umschmeichelt und dadurch die feinen Züge noch mehr zur Geltung kommen. Ich kann mich jedes Mal aufs Neue in deinen samtbraunen Augen verlieren und gerate ein ums andere Mal schwer in Versuchung, deine verlockenden weichen Lippen zu küssen. Und dann deine Figur, Himmel, du solltest ausschließlich Chanel tragen, wie es die große Audrey Hepburn getan hat, der du zum Verwechseln ähnlich siehst.«

Lachend winke ich ab. »Du Spinner. Aber danke für all die schönen Komplimente, auch wenn sie komplett an der Realität vorbei sind.«

»Ich kann Henning nur recht geben«, behauptet nun auch noch Uwe. »Du bist immer wieder ein wahrer Lichtblick in unserem bescheidenen Zuhause.«

»Genau, sehr bescheiden.« Nun kann ich wirklich nur noch herzhaft lachen.

Tina und ich plaudern noch ein bisschen mit unseren beiden charmanten Gastgebern, bevor wir uns Richtung Hausbar begeben, um die herum sich schon ein Großteil der Gäste in lockeren Gruppen zusammengefunden hat. Tina bleibt bei irgendeinem alten Bekannten hängen, während ich mich zur Bar begebe, um mir ein Glas Prosecco von einem der länglichen Tabletts zu nehmen. Mit dem Glas in der Hand suche ich nach Tina, die aber auf seltsame Weise verschwunden ist. Ich durchquere den großen Wohnraum des Penthouse und halte dabei Ausschau nach ihr. Doch ich kann sie beim besten Willen nicht entdecken. Was mir dabei allerdings auffällt, ich kenne recht wenige der Leute hier – genaugenommen bisher lediglich die beiden Gastgeber und natürlich Tina, die wie vom Erdboden verschluckt ist. Ein klein wenig bereue ich hierhergekommen zu sein, weil mir so gar nicht danach ist, Silvester im Kreis von lauter Fremden zu feiern.

»Maxi, hey, das ist ja eine Überraschung.«

Ich drehe mich zu demjenigen herum, der mich angesprochen hat, und traue meinen Augen nicht. »Rafael, was machst du denn hier?« Mir fällt selbst auf, wie uncharmant ich mich gerade angehört habe, und füge deshalb noch schnell hinzu: »Natürlich hast du alles Recht der Welt hier zu sein. Es ist nur so, dass ich nicht damit gerechnet hätte, dich bei Hennig und Uwe zu treffen. Ich wusste nicht einmal, dass ihr euch kennt.«

Rafael lacht kurz auf. »Du musst dich nicht entschuldigen. Bis vor zwei Stunden habe ich selbst nicht gewusst, dass ich in diesem beeindruckenden Penthouse ins neue Jahr feiern würde. Und was die beiden Gastgeber betrifft, so liegst du mit deiner Annahme goldrichtig, ich kannte sie nicht, beziehungsweise, jetzt schon.«

Ich bin immer noch perplex, ihn so plötzlich vor mir zu haben, und mache wohl auch genau diesen Eindruck auf ihn.

»Eigentlich hatte ich vor, zu Hause zu bleiben. Aber mein alter Kumpel Hendrik, der übrigens ein Arbeitskollege von einem der Gastgeber ist, ich glaube dem Kleineren …«

»Uwe.«

Rafael nickt. »Ja, genau, Uwe ist es. Auf jeden Fall hat mir mein Kumpel damit in den Ohren gelegen, ihn zu begleiten, und mir sogar gedroht, dass er sich ansonsten mit auf meine Couch setzt und mich zwingt, mit ihm die große Silvestershow im Fernsehen anzugucken. Das musste ich natürlich verhindern und habe schließlich nachgegeben. Tja, und nun bin ich hier.«

»Aha …«, mache ich.

»Bist du irgendwie sauer auf mich?«, fragt er.

Ich schüttele den Kopf. »Nein, warum sollte ich? Natürlich nicht.«

Rafael zuckt mit den Schultern. »Na ja, seit dem Abend in dem italienischen Restaurant hast du dich nicht mehr bei der Trauergruppe sehen lassen. Und deine Reaktion gerade, als ich dich angesprochen habe, war auch eher … hm … wenig erfreut.«

»Nein, um Himmels willen«, beeile ich mich ihm zu versichern. »So ist es nicht. Wirklich nicht. Ich hatte in der Advents- und Weihnachtszeit einfach wahnsinnig viel im Café zu tun und dass ich eben so komisch reagiert habe, liegt nur daran, dass ich nicht mit dir gerechnet habe. Eigentlich war ich auf der Suche nach meiner Freundin Tina.«

»Schon gut, du musst mir nichts erklären und bist mir erst recht keine Rechenschaft schuldig. Und was die Trauergruppe betrifft, wenn du dich dafür einfach nicht bereit fühlst, Maxi, dann musst du dich auch nicht zwingen dorthin zu gehen. Ich habe lange über den Abend nachgedacht und ich schätze es so ein, dass du eh nur Summer damit einen Gefallen tun wolltest. Ohne dir damit zu nahe treten zu wollen, du kommst mir schon recht abgeklärt vor, als ob du weitestgehend mit dem Tod deines Mannes abgeschlossen hättest.«

Wow. Das alles meint Rafael also erkannt oder durchschaut zu haben – und natürlich hat er damit auch absolut recht. Summer hat mich dorthin geschleppt und mit der Trauer habe ich natürlich auch längst abgeschlossen, weil es eh schwierig ist, um einen verstorbenen Ehemann zu trauern, den es nie gegeben hat.

»Und jetzt schlage ich vor, dass wir das Ganze einfach als Wink des Schicksals betrachten und wenigstens heute mal für einen Augenblick die Vergangenheit vergessen. Lass uns doch den Abend zusammen genießen. Was hältst du davon, bist du dabei?«

»Kein Wort über die Vergangenheit?«, frage ich.

Rafael hebt die Hand zum Schwur. »Wir sind uns zur Sekunde

das erste Mal begegnet und haben spontan beschlossen, uns wunderbar zusammen zu amüsieren. Wie klingt das?«

»Genial!«, kann ich nur erwidern, weil es absolut der Wahrheit entspricht.

»O Tantchen, du scheinst ja einen tollen Abend gehabt zu haben.«

Ich schleppe mich zurück ins Wohnzimmer, wo ich mich sofort wieder auf meine Couch lege und mir die Decke bis zum Kinn hochziehe.

»Wo genau warst du denn eigentlich?« Summer schmeißt sich neben meine Füße auf das Sofa. Es scheint ihr völlig egal zu sein, dass ich ihretwegen mein Lager verlassen musste, weil sie in aller Herrgottsfrühe meint, unbedingt an meiner Tür Sturm klingeln zu müssen.

»Mit Tina unterwegs und jetzt lass mich bitte weiterschlafen«, murre ich.

»Mit Tina, okay, das erklärt so einiges. Wart ihr auf der Reeperbahn feiern?«

»Nein …«

»Wo dann? Jetzt erzähl doch mal. Wenn du Neujahr um diese Uhrzeit noch immer halb im Koma liegst, dann muss das eine echt geile Party gewesen sein.«

»Fünf Uhr nachmittags?«

»Jo. Darum hast du auch das traditionelle Neujahrs-Kaffeetrinken mit deiner geliebten Familie verpasst.«

»Was …?« Ich kann es nicht glauben, niemals ist es bereits so spät. Aber falls das tatsächlich der Wahrheit entspricht, dann sind meine Eltern jetzt stockbeleidigt. Familientraditionen sind ihnen unfassbar wichtig und wer es wagt, ohne vorherige ausdrückliche Erklärung, warum man daran nicht teilnehmen kann, einfach wegzubleiben, der kann was erleben.

»Warum hast du mich denn nicht angerufen?«, halte ich meiner Nichte vor.

»Habe ich. Mindestens zehn Mal auf dem Handy und auch diverse Male auf dem Festnetz. Aber außer deiner Mailbox und dem AB ist niemand drangegangen.«

»Verdammt«, fluche ich.

»Ach komm, sie werden dir bestimmt irgendwann vergeben. So in drei bis vier Jahren, schätze ich. Außerdem war eh dicke Luft. Claudia und Papa haben sich gezofft.«

»Echt? Warum das denn?«

»Erzähle ich dir erst, wenn du mir von deiner offensichtlich Megapartynacht berichtest.«

Gequält stöhne ich auf. »Summer, lass mich doch. Ich kann nicht reden, nur zuhören ...«

»Oha, so schlimm?«

»Schlimmer ...«

»Okay, dann bitte wenigstens eine kurze Zusammenfassung. Danach lass ich dich auch in Ruhe. Versprochen.«

Ich schließe kurz die Augen. Schon stürzen die Bilder wieder auf mich ein. Rafael und ich beim Tanzen. Völlig losgelöst und komplett drüber. Wie wir einen Tequila nach dem anderen trinken, mit zunehmendem Alkoholpegel ohne Salz und Zitrone, weil uns das zu umständlich ist. Wir erzählen uns gegenseitig irgendwelche komplett unlustigen Witze und lachen uns fast schimmelig darüber. Wir führen uns wie Teenager auf, die das erste Mal losdürfen. Tanzen, singen, brüllen, lachen, kreischen, trinken, immer noch mehr trinken und liegen uns schließlich um Mitternacht in den Armen. Rafael küsst mich ganz sanft auf den Mund und ich fühle mich auf einmal dreißig Jahre zurückversetzt. Nur dass Rafi damals nicht mich, sondern die schöne Isabell geküsst hat und ich vor Kummer am liebsten aus dem Fenster gesprungen wäre – was aber keine großartigen Folgen gehabt hätte, denn die Party hat in einem Keller stattgefunden.

»Ich war mit Rafael zusammen«, wispere ich. »Die ganze Nacht.«

»Der Rafael aus der Trauergruppe?« Summer bekommt den Mund nicht mehr zu.

Ich nicke, woraufhin Summer breit zu grinsen anfängt und für mein Empfinden viel zu laut ruft: »Wie mega ist das denn, Maxi?!«

»Summer«, stöhne ich. »Sei bitte leise. Mein Kopf ... und überhaupt, du hast versprochen, dass du mich weiterschlafen lässt, wenn ich dir sage, wo ich war.«

»Hallo! Da wusste ich vielleicht noch nicht, dass du mit dem coolen Mister Weltenbummler Rafael im Bett warst.«

»Nein! Natürlich nicht!« Ruckartig schieße ich in die Höhe, was alles andere als eine gute Idee ist, denn mein Kopf dankt es mir mit fiesen Stichen. »Aua, verdammt.«

»Hä?«, macht Summer. »Versteh ich nicht. Du hast doch gerade gesagt, du hättest die Nacht mit Rafael verbracht. Oder wart ihr einfach zu besoffen, um ...«

»Hör auf, Summer«, falle ich meiner Nichte mit weinerlicher Stimme ins Wort. »Wir haben nur zusammen gefeiert. Mehr nicht.« Stimmt das? Verdammt, ich kann es nicht mit Sicherheit sagen. In meinem Kopf liegt die zurückliegende Nacht inmitten einer riesigen Nebelschwade. Ich kann gerade nicht mit Sicherheit sagen, was wirklich geschehen ist. »Summer, lass mich bitte, bitte in Ruhe. Mir geht es wirklich, wirklich nicht gut.«

»Ach Menno«, beschwert sich Summer enttäuscht. »Ich habe mich schon total auf die Details gefreut.«

»Lass mich bitte«, flehe ich sie erneut an. »Ich muss schlafen. Sonst kann ich morgen nicht Auto fahren.«

»Stimmt. Das habe ich ja völlig vergessen. Du fährst ja morgen nach Usedom.«

Trotz meiner fiesen Kopfschmerzen beunruhigt es mich, dass sie anscheinend schon wieder vergessen hat, dass das Café bis zum zwölften Januar geschlossen bleibt und ich in der Zeit Urlaub mache.

»Du hast versprochen, dass du dich um Flips und Flops kümmerst, daran erinnerst du dich doch wohl hoffentlich noch?«

»Klar doch!«, behauptet meine Nichte zu entschieden, sodass ich nun ernsthaft beginne, mir Sorgen zu machen.

»Summer. Das ist jetzt echt nicht wahr, du hast es tatsächlich vergessen!«

»Quatsch, wäre ich sonst hier, um den Schlüssel zu holen und mir noch mal genau sagen zu lassen, was ich so alles mit den beiden Jungs machen muss, also, ob es noch irgendwas zu beachten gibt und so.«

Ich glaub ihr zwar kein Wort, aber eine Alternative zu meiner Nichte gibt es leider nicht. Emil ist bei seiner Schwester und Tina fliegt morgen zu ihrer Mutter nach Gran Canaria, die dort eine kleine Ferienwohnung besitzt, und inzwischen mehr Zeit im sonnigen Süden als daheim in Hamburg verbringt. Was hält mich im nasskalten Hamburg, wenn ich die Sonne Gran Canarias haben kann, ist ihre schlichte, aber absolut überzeugende Begründung dafür.

»Zweimal am Tag füttern und immer dafür sorgen, dass sie frisches Wasser haben. Den Käfig musst du nicht komplett sauber machen, das habe ich erst gestern erledigt. Wenn du die Köttelchen raussuchst, dann passt das schon. Aber ich habe dir noch mal alles genau aufgeschrieben und den Zettel an den Kühlschrank gepinnt«, erkläre ich meiner Nichte, was ich übrigens schon zwei Mal getan habe.

»Dann ist ja alles klar.«

»Hoffentlich.«

1. Januar 1992

Liebes Tagebuch!

Das war das schlimmste Silvester meines Lebens. Ich hasse Rafi, ich hasse ihn wirklich. Aber noch mehr hasse ich Isabell. Aber noch, noch, noooch mehr hasse ich mich selbst, weil ich so blöd war und zu dieser doofen Party gegangen bin.

Ich werde nie wieder Silvester feiern. Damit bin ich für immer und ewig fertig.

Trotzdem, frohes neues Jahr, mein liebes Tagebuch.
Deine Maxi 🎉

PS: Mir fällt keine Frage ein – womöglich bin ich schon am Ende all meiner Fragen. ☹

Kapitel 15

Ausgelassen laufe ich über die Brücke zum Strand hinunter, wo ich stehen bleibe und die frische, salzige Ostseeluft einatme. Ich lasse meinen Blick über das weite Meer schweifen. Die weißen Kronen auf den Wellen sehen aus wie kleine schneebedeckte Berge, die ins Tanzen geraten sind. In der Ferne entdecke ich die Lichter eines Schiffes, das Richtung Polen tuckert.

Der Strand ist zu dieser Jahreszeit beinahe menschenleer, wie auch der Rest der Insel, was ich wirklich sehr genieße. Eine Wohltat für Geist und Seele nach den stressigen Zeiten im Café, ganz so wie ich es mir erhofft habe.

Ich bemerke nur einen Mann mit Hund, der wohl ebenfalls die Nebensaison auf der Insel nutzt, um mit seinem vierbeinigen Kumpel uneingeschränkt am Strand entlangzugehen. In der Hauptsaison ist das hier natürlich strengstens verboten, da dürfen sich Vierbeiner lediglich auf den gekennzeichneten winzigen Strandabschnitten aufhalten. Etwas weiter entfernt ist noch ein einzelner Jogger, den ich nur bewundern kann, weil mir im Leben nicht einfallen würde, im Sand zu joggen. Okay, zugegeben, auch ein sich dafür wesentlich besser geeigneter Untergrund könnte mich nicht zum Joggen bewegen.

Der Mann mit dem Hund bückt sich und lässt sein Tier von der Leine. Kaum hat er sich aufgerichtet, ist der Hund schon ins eiskalte Wasser gehechtet, um übermütig nach den Wellen zu schnappen. Dabei sieht das schwarze Tier, von dem ich annehme, dass es ein Labrador ist, richtig glücklich aus.

Lächelnd schaue ich ihm eine Weile zu, bevor ich mir die Schuhe ausziehe, die Hosenbeine hochkrempele und ein paar Schritte ins Meer wage.

Brrr, natürlich ist das Wasser stechend kalt, doch ich wate entschlossen weiter. Es soll Menschen geben, die zu dieser Jahreszeit sogar wagen, im Meer zu baden. Da werden meine Füße schon die paar Schritte durchs Eiswasser überleben. Außerdem soll so was gut für die Durchblutung sein. Doch nach weiteren fünf, sechs Schritten sehe ich ein, dass ich eindeutig der Spezies Frostbeule angehöre, tapere schnell aus dem Wasser, wo ich mir mit dem oberen Sockenrand die Füße notdürftig trockentupfe, sie dann überziehe und in meine warmen Stiefel zurückschlüpfe. Ahhh, was für eine Wohltat.

Ich blicke zum Himmel, der milchig grau zugezogen ist. Vielleicht gibt es doch noch Schnee. Aber ich schätze, dafür ist es noch nicht kalt genug.

Nachdem ich eine Weile unten am Meer entlanggeschlendert bin, beschließe ich, wieder hinauf zur Promenade zu gehen. Einige der Geschäfte haben geöffnet, längst nicht alle, denn zu dieser Jahreszeit lohnt sich das nicht wirklich. Mir ist es recht so, ich bin nicht zum Shoppen hierhergekommen, sondern um Ruhe und Entspannung zu finden. Aber mir ist gerade eingefallen, dass ich Summer und auch meiner Schwägerin Anne Ansichtskarten mit schönen Motiven versprochen habe, und nachdem sich meine Tage hier auf Usedom nun fast schon wieder dem Ende zuneigen, sollte ich vielleicht auch mal mein Versprechen in die Tat umsetzen.

Als ich kurz darauf vor dem Rundständer stehe, auf dem die schönsten Postkarten zu sehen sind, fällt mein Blick auf ein supersüßes Motiv, das drei Schafe zeigt. Ich kann nicht verhindern, unwillkürlich an Ben und Luisa zu denken und dass sie sich bestimmt an dem niedlichen Motiv erfreuen würden. Ich gerate kurz in Versuchung, die Karte zu kaufen und sie den Kindern zu schicken.

Bei dem Gedanken zieht sich mein Magen zusammen. Erst gestern habe ich lange mit Gregor telefoniert, weil er mich zuvor mit Textnachrichten sozusagen bombardiert hat. Gregor will einfach nicht verstehen, warum ich so abrupt den Kontakt zu ihm und den Kindern abgebrochen habe. Er kann sich beim besten Willen nicht erklären, was er falsch gemacht hat, und hat mich in seinen Nachrichten wiederholt darum gebeten, es ihm doch bitte offen und ehrlich zu sagen. Gestern Abend habe ich mich dann auf einmal so schäbig gefühlt, dass ich ihn angerufen habe, um ihm endlich den wahren Grund zu gestehen. Es kann nicht angehen, dass er sich den Kopf zerbricht, was er verbrochen haben könnte, weil ich zu feige bin, zu meinen Schandtaten zu stehen.

Doch kaum war Gregor am Handy, hat Luisa nach mir verlangt und schließlich auch der kleine Ben – und vorbei war es mit meiner ach so tollen Entschlossenheit.

»Wenn du zurück in Hamburg bist, Maxi«, hat Gregor abschließend gefragt, »hast du dann vielleicht Zeit, dass wir beide uns in Ruhe unterhalten? Mir ist es wirklich wichtig zu erfahren, warum du dich auf einmal so zurückgezogen hast.«

Und weil mir einfach noch immer die nötige Courage gefehlt hat, habe ich tatsächlich erwidert: »Ich melde mich. Versprochen.« Und nicht eine Sekunde daran gedacht, dieses Versprechen auch tatsächlich in die Tat umzusetzen.

Boah, kannst du dich eigentlich noch selbst ertragen, Maximiliane Sievers?

Ich kaufe die Karte nicht und auch keine andere. Stattdessen laufe ich wieder runter zum Strand. Gerade rechtzeitig, um zu erleben, wie der schwarze Labrador von vorhin den Jogger von vorhin kläffend umkreist.

»Alfons!«, höre ich das Herrchen des Hundes streng rufen. »Komm sofort hierher!«

Doch der Hund schert sich einen feuchten Kehricht um die Rufe seines Herrchens und setzt fröhlich zum Sprung an.

Der Jogger schwankt ein wenig zur Seite, macht einen wackeligen Schritt nach links, und als der Hund ein weiteres Mal an ihm hochspringt, fällt er der Länge nach ins eisige Wasser.

»O nein!«, rufe ich erschrocken.

Der Labrador scheint über die Folgen seines Übermuts ebenfalls beunruhigt zu sein, denn er trottet mit eingeklemmtem Schwanz zu seinem Besitzer, der ihn sofort anleint.

Ich bin inzwischen die paar Schritte zu dem Jogger gerannt, um ihm aus dem Meer aufzuhelfen oder sonst wie behilflich zu sein. Doch bevor ich ihn erreiche, ist er schon selbst wieder auf die Beine gekommen. Er tappt aus dem Wasser und schaut erst fassungslos an sich herunter, dann zu dem Mann mit dem Hund, der sich überschwänglich entschuldigt, und schließlich zu mir.

»Alles in Ordnung?«, frage ich. Mir tut das Ganze so leid, obwohl ich weder etwas dafürkann, noch es mich überhaupt etwas angeht.

Ich mache einen weiteren Schritt auf den Mann zu, hebe die Hand, um keine Ahnung was damit zu machen, ihn vielleicht festzuhalten, falls der Labrador erneut an ihm hochzuspringen und ihn so zu Fall zu bringen gedenkt, und schaue unvermittelt in zwei tiefbraune Augen.

Wir sehen uns für den Bruchteil einer Sekunde an, der Fremde und ich, und brechen dann fast gleichzeitig in Gelächter aus.

Er hat ein bezauberndes Lachen, tief und rau. Das dunkle Haar klebt ihm am Kopf und das Meerwasser tropft von seiner Nasenspitze. Dennoch funkeln mich seine Augen freundlich an. Irgendwie habe ich auf einmal das Gefühl, ihn zu kennen. Ich weiß nicht, warum, aber wir stehen einfach da und lachen, und es kommt mir so vertraut vor, als hätten wir schon oft miteinander gelacht.

Aber dann zerrt der Labrador an seiner Leine und entreißt uns unsanft diesem seltsamen Moment.

Der Hundebesitzer entschuldigt sich erneut bei dem Jogger und erkundigt sich, ob er irgendwelche Ansprüche geltend machen möchte.

»Natürlich ist Alfons haftpflichtversichert. Wenn Sie also irgendwelchen Schaden geltend machen möchten, gebe ich Ihnen natürlich meine Kontaktdaten und melde unverzüglich alles der Versicherung.«

»Alles gut«, gibt der Jogger mit dunkler, wohlklingender Stimme zurück. »Ihr Alfons wollte ja nur spielen und hat es bestimmt nicht böse gemeint.«

»Ja, er ist noch ganz jung und leider geht es manchmal noch ein bisschen mit ihm durch. Ganz besonders, wenn Wasser ins Spiel kommt.«

Der dunkelhaarige Sportler nickt dem Hundebesitzer kurz zu, wendet sich auch noch mal an mich und lächelt mich an, bevor er, pitschnass wie er ist, weiterläuft, so als ob nichts geschehen ist.

Ich starre ihm hinterher und kann nur verwundert den Kopf schütteln. Gleichzeitig zermartere ich mir das Hirn, woher ich ihn nur kenne. Oder an wen er mich erinnert. Dieser Blick … sein Lachen … Mir will beim besten Willen nicht einfallen, wo ich das schon mal gesehen habe … gehört habe.

Eine frische Brise kommt auf. Fröstelnd ziehe ich die Schultern hoch und beschließe, zurück in meine Pension, die Villa Charlotte, zu gehen.

Am nächsten Morgen werde ich von der Wintersonne geweckt. Ich öffne die Augen und betrachte eine Weile das Schauspiel der silbern schimmernden Staubpartikel, die langsam durchs

Zimmer schweben. Ich liege einfach nur da und denke an nichts. Bis mich lautes Gekläff aus dem Bett treibt.

Ich hülle mich in die warme Wolldecke ein, die auf dem Stuhl neben meinem Bett liegt, schlüpfe in meine Kuschelpantoffeln und öffne die Tür zu dem Balkon, der zu meinem Zimmer gehört. Neugierig lehne ich mich über die Brüstung und erkenne den schwarzen Labrador von gestern, durch den der Jogger ins eisige Wasser gestürzt ist. Er springt bellend um jemanden herum, während sein Herrchen mit ihm schimpft, dass er sofort damit aufhören soll.

»Der Gute sollte vielleicht ernsthaft über ein paar Stunden in der Hundeschule nachdenken«, erklingt da eine Stimme neben mir.

Erschrocken zucke ich zusammen und verliere fast das Gleichgewicht. Für eine Sekunde schließe ich die Augen, um mich zu sammeln. Dann schaue ich zu dem Mann. Er steht nur wenige Schritte von mir entfernt auf dem zweiten Balkon, der lediglich durch eine dünne Trennwand von meinem abgegrenzt ist.

»Sie schon wieder«, entfährt es mir.

Er lacht. »Das klingt ja fast so, als würde ich Sie stalken.«

Mir schießt die Röte ins Gesicht. O mein Gott, wie kindisch.

»Ähm … nein, so habe ich das natürlich nicht gemeint.«

»Ich auch nicht!«, erwidert er.

»Wie bitte?«

»Ich wollte Ihnen nicht unterstellen, dass Sie mich stalken.«

»Ich Sie?« Das wird ja immer besser. »Bestimmt nicht!«

»Sag ich doch.«

»Was genau?«

»Das ich Sie nicht stalke. Übrigens, nette Frisur.« Er mustert mich von oben bis unten. Dabei wird mir peinlichst bewusst, dass ich unter der Wolldecke nur mein Schlafshirt und einen Slip anhabe.

Ohne ein weiteres Wort verschwinde ich zurück in mein Zimmer. Was für ein verrückter Zufall, dass der Jogger vom Tag zuvor und ich Zimmer an Zimmer schlafen und uns quasi einen Balkon teilen. Er muss gestern erst angereist sein, denn die Tage zuvor war das Zimmer nicht belegt, da bin ich mir sicher.

Ich gehe zum Schrank und schlüpfe in meinen weißen Strickpullover und in die graue Jogginghose. Dann laufe ich über den Gang in das Gemeinschaftsbadezimmer – der einzige Haken an dieser ansonsten so schnuckeligen und behaglichen kleinen Pension, die mir eine Kundin wärmstens empfohlen hat.

Ein Blick in den Spiegel lässt mich kummervoll aufstöhnen. Das dunkle Haar steht mir in einem wirren Chaos vom Kopf ab, und die Wimperntusche, die ich gestern Abend tatsächlich zu faul und müde war abzuwaschen, zieht sich in einer dunklen Schicht bis hinunter zu den Wangenknochen.

Das Grauen höchstpersönlich! denke ich bitter, während ich mich wieder aus meinen Klamotten pelle und unter die Dusche springe.

Ich spüre den warmen Wasserstrahl auf meiner Haut, schließe die Augen und versuche, mich zu entspannen.

Denk an etwas Schönes, verordne ich mir selbst und habe sofort Gregor vor mir. Und kaum haben sich meine Gedanken zu ihm hin verirrt, überkommt mich mit voller Wucht das schlechte Gewissen.

In Windeseile beende ich das Duschen, trockne mich ab, zieh meine Sachen an und umwickele das nasse Haar mit einem Handtuch. Danach eile ich in mein Zimmer zurück. Gerade rechtzeitig, um mein Handy auf der kleinen Kommode neben dem Bett klingeln zu hören.

»Ja?«, krächze ich atemlos, ohne vorher aufs Display geschaut zu haben.

»Maxi?«

»Ja!«

»O hi, ich bin's.«

»Ähm … und wer genau ist ich?«

»Rafael.«

Für einen Moment bleibt mir die Luft weg.

»Hallo? Maxi? Bist du noch dran oder hast du direkt wieder aufgelegt?«

»Äh … nein, ich meine, ja klar bin ich noch da.«

»Okay. Ich will dich auch gar nicht lange stören. Ich wollte dich nur fragen, ob du vielleicht Lust hast, morgen Abend mit mir ins Kino zu gehen?«

Rafael will mit mir ins Kino gehen? Warum?

»Ich fand es wirklich schön, mit dir ins neue Jahr zu feiern«, fügt er mit warmer Stimme hinzu. »Ich fühle mich in deiner Gesellschaft wohl …«

Ich muss schlucken. Und noch mal schlucken. Erst dann kann ich sagen: »Ich bin auf Usedom in einer kleinen Pension, Villa Charlotte. Noch bis Montag. Tut mir leid.«

»Oh, auf Usedom. Wie schön. Wie sieht es denn am darauffolgenden Freitag aus. Hättest du da vielleicht Zeit?«

»Ich … ich habe jetzt meinen Kalender nicht hier. Kann ich dir vielleicht Bescheid sagen, wenn ich wieder zurück in Hamburg bin?«

»Ja, klar doch. Ich halte mir den Abend schon mal frei, und du meldest dich, sobald du wieder zu Hause bist. Meine Handynummer hast du ja jetzt. Deine hat mir übrigens deine Mutter gegeben.«

»Okay.« WAS? Was und warum hat Rafael Kontakt zu meiner Mutter gehabt?

»Dann noch ein paar schöne Tage auf Usedom.«

»Danke.«

»Bis bald, Maxi.«

»Ja, bis bald.«

Was ist bloß auf einmal mit den Männern los? Warum wollen die sich unbedingt mit mir treffen? Um mich zu überführen, mich bloßzustellen?

Ist das jetzt die gerechte Strafe für die dreiste Lügnerin?

Kapitel 16

Als ich kurze Zeit später den kleinen Frühstücksraum betrete, ist dieser bis auf den letzten Platz mit Pensionsgästen gefüllt. Suchend schaue ich mich nach irgendeinem freien Stuhl um. Doch nur am Tisch eines jungen Paares, das mir bereits an den vorherigen Tagen dadurch aufgefallen ist, dass es ununterbrochen und recht lautstark gestritten hat, kann ich einen freien Stuhl entdecken. Auf dem möchte ich aber wirklich nicht Platz nehmen. Ich habe schlichtweg keinen Bock auf Streitereien, Stress oder sonst irgendetwas Anstrengendes – auch nicht als Zuhörerin.

Mist, ich habe nämlich wirklich Hunger und mein Verlangen nach Kaffee könnte man schon fast als Sucht bezeichnen. Gerade als ich beschließe, mir dann eben einen Teller zurechtzumachen, einen Becher mit Kaffee zu füllen und das Ganze mit nach oben auf mein Zimmer zu nehmen, betritt Charlotte, die Inhaberin der kleinen Pension, den Frühstücksraum. In den Händen trägt sie zwei Kannen mit köstlich duftendem Bohnenkaffee.

»Guten Morgen, Maxi, hast du gut geschlafen?«, fragt sie mich. Charlotte ist mit jedem ihrer Gäste sofort per Du, was mir gut gefällt, weil ich mich dadurch gleich irgendwie so heimisch, und ja, auch dazugehörig gefühlt habe.

Ich nicke. »Wie ein Murmeltier.«

»Das freut mich.« Sie schaut sich im Raum um. »Oh, du findest wohl keinen freien Platz?«

Bedauernd zucke ich mit den Schultern. »Ja, leider.« Doch dann füge ich schnell hinzu: »Aber das ist kein Problem. Ich nehme mir einfach was mit aufs Zimmer, wenn das für dich in Ordnung ist.«

Charlotte schüttelt den Kopf. »Um Himmels willen, so weit kommt es noch. Du begleitest mich bitte in die Küche. Dort gibt es einen herrlichen bequemen Platz für dich. Dann können wir auch endlich mal ein bisschen ausgiebiger miteinander plaudern.« Sie schenkt mir einen fröhlichen Blick aus grün gesprenkelten Augen, die ganz wunderbar zu ihren vielen Sommersprossen und dem gelockten roten Haar passen. Eine wirklich schöne Frau, schießt es mir durch den Kopf, von der ich zuerst annahm, dass sie in meinem Alter wäre, und dann zu meiner großen Überraschung von ihr erfahren habe, dass sie zwölf Jahre älter als ich ist.

»Ich stell nur schnell die Kaffeekannen auf den Tisch, dann geht's los.«

Wenig später betrete ich zusammen mit Charlotte die Pensionsküche. Sie deutet auf einen langen Tisch, an dem bestimmt zwölf Leute Platz haben. An der linken Seite stapelt sich bunt geblümtes Kaffeegeschirr, zusätzlich liegen unzählige Prospekte auf der Tischplatte verteilt, sodass nur am äußersten Ende eine Ecke frei ist.

Dieses Bild zieht sich durch die komplette Küche: chaotisch, aber nicht ungepflegt oder gar schmutzig. Ein gemütliches Durcheinander – zumindest, wenn man Emils Ordnung in der Küche meines Cafés gewohnt ist.

Ich setze mich und bekomme direkt einen Kaffeebecher mit himmlischem Inhalt von Charlotte hingestellt.

»Hm, Kaffee. Vielen Dank.« Ich lächele sie an. »Es gibt keinen schöneren Duft, finde ich. Zumindest morgens.«

Charlotte nickt und möchte dann von mir erfahren, ob sie mir ein Spiegelei zubereiten soll oder lieber ein Omelett.

»Am liebsten hätte ich ein gekochtes Ei«, sage ich.

Im Handumdrehen hat Charlotte mir einen Teller mit verschiedenen Käsesorten, etwas Obst, Butter und Marmelade serviert und schließlich auch das von mir gewünschte Ei. Noch ein Glas mit frisch gepresstem Orangensaft und ich bin überglücklich und mehr als zufrieden mit meinem heutigen Frühstück und erst recht dem Platz, an dem ich es zu mir nehme. Mit Charlotte zu plaudern ist wirklich schön, es kommt mir beinah so vor, als würden wir uns bereits eine halbe Ewigkeit kennen. Ich erzähle ihr von meinem Café in Hamburg und dass ich es bis jetzt keinen Tag bereut habe, es von Emil übernommen zu haben – auch wenn meine Familie mir natürlich entschieden davon abgeraten hat. Wir tauschen uns auch über die etwas schwierigeren Gäste aus und lachen, da wir dabei feststellen, dass sie sich auf erschreckende Art und Weise ähneln, diese ganz besonders anstrengenden Gäste.

»Ich werde in vier Jahren sechzig«, sagt Charlotte. »Dann brauche ich eine Nachfolgerin. Vielleicht hast du ja Lust?«

»Ich?«

Sie macht einen Scherz. Anders kann es überhaupt nicht sein. Ich meine, wir kennen uns nicht einmal richtig.

Doch Charlotte nickt. »Ja, warum nicht, ich finde, du passt gut hierher. Du kommst mir nicht wie eines von diesen typischen Großstadtgewächsen vor. Nicht so gehetzt und immer aufs Handy guckend, weil man irgendwas super Wichtiges verpassen könnte. Du bist erfrischend unaufgeregt, wenn du verstehst, was ich damit meine. Das habe ich direkt erkannt, als wir uns das erste Mal gesehen haben.«

Ich fühle mich geschmeichelt – oder müsste ich mich ärgern, dass ich kein bisschen als hippe Großstädterin rüberkomme?

»Neulich war so ein Lackaffe von einer Immobilienfirma aus

Hamburg hier. Wie der sich aufgespielt hat«, ereifert sich Charlotte. »Als würde ihm die Welt gehören. Und dann seine dummen Sprüche. Am liebsten hätte ich den mit einem Tritt in seinen durchtrainierten Hintern zur Tür hinausbefördert.«

Ich kann ein Grinsen nicht unterdrücken, als vom Flur her eine männliche Stimme erklingt. »Schatz, du sollst doch nicht fluchen …«

Dann betritt Charlottes Lebensgefährte Johann die Küche, der mir schon bei unserer ersten Begegnung, als ich eingecheckt habe und er kurzzeitig für Charlotte die Stellung an der Rezeption übernommen hatte, wahnsinnig nett vorgekommen war. Er zieht Charlotte mit einem Ruck in seine Arme und küsst sie so leidenschaftlich, dass ich vor lauter Verlegenheit nicht weiß, wo ich hinschauen soll. Wahnsinn, was für eine Leidenschaft zwischen den beiden noch immer besteht. Und das bereits seit über dreißig Jahren, hat Charlotte mir kurz zuvor erzählt. Und auch, dass sie Johann versprochen hat, wenn sie beide sechzig sind, sich die Welt anzuschauen.

Mindestens ein Jahr oder noch länger wollen sie unterwegs sein, und wenn sie dann alles gesehen, bestaunt und erlebt haben, zurück nach Usedom kehren und es sich hier dann so richtig gut gehen lassen.

Wie ich sie beneide, wie sehr ich die beiden um ihre schöne Beziehung und ihre gemeinsamen Ziele doch beneide, aber ohne ihnen irgendetwas zu missgönnen.

Ich schaue zur Tür. Im Rahmen steht der dunkelhaarige Mann von gestern … heute Morgen auf dem Balkon, mein Zimmernachbar. Sein Blick wandert von Charlotte zu Johann und bleibt schließlich an mir hängen.

Ich habe keine Ahnung, warum, doch mein Puls beginnt zu rasen, er dröhnt mir regelrecht in den Ohren. Was hat der denn nun schon wieder hier in der Küche zu suchen? Verfolgt der mich etwa?

Ich schließe für einen Moment die Augen, um mich zu sammeln. »Sie schon wieder. Was für ein Zufall«, sage ich leicht frostig.

Er grinst. »Tja, wer mag da wohl noch an Zufall glauben.«

»Was wollen Sie damit sagen?« Wenn der jetzt wieder behauptet, ich würde ihn verfolgen oder wie hat er sich ausgedrückt, *stalken*, dann werde ich dem aber jetzt so was von meine Meinung sagen.

Allerdings erhalte ich dazu keine Gelegenheit, denn Charlotte hakt sich vertraulich bei ihm unter und zieht ihn zu mir an den Tisch. Mir stockt der Atem, als er direkt vor mir steht, noch immer mit diesem Lächeln in den Mundwinkeln. Keinen Schimmer, wieso, aber plötzlich habe ich das Gefühl, keine Luft mehr zu bekommen.

»Maxi, das ist Alexander, Johanns jüngerer Bruder. Alex, das ist Maxi, ein ganz besonders lieber Gast und vielleicht sogar etwas mehr …«

So ist das also. Johann und Alexander sind Brüder. Jetzt weiß ich wenigstens, an wen er mich gestern Morgen erinnert hat, er ist die rund zehn Jahre jüngere Ausgabe seines großen Bruders.

»Wir kennen uns bereits«, erklärt Alexander. »Maxi verfolgt mich nämlich, müsst ihr wissen.« Er lacht und ja, es hört sich auch danach an, als hätte er einen Scherz gemacht. Charlotte und Johann steigen nach einem kurzen Moment, in dem sie leicht irritiert von Alexander zu mir und wieder zurück geguckt haben, in sein Lachen ein. Nur mir ist kein bisschen danach zumute. Ich kann nur einigermaßen gute Miene zum bösen Spiel machen und mir dabei so lächerlich wie selten zuvor vorkommen. Ich kann es mir nicht erklären, aber irgendwie hat dieser Alexander eine komische Wirkung auf mich.

10. Januar 1992

Liebes Tagebuch!

Das Jahr hat so richtig KACKE angefangen (du erinnerst dich bestimmt an Rafi und die ekelhaft schöne Isabell und ihre widerliche Knutscherei an Silvester?!).

Aber jetzt habe ich einen Entschluss gefasst. Ich werde so bald wie möglich auswandern. Irgendwohin, wo es ganz viel Wasser gibt – am besten auf eine Insel. Nordsee oder Ostsee, das ist mir egal. Vielleicht Helgoland. Oder Föhr. Oder Sylt. Oder ... egal, auf jeden Fall ganz weit weg von Rafi und Kotz-Würg-Isabell. Ich werde dann Inselärztin und mit einem Insulaner irre glücklich und natürlich bekommen wir mindestens drei Kinder. Und wenn mich in dreißig Jahren jemand fragt, wer Rafi war, dann lache ich mich kaputt und sage: »Ein NIEMAND!«

Bis bald.
Deine Maxi

PS: Und warum klingt das total toll und trotzdem geht es mir toootal mies???

Kapitel 17

Die Sonne scheint am wolkenlosen Himmel wie auf einem Postkartenmotiv, es riecht nach Meer, irgendwo in der Ferne kreischen die Möwen. Für Anfang Januar ist es ungewöhnlich warm, sodass ich unter meinem Rollkragenpullover und dem grünen dickgefütterten Parka schon nach wenigen Schritten zu schwitzen anfange. Ich lockere meinen Schal und öffne den Reißverschluss bis zur Hälfte, während ich die kleine Landstraße überquere und dann dem Sandweg folge, der mich direkt zum Strand führt. Charlotte hat mir den Tipp gegeben, dass sich ein gutes Stück abseits der eigentlichen Promenade und dem darunterliegenden weitläufigen Strand ein noch gänzlich ursprünglicher Abschnitt befindet. Im Sommer, so hat sie mir auch noch verraten, gehen Johann und sie dort immer zum Baden hin, weil man an dieser Stelle tatsächlich nahezu ungestört ist. Aber auch im Winter lohnt es sich, diese etwas schwierige Strecke auf sich zu nehmen, denn der Blick auf die dort von Menschenhand noch verschont gebliebene Natur wird mich direkt dafür entschädigen.

Der Weg schlängelt sich durch eine flache Dünenlandschaft mit feinkörnigem Sand, vereinzelt muss ich über kleinere oder auch etwas größere Findlinge steigen, und zwei Mal sogar kurz den Pfad verlassen und mich durch die halbhohen Nadelhölzer weiter vorwärtskämpfen, die links und rechts des Weges gewachsen sind. Schräg hinter mir befindet sich nun der riesige Küstenwald, durch den ich laut Charlotte auch noch unbedingt einen ausgedehnten Spaziergang unternehmen sollte. Ich muss zugeben, dass mich schon jetzt die wilde Landschaft ziemlich fasziniert, doch als ich schließlich das Wasser erreiche, ist nichts von dem kleinen verborgenen Sandstrand zu sehen. Entweder bin ich irgendwie falsch gelaufen oder Charlotte hat mit ihrer Beschreibung ein wenig übertrieben. Tief durchatmend lasse ich meinen Blick nach links wandern, wo das Meer rhythmisch gegen die hier durchgängig steinige Hügellandschaft klatscht. Wenn sich Charlottes Insider-Tipp dahinter verbergen sollte, dann habe ich wirklich keine Idee, wie ich dort hingelangen soll. Zur rechten Seite bietet sich mir ein sehr ähnliches Bild, allerdings erkenne ich nun, dass der schmale Pfad sich von hier aus direkt bis zum Küstenwald erstreckt. Kurz entschlossen folge ich ihm und gelange nach wenigen Metern tatsächlich auf einen weiteren Trampelpfad, der wieder runter ans Wasser führt. Ein paar Schritte weiter kann ich dann tatsächlich den von Charlotte angekündigten Sandstrand vor mir liegend entdecken.

»Wow«, entfährt es mir, »damit hätte ich echt nicht mehr gerechnet.«

Ich kämpfe mich weiter durch das winterliche raue Gestrüpp und habe nach einigen mühsamen Metern endlich den kleinen versteckten Sandstrand erreicht, der sich wie eine Mulde zwischen die hohen Felsen schmiegt. Was für eine verrückte Laune der Natur, hier inmitten der steinigen Küste so einen traumhaft schönen Zugang zum Meer zu schaffen, schießt es mir durch den Kopf.

Ich suche mir einen Platz unterhalb des Küstenwaldes, ziehe meinen Parka aus und breite ihn wie eine Decke auf dem Sand aus. Dann lasse ich mich tief seufzend darauf nieder. Es dauert nicht lange, da verliert sich mein Blick in den Weiten des Meeres, und ich versinke in Tagträumen, die sich einzig und allein um die wunderschöne kleine Pension drehen, die mir von Charlotte – ob nun ernst gemeint oder am Ende dann doch nur so dahingesagt – zur Pacht angeboten wurde.

Ich sehe das mit roten Klinkern verkleidete Haupthaus mit dem Reetdach voller Moos, das dem Gebäude irgendwie einen urigen Charakter verleiht, direkt vor mir und mich als *Chefin* darin schalten und walten.

Ich selbst würde wohl am liebsten in dem kleinen Fachwerkhaus wohnen, das sich hinter dem Hauptgebäude befindet und über einen Innenhof zu erreichen ist, der von einer mit wildem Efeu berankten halbhohen Mauer umgeben ist. Nach hinten raus befindet sich eine riesige Koppel, auf der laut Charlotte von Frühjahr bis weit in den Herbst hinein Pferde grasen.

Ich bin ein Teil der Insel, als wäre es schon immer so gewesen, und fühle mich so wohl und angekommen wie nie zuvor in meinem Leben. Meine Gedankengänge und das, was ich dabei empfinde, sind mehr als verrückt, denn bisher habe ich nicht ein einziges Mal in Erwägung gezogen, Hamburg zu verlassen. Und erst recht nicht Richtung Küste oder sogar auf eine Insel wie Usedom.

Doch je intensiver ich darüber nachdenke, desto besser fühlt es sich tatsächlich an.

»Verrückt«, murmele ich. »Was für eine völlig verrückte und komplett abwegige Vorstellung.«

Und dann kommt auch schon der nächste Gedanke, nämlich dass es Charlotte, falls sie es tatsächlich ernst gemeint haben könnte, sicherlich überhaupt nicht um mich, Maximiliane Sievers, dabei geht, sondern sie womöglich nur händeringend irgendjemanden sucht, der ihr in spätestens vier Jahren oder vielleicht auch früher die Pension abnimmt beziehungsweise von ihr pachtet.

Das war ein rein geschäftliches Angebot und hat nichts mit spontan entfachter großer Sympathie zu tun, Maxi, das ist dir doch wohl hoffentlich klar! Und du hast auch nicht das geringste Interesse daran, weil du überhaupt nicht vorhast, in fremder Umgebung ein neues Leben anzufangen.

»Aber warum beschäftigt es mich dann so … andauernd?«, murmele ich und erschrecke, als sich plötzlich jemand räuspert.

Seitlich neben meinem Parka steht Alexander und blickt auf mich herunter.

»Was machst du denn hier?«, frage ich so verdattert, dass ich ihn duze.

Er scheint ebenso überrascht zu sein, mich hier anzutreffen. »Das wollte ich dich auch gerade fragen.«

Ich zucke mit den Schultern. »Ein Geheimtipp von Charlotte …«

Er zieht die Augenbrauen hoch. »Soso, dann scheint sie dich ja wirklich zu mögen. Diesen Platz hütet sie in der Regel nämlich wie einen Schatz, damit er auch ja so unentdeckt und unberührt bleibt.«

»Du kennst ihn schließlich auch«, gebe ich zurück. Ich habe beschlossen, dass es ziemlich kindisch von mir wäre, jetzt wieder zum Sie zurückzukehren.

Kurz lacht Alexander auf. »Ich gehöre zur Familie.«

Worum ich dich gerade tatsächlich beneide, schießt es mir verrückterweise durch den Kopf.

»Auch wenn es dir so vorkommen mag, bei uns ist nicht immer alles nur Friede, Freude, Eierkuchen.«

Mir steigt die kindische Röte ins Gesicht. Verdammt, was soll das denn? Und kann der etwa meine Gedanken lesen?

»Das habe ich auch nicht behauptet!«, sage ich viel zu barsch.

Alexander sieht mich mit großen Augen an. »Entschuldige, ich möchte dir bestimmt kein Gespräch aufdrängen.« Er wendet sich zum Gehen, und ich könnte mich wegen meinem albernen Verhalten direkt selbst ohrfeigen.

»Alexander, nein, warte. Ich … ich hab es nicht so gemeint …«

Alexander bleibt stehen und mustert mich mit fragendem Blick. »Wie denn sonst?«

Ich seufze tief. »Keine Ahnung, auf jeden Fall wollte ich nicht unhöflich sein. Ich meine, wir kennen uns überhaupt nicht und …«

Alexander deutet mit der linken Hand auf den Platz neben mir. »Darf ich?«

Eigentlich ist mir inzwischen etwas kalt geworden, sodass ich gerade überlegt habe, mir den Parka wieder überzuziehen. Dennoch nicke ich wie ferngesteuert.

Alexander setzt sich und kommt mir dabei verdammt nahe. Und nicht nur das, er betrachtet meine rot verfrorenen Hände und eh ich es wirklich kapiere, hat er sie in seine genommen und beginnt sie mir warm zu reiben. Mir stockt der Atem, zeitgleich steigt mir schon wieder das Blut ins Gesicht. Was ist das nur? Warum benehme ich mich in der Gegenwart dieses mir im Grunde wildfremden Mannes jedes Mal wie ein peinlicher Teenager?

»Du hättest an Handschuhe denken sollen.«

Und warum, bitte schön, ist er mir gegenüber mal unausstehlich überheblich und dann auf einmal so fürsorglich, als würden wir uns kennen, uns irgendwie nahestehen?

Was stimmt mit dem Mann nicht – und vor allem mit mir, derjenigen, die ihn jetzt anranzt: »Danke, es reicht. Du kannst aufhören.«

»Verzeihung«, sagt er nun und klingt plötzlich selbst etwas verunsichert. »Ich wollte nicht aufdringlich sein. Du hast nur gerade nicht nur verfroren, sondern auch irgendwie verloren ausgesehen. Ich dachte …«

Was er dachte, behält er dann aber doch für sich.

Er gibt meine Hände frei und steht dann schwungvoll auf. »Ich lass dir jetzt mal wieder deine Ruhe«, beschließt er und wendet sich erneut um.

Ich weiß nicht, was in mich gefahren ist, doch ein zweites Mal lasse ich ihn nicht gehen.

»Charlotte hat mir ihre Pension zur Pacht angeboten. Ich bin mir nicht ganz sicher, ob sie es tatsächlich ernst gemeint oder es einfach nur aus einer Laune heraus dahingesagt hat. Und bis zu dem Moment habe ich nicht einen einzigen Gedanken daran verschwendet, Hamburg zu verlassen. Deshalb ist es so oder so total dumm von mir, dass ich die ganze Zeit darüber nachdenke, wie es wohl wäre, hier auf Usedom zu leben und die Pension deiner Schwägerin zu betreiben.« Ich stocke kurz und schaue ihn an. »Und warum ich dir, einem quasi Wildfremden, das gerade alles anvertraut habe, ist mir offen gestanden das größte Mysterium von allen«, füge ich kopfschüttelnd hinzu.

Alexanders dunkle Augen funkeln amüsiert. »Ich bin halt ein vertrauenerweckender Typ. Deshalb finde ich es nur normal, dass du mir direkt deine Sorgen anvertraust. Also nur keine Hemmungen, ich kann was vertragen.«

Nun muss auch ich grinsen. »Tatsächlich glaube ich dir das auch so. Aber ich muss jetzt dringend damit aufhören, sonst erzähle ich dir am Ende noch meine ganze Lebensgeschichte.«

»Nur zu!«, fordert er mich augenzwinkernd auf.

»Besser nicht. Ich schätze nämlich, du wärst enttäuscht, mein Leben ist absolut unspektakulär.«

Er blickt mir tief in die Augen. »Das glaube ich dir nicht.«

Jetzt bin ich aber doch neugierig. »Was denkst du denn von mir? Ich meine, was meinst du über mein Leben zu wissen?«

Er mustert mich noch eindringlicher. »Du kommst mir nicht so vor, als wärest du eine Ehefrau und zweifache Mutter, die einfach mal dem täglichen Familienchaos entfliehen wollte und deshalb allein nach Usedom gefahren ist.«

»Woran erkennt man denn, dass ich nichts von beidem bin«, fahre ich ihn an. »An meinem vom Leben enttäuschten Blick oder was?«

»Hui«, macht Alexander. »Da habe ich anscheinend schon wieder was Überflüssiges Schrägstrich Falsches von mir gegeben.«

Ich rappele mich von meinem Parka auf und ziehe ihn mir über. Bevor ich mich in Richtung Küstenwald umwende, zische ich ihm noch ein knappes »Vergiss es!« zu, dann tapere ich davon.

»Hey, Maxi, du hast mich wohl gerade etwas falsch verstanden«, ruft er mir hinterher. Aber ich reagiere nicht mehr darauf. Mir doch egal, was dieser Alexander von mir denkt, soll er mich doch für eine verschrobene alte Jungfer halten, bitte schön, seine Sache. Der Mann interessiert mich nicht und redet sowieso nur dummes Zeug daher.

Idiot!

Oder bin ich hier die viel größere Idiotin?

Kapitel 18

Ich sitze mit Charlotte im Strandkorb im Innenhof, der zu dem kleinen Fachwerkhaus gehört. Wir haben uns in dicke Decken eingekuschelt, jede von uns hält eine dampfende Tasse Tee in den Händen. Charlotte hat mich hierher eingeladen, sie möchte noch einmal mit mir über ihr Angebot von gestern reden.

»Ich weiß, es klingt ganz und gar verrückt und ist womöglich auch ziemlich anmaßend von mir, dir aus heiterem Himmel so einen Vorschlag zu machen«, erklärt Charlotte. »Zumal wir uns erst seit Kurzem kennen und ich ja von dir weiß, dass du in Hamburg selbst ein Café betreibst. Johann sagt immer, ich bin oftmals zu impulsiv, handele meistens aus dem Bauch heraus. Und ja, so ist es auch gewesen, als ich dir die Pacht meiner Pension angeboten habe.«

Ich horche auf. »Dann war es also nur eine spontane Idee, die du inzwischen längst wieder verworfen hast?«

»Du klingst enttäuscht«, meint Charlotte wohl meiner Stimmlage entnommen zu haben.

Bin ich das?

Ich zucke mit den Schultern. »Ich weiß nicht. Tatsächlich habe ich darüber nachgedacht, und wenn ich ehrlich sein darf, mich mit der Vorstellung auch durchaus anfreunden können.

Nicht Hals über Kopf, aber langfristig gesehen hat es sich schon ziemlich interessant für mich angehört.«

Charlotte lächelt. »Du glaubst nicht, wie sehr mich das freut, Maxi. Auch wenn ich aus einem plötzlichen Impuls heraus gehandelt habe, so ist es dennoch ein ernsthaftes Angebot gewesen, das ich keinesfalls hiermit zurückziehen wollte. Ich wollte dir lediglich erklären, warum ich damit quasi aus heiterem Himmel herausgeplatzt bin. So zu handeln entspricht meiner Art, da hat Johann recht. Meine Entschlüsse treffe ich spontan, wenn sie sich für mich gut und richtig anfühlen, und ehrlicherweise bin ich damit bisher fast immer gut gefahren. Ich habe selten etwas bereuen müssen, was sich aus einer plötzlichen Idee heraus entwickelt hat.«

»Dann steht dein Angebot tatsächlich noch? Du würdest mir deine Pension verpachten … langfristig verpachten?«

Charlotte nickt. »Ja und zwar mit dem größten Vergnügen.«

»Wow. Dein Vertrauen ehrt mich natürlich. Aber du verstehst sicher, dass ich mir darüber noch einige Gedanken machen muss. Immerhin habe ich bis gestern nicht im Ansatz darüber nachgedacht, Hamburg zu verlassen, um zukünftig auf Usedom zu leben … als Pächterin einer kleinen Pension.«

Verständnisvoll nickt Charlotte. »Maxi, natürlich habe ich nicht erwartet, dass du dich sofort entscheidest. Es freut mich schon ungemein, dass du es überhaupt in Erwägung ziehst. Außerdem besteht absolut kein Zeitdruck. Ich plane ja eh erst, in drei, vier Jahren die Pension nicht mehr selbst zu betreiben.« Charlotte hält kurz inne, um einen Schluck Tee zu trinken. »Allerdings wäre ein viel früherer Zeitpunkt für die Übernahme auch durchaus denkbar.«

Erstaunt sehe ich sie an. »Was heißt früherer Zeitpunkt?«

Charlotte atmet tief durch. »Falls du tatsächlich Interesse hättest und deine Angelegenheiten in Hamburg, auch was dein eigenes Café betrifft, regeln kannst, wäre mir quasi jeder Zeitpunkt recht.«

»Soll das heißen, dass du deine Pension sofort an mich verpachten würdest?«

Charlotte nimmt erst noch einen weiteren Schluck Tee aus ihrer Tasse, bevor sie mir antwortet. »Natürlich müsste ich das alles erst noch genau mit Johann besprechen, aber ich gehe davon aus, dass es ihm recht wäre. Johann würde sich lieber heute als morgen mit mir aufmachen, die Welt zu erobern.« Charlotte lacht. »Darum ist Alexander auch gerade auf der Insel. Johann versucht ihn davon zu überzeugen, dass es langsam an der Zeit ist, dass er den Familienbetrieb weiterführt, den einst Johanns und Alexanders Vater an beide Söhne zu gleichen Teilen vererbt hat.«

Soweit ich es bisher mitbekommen habe, ist Johann der Inhaber einer recht großen Schiffswerft in Wolgast, doch Genaueres ist mir darüber nicht bekannt.

»Alex hat wie Johann Schiffsbau gelernt, aber ist dann, nachdem der Vater verstorben ist, nach Berlin gegangen, um Maschinenbau zu studieren. Johann hat schon eine ganze lange Weile mit ihm in der Werft gerechnet, Alex kann sich allerdings nicht so recht überwinden, zurück nach Usedom zu kehren. Er lebt sein Leben in Berlin, hat dort einen tollen Job, seinen Freundeskreis und dazu eine wirklich wunderschöne Wohnung.«

»Ist er eigentlich verheiratet?«, rutscht es mir raus.

Charlotte mustert mich mit ihren grünen Augen und ich habe das untrügliche Gefühl, dass sie sich gerade etwas zusammenreimt.

»Nein, Alex ist nicht verheiratet. Er war es nie, und hat auch keine Kinder. Es hat da wohl mal eine Frau gegeben, mit der er sich vorstellen konnte, eine Familie zu gründen, aber irgendwie hat es am Ende dann wohl einfach nicht sein sollen. Ich denke, es gefällt ihm ganz gut so, wie es ist.«

»Aha …«, mache ich bemüht gleichgültig.

»Ich weiß«, fügt Charlotte dennoch grinsend hinzu, »er ist ein verdammt gut aussehender Mann.«

»Findest du?« Ich tue uninteressiert.

Charlotte nickt. »Alex ist attraktiv«, erwidert sie dann ganz sachlich.

Ich schweige völlig perplex, und weil es sowieso auch besser ist, und versuche, mir Alexanders Bild ins Gedächtnis zu rufen. Seine Lippen, die immer ein leicht überhebliches Lächeln umspielt, die gerade schmale Nase, die tiefbraunen Augen, das markante Gesicht, das von dunklen vollen Haaren umrahmt ist, die an den Schläfen zu ergrauen beginnen. Und plötzlich ist mir klar, warum ich jedes Mal so pubertär auf ihn reagiere, der Typ ist voll und ganz mein Fall – zumindest was die Optik betrifft. Über seinen Charakter bin ich mir hingegen noch im Unklaren, ich schätze ihn extrem selbstverliebt ein. Mit dieser Art von Mann habe ich bisher ausschließlich – um es einfach mal direkt auf den Punkt zu bringen – ins Klo gegriffen.

So wie Charlotte mich nun anlächelt, scheint sie leider fest anzunehmen, dass ich mich in ihren Schwager verguckt hätte.

Tief hole ich Luft. »Dein Schwager könnte das letzte männliche Wesen auf diesem Planeten sein, ich würde ihn nicht eines Blickes würdigen«, stelle ich deshalb schnell mal klar.

»Ups«, macht Charlotte. »Dann liege ich also richtig damit, dass er dir gut gefällt.«

»Was?«, rufe ich viel, viel zu laut aus. »Nein. Sicherlich nicht!«

Charlotte lächelt unverändert weiter. »Alles okay, Maxi, ich will mich nicht in dein Privatleben einmischen und dich erst recht nicht verärgern.«

»Tust du nicht«, gebe ich viel zu knapp zurück. Maxi, jetzt ist wirklich gut. Du bist peinlich, richtig peinlich.

Charlotte deutet mit dem Kopf auf das kleine Fachwerkhaus. »Ich denke, wir sollten unsere kleine Plauderei sowieso besser vertagen. Das Haus ist seit heute Morgen für drei Wochen an ein älteres Ehepaar vermietet. Die Frau kam mir extrem neugierig vor.«

Aus später wird aber erst einmal nichts, weil Charlotte alle Hände voll zu tun hat. Gleich mehrere Zimmer müssen für Neubelegungen geputzt und hergerichtet werden, am Montag beginnt in den meisten Bundesländern die Schule wieder. Das bedeutet, die Familien reisen ab, und diejenigen, die unabhängig von den Schulferien sind, beginnen ihren Urlaub. In Charlottes wunderschöner kleiner Pension herrscht ein ewiges trubeliges Kommen und Gehen, und dennoch fühlt man sich hier als Gast regelrecht entschleunigt. Was zum einen, wie ich es empfinde, an dem hellen und leichten Einrichtungsstil der Räumlichkeiten liegt, aber zum noch größeren Teil an Charlottes erfrischender Unaufgeregtheit. Sie nimmt sich die Zeit, einen jeden herzlich willkommen zu heißen und auch wieder zu verabschieden, ohne dass man ihr auch nur im Ansatz anmerkt, dass sie gerade diverse Zimmer neu herrichten muss und auch sonst noch wahnsinnig viel auf dem Erledigungszettel stehen hat. Ich mag ihre Art, mir fallen auf der Stelle einige Menschen in meinem näheren Umfeld ein, die gut und gerne eine Portion Charlotte vertragen könnten, um einfach mal wieder geerdet zu werden, runterzukommen, durchzuatmen.

Auch mein Aufenthalt auf Usedom neigt sich langsam dem Ende zu, noch drei Tage, dann ist meine kurze Auszeit wieder vorbei. Ich muss Charlottes Wohlfühloase und somit auch die Insel wieder verlassen, mit tausend Fragen und ebenso vielen Gedanken, die ich mir machen muss und ja, auch möchte. Es mag absurd klingen, und ich bin auch felsenfest davon überzeugt, dass meine Familie, allen voran Joachim, mich endgültig für geisteskrank erklären werden, aber ich kann mir tatsächlich vorstellen, hier auf Usedom noch mal ganz neu anzufangen; meinem Leben eine ganz andere Wendung zu geben, mich auf etwas einzulassen, das selbstverständlich auch komplett in die Hose gehen kann – und mir trotz alldem wie der hellste Lichtblick in meinem momentanen Leben erscheint.

Weil sich Charlottes Angestellte Jule zu allem Überfluss auch noch krankgemeldet hat und ich sehe, wie nun sogar eine tiefenentspannte Charlotte doch ein wenig ins Rotieren kommt, biete ich ihr spontan meine Hilfe an.

Doch das lehnt sie konsequent ab. »Um Himmels willen, Maxi, du bist hier Gast und ich werde dich bestimmt nicht die Zimmer putzen lassen.«

Ich finde den Gedanken nicht wirklich abwegig und sage es ihr auch so. »Falls ich tatsächlich deine Pension pachten sollte, ist es bestimmt nicht schlecht, die Arbeitsabläufe sozusagen direkt an der Basis kennenzulernen und zu machen«, halte ich dagegen. »Aber vor allem, wie du es fertigbringst, dass man als Gast kaum etwas davon mitkriegt.«

Charlotte allerdings bleibt stur. »Nein! Damit liegst du falsch! So wie ich dich einschätze, wirst du erst gar nicht in die Verlegenheit kommen, keine Aushilfe in petto zu haben, falls deine Angestellte krank wird. Ich weiß doch aus jahrelanger Erfahrung, dass erst frühestens Mitte Januar der Tourismus auf Usedom für sechs bis acht Wochen etwas abflaut. Und ich habe ja auch Einblick in meine eigenen Buchungsbücher. Da sollte man wohl annehmen, dass ich mich nicht allein auf Jule verlassen werde. Aber was tue ich, und das tatsächlich nicht zum ersten Mal, eben genau das. Du bist wesentlich besser strukturiert als ich, Maxi, davon bin ich überzeugt.«

Wenigstens eine, die mich für strukturiert hält, schießt es mir durch den Kopf. Und auch noch, dass Charlotte, was das Geschäftliche betrifft, anscheinend eine höhere Meinung von mir hat als ich selbst. Ich frage mich nur, worauf diese bei ihr beruht. Sie hat mich doch noch nie in meinem Café erlebt. Weiß nicht, ob und wie ich das Coffee & Cream im Griff habe.

Aber sie kann eindeutig Gedanken lesen.

»Du machst auf mich einen durch und durch patenten Eindruck, Maxi. Ich traue dir tatsächlich so einiges zu. So, und nun muss ich aber flitzen. Sonst steigen mir die neuen Gäste aufs Dach, wenn ich sie bis Nachmittag warten lasse, bevor sie endlich ihre Zimmer beziehen können.«

Okay, davon ist nicht wirklich auszugehen. So wie ich Charlotte inzwischen kenne, wird sie den neuen Gästen im Handumdrehen die eventuelle Wartezeit mit Tee und feinem Gebäck verkürzen und sich dabei von ihrer inneren Hektik nicht den Hauch anmerken lassen. Was ich schon jetzt von ihr gelernt habe, ist, dass man den eigenen Stress auf jeden Fall von seinen Gästen fernhalten sollte und man kann sich sicher sein, dass sie es einem danken, indem sie wiederkommen. Ich finde, das ist eine wirklich gute Strategie, um erfolgreich eine Pension zu betreiben.

15. Januar 1992

Liebes Tagebuch!

Ich habe einen Entschluss gefasst, ich werde jetzt nur noch nach vorn blicken. Mich auf meine Schule konzentrieren und dann aufs Abi und aufs Studium, und wenn ich das alles hinter mir habe und es supergut für mich gelaufen ist, dann passiert Folgendes. Pass auf, ich hab's mir ganz genau ausgemalt:

Ich komme gerade ziemlich gehetzt von einer superwichtigen Ärztetagung. Ich hebe die Hand und sofort hält das Taxi an, logisch, weil ich natürlich unfassbar gut aussehe.

Als ich ins Taxi einsteigen will, steigt von der anderen Seite ebenfalls jemand ein. Rafi. Uff. Im Anzug und superheiß, weil er ebenfalls von irgendeinem Kongress kommt. Wir erkennen uns, sind beide baff und dann ... hach, dann, ich weiß, es ist sosbsooo kitschig, aber dann liegen wir uns in den Armen und küssen uns und werden endlich das absolute Traumpaar.

Happy End für Maxi und Rafi ♥♥

Bis ganz bald.
Deine Maxi ♥

PS: Soll ich mir meine Haare blond färben? Habe neulich in der Bravo gelesen, Blondinen haben mehr Spaß im Leben ... und Isabell hat richtig hellblonde Haare.

Kapitel 19

Wir sitzen in der urgemütlichen Sitzecke in der kleinen Bibliothek der Pension, in der die Farben Weiß und Mintgrün dominieren. Lediglich die teilweise kräftigeren Farben der Buchrücken in den weißen deckenhohen Holzregalen fallen hier etwas aus der pastellfarbigen Rolle, was aber dem Gesamtbild nicht den geringsten Abbruch tut. Ich sehe mich gerade um und denke dabei darüber nach, ob ich hier oder in irgendeinem anderen Raum der Pension etwas verändern würde wollen, und komme zu dem klaren Ergebnis, dass ich alles ganz genauso lassen würde, als Charlotte aus heiterem Himmel auf einmal vorschlägt, später mit Johann und ihr in eine Bar an der Promenade zu gehen, in der ein Karaoke-Abend stattfindet.

»Karaoke???« Ich starre Charlotte entsetzt an. Das kann unmöglich ihr Ernst sein. Ich meine, sehe ich wie jemand aus, der Spaß daran hat, sich bis auf die Knochen zu blamieren? »Nur über meine Leiche!«

»Vertrau mir, Maxi, du wirst dich wunderbar amüsieren. Johann und ich haben immer einen Megaspaß dabei.«

»Ihr singt?« Ich kann es immer weniger fassen. »Auch Johann?«

Charlotte lacht hell auf. »Hey, du scheinst es uns auf jeden Fall nicht zuzutrauen.«

»Nein, Quatsch, das wollte ich damit nicht sagen. Ich … ich …«

Charlotte legt mir die Hand auf die Schulter. »Nun gib dir einen Ruck, das wird lustig, versprochen.«

»Aber ich singe nicht. Auf gar keinen Fall …«, gebe ich schließlich nach.

»Wir werden sehen«, sagt Charlotte und grinst. »Um acht treffen wir uns dann vor der Pension.«

Charlotte ist im Begriff, sich von ihrem weißen Korbsessel zu erheben, als mir einfällt, dass sie doch eigentlich keine Zeit für einen freien Abend haben müsste. Aber so wie es aussieht, hat sie gestern tatsächlich sämtliche Arbeiten allein erledigt. Und heute Morgen im Frühstücksraum hat es auch nicht so gewirkt, als ob es irgendwo haken würde. Doch sie kann doch an einem Sonntagabend nicht die Pension komplett unbeaufsichtigt lassen, oder?

»Wer passt denn heute Abend auf die Pension auf, wenn Johann und du nicht da seid?«, rufe ich ihr hinterher.

Charlotte dreht sich im Türrahmen zu mir um. »Alex. Zumindest bis zweiundzwanzig Uhr, weil dann noch neue Gäste einchecken wollen.«

»Ach so …«, murmele ich – und weiß nicht, ob ich erleichtert darüber sein soll, dass Alex definitiv nicht mit uns kommen wird, oder doch ein wenig enttäuscht.

Charlotte hat mir nicht zu viel versprochen, die »Himmel & Meer«-Lounge ist wirklich einen Besuch wert. Okay, nur diese Karaoke-Geschichte, die muss echt nicht sein, finde ich nach wie vor.

»Ein Träumchen«, gebe ich ehrlich zu, während ich mich beeindruckt umschaue.

Charlotte strahlt mich zufrieden an. »Nichts anderes habe ich dir versprochen.«

Johann führt uns zu einer kleinen Sitzgruppe, die aus einem Naturholztisch und vier gemütlich anmutenden Korbstühlen besteht und direkt vor der kleinen, etwas erhöhten Bühne platziert ist.

Wir lassen uns in die Stühle sinken, und während ich noch die Kois in dem riesigen Wasserbecken bewundere, hat Johann schon drei Cocktails für uns bei der freundlichen Bedienung bestellt.

Ein junger Mann betritt die Bühne, setzt sich an ein lackschwarz glänzendes Klavier und fängt zu spielen an. Über das Stimmengewirr der doch recht vielen Gäste hier in der schönen Lounge hinweg schwebt die Melodie leicht wie ein Windhauch durch den Raum. Ich starre wie gebannt zu dem Pianisten, der plötzlich den Kopf dreht und mir unvermittelt in die Augen schaut.

»Was darf ich für Sie spielen, schöne Frau«, ruft er mir zu.

Ich bin zu perplex, um direkt zu antworten. Außerdem ist es mir unangenehm, dass sich nun zahlreiche Blicke auf mich richten.

»Wünsch dir was«, fordert Charlotte mich auf.

»Ähm …« Mir fällt nur leider absolut kein Song ein. Da ist nur Leere in meinem Kopf.

»Kannst du das bitte tun?«, gebe ich verlegen zurück. »Mir fällt nichts ein.«

»Dein Lieblingslied«, schlägt Charlotte vor.

Ich atme tief durch, dann sehe ich wieder zu dem Pianisten und rufe ihm mit einigermaßen fester Stimme zu: »Ed Sheeran … Perfect, bitte.«

Der Pianist lacht. »Aha, etwas Romantisches für die Dame.«

»Ähm … ja …«

Zum Glück wendet er sich wieder seinem Klavier zu und beginnt zu spielen.

»Ein schönes Lied«, meint Johann und schaut dabei Charlotte ganz verliebt an.

Die große Liebe zwischen den beiden ist spürbar, sie erfüllt förmlich den ganzen Raum. Und dann beugt sich Johann auch noch zu Charlotte vor und gibt ihr einen sanften Kuss auf den Mund. Wie gebannt beobachte ich die beiden, ich kann einfach den Blick nicht von ihnen abwenden. Bis mir bewusst wird, was für ein Bild ich gerade abgebe – eine Frau mittleren Alters, die einem Liebespaar neidvoll beim Küssen zuguckt. Schnell beschließe ich, lieber mal kurz auf die Toilette zu verschwinden. Gerade als ich mich von meinem Platz erheben will, taucht ein hochgewachsener Mann an unserem Tisch auf. Sein dunkles Haar fällt ihm locker in die Stirn, und die dunklen Augen darunter blitzen vergnügt in meine Richtung.

Alexander. Was macht er hier? Er müsste doch in der Pension sein. An der Rezeption.

»Immer wieder schön mit den beiden, nicht wahr?«, sagt er zu mir und grinst schief. »Hach ja, das verliebte Gesäusel *durfte* ich auch schon diverse Male live miterleben.«

»Was willst du hier?«

Er zieht die Augenbrauen hoch. »Danke, ich freue mich auch sehr, dich zu sehen, Maxi.«

»Äh … Entschuldigung, so meinte ich das nicht. Ich wundere mich nur, weil du doch an der Rezep…«

»Die Gäste, die ihre Ankunft gegen zweiundzwanzig Uhr angekündigt hatten, sind schon um kurz nach acht in der Pension aufgetaucht«, erklärt er.

»Super!«, erwidert Charlotte freudig. »Ich hatte schon ein schlechtes Gewissen, weil ich dich dazu verdonnert habe, die Stellung in der Pension zu halten.«

Großzügig winkt Alex ab. »Musst du nicht, Charly. Erstens habe ich es dir selbst angeboten und zweitens, immer wieder gern.«

Alex lässt sich in den Stuhl neben mir sinken und bestellt kurz darauf bei der jungen Bedienung ein Bier vom Fass. Die drei plaudern über dies und das miteinander, die Stimmung ist wirklich gut, doch ich bekomme kaum einen Satz heraus. Mir fehlen einfach die Worte. Und als Alex sich nach vorn beugt, um sein Glas vom Tisch zu nehmen, und sein Arm dabei wie zufällig meinen streift, da überkommt es mich heiß und kalt. Meine Wangen beginnen zu glühen und tief in mir zieht sich etwas auf höchst besorgniserregende Weise zusammen. Etwas, das ich nicht will und erst recht nicht gebrauchen kann. Daheim in Hamburg warten gleich zwei Männer darauf, der eine sogar mit Anhang, dass ich ihnen die Wahrheit sage – okay, sie ahnen bisher nicht, dass ich sie so mies belogen habe. Aber ich habe den festen Entschluss getroffen, ihnen zu gestehen, was für eine miese Lüge ich ihnen da aufgetischt habe. Jegliche romantischen Gefühle für einen eingefleischten Singlemann aus Berlin kann ich mir bitte schön komplett ersparen, denn momentan herrscht schon mehr als genug Männerchaos in meinem Leben.

Nachdem die Karaoke-Bühne für die Singwütigen freigegeben ist, amüsieren sich Charlotte und Johann köstlich über die verschiedenen Darbietungen. Ich muss zugeben, dass der eine oder andere Möchtegernsänger wirklich zum Wegschmeißen komisch ist. Dennoch kann ich mir nur schwer überhaupt ein Lächeln abringen. Alex verhält sich ebenso zurückhaltend wie ich. Zwar gelingt es ihm wesentlich besser als mir, sich in die Unterhaltung einzubringen, aber das ändert nichts daran, dass die Stimmung irgendwann am absoluten Tiefpunkt angelangt ist.

»Vielleicht war der Karaoke-Abend doch keine so gute Idee«, meint Charlotte enttäuscht.

Sofort überfällt mich das schlechte Gewissen, weil ich den anderen mit meinem verstockten Verhalten den Abend verdorben habe. Aber noch ist es nicht zu spät, noch können sie sich amüsieren – und zwar ohne mich.

»Entschuldigt bitte, aber ich habe unerträgliche Kopfschmerzen. Seid ihr sehr böse, wenn ich mich schon zurück auf den Weg zur Pension mache?«

Charlotte schüttelt den Kopf. »Natürlich nicht. Doch wir begleiten dich.« Sie schaut sich nach der Bedienung um. »Hallo, können wir bitte bezahlen?«

»Nein, Charlotte, ihr müsst doch nicht nach Hause gehen, nur weil ich Kopfschmerzen habe. Bitte seid so lieb und bleibt noch ein bisschen, sonst habe ich noch ein schlechteres Gewissen.«

»Nein, Maxi, wir sind zusammen gekommen, wir gehen auch wieder zusammen!«, beschließt Johann.

Fünf Minuten später drückt Alex die Tür auf und wir treten nacheinander hinaus in die frische Luft. Ich fühle mich elend, komme mir richtig mies vor, zumal mir immer mehr bewusst wird, dass ich anscheinend ohne meine Lügen inzwischen nichts mehr bewältigen kann, und wenn es wie eben komplett erfundene Kopfschmerzen sind.

Charlotte hakt sich vertraulich bei mir unter und erkundigt sich mit leiser Sorge, ob mir die frische Luft wenigstens etwas guttut.

»Ja, auf jeden Fall«, beeile ich mich zu sagen. »Meine Kopfschmerzen sind beinah weg. Es tut mir wirklich leid, dass ich euch den Abend so verdorben habe.« Und das ist ausnahmsweise mal keine Lüge.

Als wir schließlich die Pension erreicht haben, schlägt Johann vor, noch einen kleinen Absacker zusammen zu trinken.

»Die frische Luft scheint ja wahre Wunder bei dir bewirkt zu haben, Maxi. Dann lasst uns doch den Abend vielleicht noch etwas gemütlicher ausklingen lassen.«

Ich bringe nicht den Mut auf, spontan zurückkehrende Kopfschmerzen vorzuschieben, und folge den beiden in ihr Privathaus, das sich nur wenige Meter von der Pension entfernt befindet.

Während Charlotte, Alexander und ich in das geschmackvoll eingerichtete Wohnzimmer gehen, und es uns in der großen Couchecke gemütlich machen, bringt Johann das Feuer in dem offenen Kamin in Gang und fragt uns anschließend nach unseren Getränkewünschen. Charlotte wählt wie Alexander einen Cognac, ich bitte um ein Glas Wasser – wer eben noch so schreckliche Kopfschmerzen hatte, dass er den anderen damit sogar den Abend verderben musste, der kann sich jetzt unmöglich hier hinsetzen und Alkohol trinken, entscheide ich.

Johann serviert uns die gewünschten Getränke und nimmt dann neben Charlotte Platz. Keiner der drei scheint mir den vorzeitig zu Ende gegangenen Abend in der »Himmel & Meer«-Lounge übel zu nehmen, ich habe sogar den Eindruck, dass zumindest Johann sich hier bei sich daheim wesentlich wohler fühlt. Und tatsächlich, ich scheine seine Rettung gewesen zu sein.

»Ich bin ja heilfroh, dass wir los sind, bevor es mal wieder zum Äußersten gekommen ist«, sagt er und knufft seiner Frau neckend in die Seite.

»So ist das also, du hattest Sorge, dass ich mich auf die Bühne begebe«, ruft Charlotte empört aus. »Schön, dass ich nach all den Jahren endlich erfahre, wie schrecklich du meine Gesangsdarbietungen findest.« Doch ganz neu scheint das Charlotte nicht zu sein, denn sie kann sich ein Grinsen nur schwer verkneifen.

»Schatz, du verfügst über unzählige Talente, aber das Singen gehört leider so überhaupt nicht dazu.«

Schmollend schiebt Charlotte die Unterlippe vor. »Bäh, wie fies …« Dann allerdings lacht sie. »Aber immerhin singst du kein bisschen besser, Liebling.«

Johann lacht ebenfalls. »Ich weiß, mein Schatz. Stellt sich nur die Frage, warum wir uns das dann eigentlich immer wieder geben müssen?«

»Weil wir so gern lachen. Sogar über uns selbst.«

Johann beugt sich zu Charlotte und küsst sie.

O nein, bitte nicht schon wieder. Und erst recht nicht, wenn Alex neben mir sitzt. Das Schicksal ist gnädig, es bleibt bei einem kurzen Kuss.

Augenzwinkernd wendet sich Charlotte mir zu. »Du musst wissen, Maxi, es gibt in unserer Familie nur einen, der wirklich musikalisch ist, und das ist Alex.«

Alexander winkt ab. »Ich spiele lediglich ein bisschen Gitarre. Jetzt übertreib mal bitte nicht, Charly.«

Als hätte sie nur auf ihr Stichwort gewartet, springt Charlotte vom Sofa auf und verschwindet in einem Nebenzimmer und kommt mit einer Westerngitarre wieder zurück. Übers ganze Gesicht grinsend reicht sie Alexander die Gitarre. »Da ist das Prachtstück, Alex, das ich deinetwegen extra gekauft habe, wie du weißt, und das leider viel zu selten zum Einsatz kommt.«

Doch Alex schüttelt vehement den Kopf. »Nein, Charly, vergiss es. Und was die Anschaffung der Gitarre betrifft, so kann ich mich nur noch mal wiederholen, meine Liebe; ich habe das bestimmt nicht von dir verlangt.«

»Biiiiitte«, fleht sie ihn wie ein kleines Kind an. »Spiel uns doch bitte, bitte etwas vor. Die arme Gitarre ist auch schon ganz traurig, weil sie immer nur nutzlos in der Ecke herumstehen muss.«

Alex stöhnt genervt auf, aber er nimmt ihr die Gitarre schließlich doch ab, die sie ihm noch immer erwartungsvoll entgegenstreckt.

»Ist sie denn dieses Mal wenigstens gestimmt?«, fragt er knurrend.

Charlotte nickt. »Natürlich!«

Alex rutscht mit dem Po auf den Rand der Couch vor und legt die Gitarre auf seinem rechten Oberschenkel ab. Dann beginnt er damit, an den Saiten herumzuzupfen, um gleich darauf kopfschüttelnd zu Charlotte zu sagen: »Von wegen gestimmt.«

»Na ja, fast …«, erwidert sie schuldbewusst dreinschauend.

Seufzend zupft Alex noch ein bisschen an den Saiten herum, neigt dabei den Kopf leicht nach links, während er an den weißen Stimmwirbeln herumdreht. Irgendwann ist er wohl einigermaßen zufrieden mit dem Klang des Instruments und blickt zu Charlotte auf.

»Was soll ich spielen?«, fragt er sie.

»Was von Ed Sheeran«, ruft sie wie ein Kind, das sich an Weihnachten auf die Bescherung freut, und zwinkert mir verstohlen zu.

Alex seufzt schon wieder, doch er kommt ihrem Wunsch nach. Einen Moment lang spielt er nur auf der Gitarre, was sich schon wirklich sehr gut anhört – und dann beginnt er tatsächlich zu singen. Darüber, dass er die Liebe gefunden hat. Er legt so viel Gefühl in den Song und bei »Well, I found a girl, beautiful and sweet« schaut er mir in die Augen.

Er sitzt mit dem Oberkörper über die Gitarre gebeugt auf dem Stuhl, spielt und singt dazu mit so einer warmen und klaren Stimme, noch dazu einen meiner absoluten Lieblingssongs, der mir so tief unter die Haut geht, dass ich alles um mich herum ausblende. Ich starrte ihn wie elektrisiert an, es ist mir nicht einmal mehr möglich zu atmen. Seine Stimme ist so schön wie er und ich hänge gebannt an seinen Lippen.

Alex' linke Fußspitze bewegt sich im Takt auf und ab, das dunkle Haar ist ihm weit in die Stirn gefallen, ich bin von Sekunde zu Sekunde immer mehr wie hypnotisiert, kann nicht mehr atmen, nicht mehr denken, nur noch fühlen.

Und dann schaut er auf und unsere Blicke treffen sich. Seine dunklen Augen versenken sich in meine. Ich will wegschauen, unbedingt muss ich das jetzt tun. Aber seine Augen und seine Stimme halten mich gefangen. Er lächelt, und ich habe das Gefühl, wahnsinnig zu werden, wenn er nicht bald damit aufhört mich so anzusehen. Und dann dieser Text, dieses Versprechen, von dem ich mir einbilde, dass er es mir gerade gibt – was natürlich Blödsinn ist, aber meine zutiefst romantische Ader sehnt sich überdimensional danach, dass ich diejenige wäre, die er sich erträumt und nun endlich gefunden hat und mit der er sich eine gemeinsame Zukunft erhofft …

Ein prickelnder Schauer jagt mir über den Rücken, gleichzeitig schnürt mir irgendetwas die Luft ab.

Hör auf, Maxi, starr ihn nicht so an! Das ist einfach nur peinlich. Du bist peinlich – eine ganze lange Weile bist du das bereits.

Aber es nützt nichts. Es gelingt mir einfach nicht, mich ihm zu entziehen. Ich hänge an seinen Lippen, verliere mich in seinen Augen und gerate immer mehr in Verzückung für diesen schönen Mann und seine ebenso schöne Stimme.

Endlich endet das Lied, endlich hört Alex zu spielen und singen auf. Und endlich kann auch ich damit aufhören, ihn anzustarren.

Charlotte beginnt wild zu klatschen, sie pfeift auf den Fingern. »Zugabe! Zugabe!«, ruft sie. »Bitte noch einen Song, komm schon, Alex, jetzt spielst du uns noch was von den *Eagles*, ja?«

Doch Alex schüttelt nur lächelnd den Kopf und stellt die Gitarre zur Seite. »Nein, keine Chance, Charly. Das war's.«

»Ach wie schade …«, murrt Charlotte sichtbar enttäuscht.

»Das war wirklich schön«, schaffe ich mit fast normaler Stimme zu sagen und erhebe mich dabei langsam von meinem Platz auf der Couch. »Aber leider sind die Kopfschmerzen zurückgekommen.« Ich schaue zu Charlotte und Johann. »Bitte, seid mir nicht böse, doch jetzt möchte ich wirklich in die Pension und schnellstmöglich ins Bett.«

»Für mich wird es auch Zeit«, sagt Alex. »Ich komme mit dir, Maxi.«

So verabschiede ich mich kurze Zeit später an der Haustür von Charlotte und Johann und steuere mit einem mulmigen Gefühl und Alex an meiner Seite auf die Pension zu.

Kapitel 20

Ich will nicht mit Alex allein sein. Ich möchte überhaupt nicht mit Alex zusammen sein. Der Mann ist bestimmt nicht gut für mich – erst recht nicht in dieser total verworrenen *Männer*-Situation, in der ich mich gerade befinde. Da ist zum einem Gregor, den ich in erster Linie wegen seiner beiden Kinder so gern mag, was mir aber erst am Silvesterabend so wirklich bewusst geworden ist. Den wiederum habe ich dann mit Rafael verbracht, dem Schwarm meiner Teenagerjahre, und weiß bis heute nicht ganz genau, was zwischen ihm und mir in dieser Nacht vorgefallen ist. Noch mehr *Komplikationen* kann ich momentan wirklich nicht gebrauchen. Verdammt, und dennoch ist da so ein aufregendes Kribbeln in meinem Körper, das sich einfach nicht unterdrücken lässt.

Maxi, ein Song. Ein einziger Song und du drehst gleich so am Rad. Das kann nicht dein Ernst sein! Krieg dich gefälligst ein! versuche ich mich selbst zur Räson zu bringen.

Vor der Pension bleiben wir wie auf ein geheimes Kommando hin noch einen Moment stehen. Alexander hebt die Hand und streicht mir wie selbstverständlich mit dem Zeigefinger eine Haarsträhne aus dem Gesicht – und ich lasse es wie selbstverständlich geschehen.

»Ich mag dich«, sagt er mit rauer Stimme.

Mir wird heiß, kochend heiß. In meinem Kopf rauscht es, mein Pulsschlag beschleunigt sich. Ich mag ihn auch. Und wie. Aber …

»Ich muss jetzt wirklich ins Bett«, murmele ich und wende ihm den Rücken zu, um zu fliehen. Vor ihm, aber noch viel mehr vor mir selbst, meinen wild durcheinanderrauschenden Gefühlen, meinem Verlangen.

Schluss jetzt!

»Wie lange bleibst du noch?«, fragt er leise beim Reingehen.

»Eine Nacht …«

Vor unseren Zimmertüren lächelt er mich noch einmal an, bevor jeder von uns hinter seiner verschwindet.

Ich ziehe nur meinen Parka und die Schuhe aus und lasse mich dann schwerfällig aufs Bett sinken. Ich liege da und starre an die Decke. Das Herz dröhnt mir noch immer wie verrückt in der Brust. In Gedanken höre ich Alex wieder singen und versinke erneut in seinen dunklen Augen, die mich ansehen, so voller Begehren.

Es überkommt mich immer mehr, dieses ungewohnte, dieses zärtliche Gefühl, wenn ich an Alex denke, diesen fremden Mann, den ich wahrscheinlich nie wiedersehen werde.

Langsam erhebe ich mich wieder von meinem Bett. Wie ferngesteuert gehe ich zur Tür, drücke die Klinke hinunter und befinde mich zwei Atemzüge später vor Alex' Tür. Noch einmal hole ich tief Luft, dann hebe ich die Hand und klopfe entschlossen dagegen. Es dauert nicht lange, da wird sie geöffnet und Alex steht vor mir. Sein dunkles Haar ist zerzaust, als hätte er es sich gerade gerauft, ein ernster Zug liegt um seinen schönen Mund, er ist mir nie so männlich vorgekommen wie in diesen Moment.

»Maxi«, sagte er einfach nur – nicht der Hauch von Verwunderung. Fast so, als hätte er mit mir gerechnet. Er lässt mich in sein Zimmer eintreten und schließt die Tür hinter mir.

Ich bin neben der Spur, nicht mehr ich selbst, kein bisschen vernünftig, Lichtjahre davon entfernt, mir über die Konsequenzen meines Handelns bewusst zu werden.

Ich lege meine Hand auf seinen Unterarm. »Ist es dir überhaupt recht, dass ich hier bin?«, frage ich leise.

»Bist *du* dir denn sicher?«, erwidert er mit rauer Stimme.

Ich nicke.

»Hm …«, macht er und mir läuft ein vorfreudiger Schauer über den Rücken.

Ein Blick in seine vor Erregung ganz schwarzen Augen verrät mir, dass es ihm genauso geht. So wie ich, kann auch er es nicht verleugnen. Er begehrt mich.

Im nächsten Moment zieht er mich tief aufseufzend in seine Arme. Wir küssen uns lange und leidenschaftlich und dann umfasst er meine Oberschenkel und hebt mich kraftvoll in die Höhe. Ohne dass sich seine Lippen von meinen lösen, trägt er mich die wenigen Schritte zu seinem Bett hinüber. Als er mich langsam darauf sinken lässt, kommt mir plötzlich etwas in den Sinn.

»Du bist doch ungebunden? Ich meine, du betrügst niemanden, wenn wir …?«

»Nein«, versichert er mir und lacht leise auf. »Nein, das mache ich bestimmt nicht. So bin ich nicht …«

»Das ist gut«, flüstere ich.

Er neigt den Kopf leicht zur Seite und beginnt mich erneut zu küssen. Das Streicheln seiner Zunge, die Geschmeidigkeit seiner Lippen, selbst der Druck seiner Hände, die sich langsam auf meine Hüfte senken und mich an ihn drücken, verwandelt den Kuss in etwas unbeschreiblich Sinnliches und setzt mich regelrecht in Flammen.

»Du musst sagen, wenn ich aufhören soll?«, höre ich ihn nah bei meinen Lippen murmeln.

Ich antworte, indem ich ihm meinen Körper fordernd entgegenpresse und meine Hände in seinem dunklen Haar vergrabe.

Er lacht rau auf, hebt den Saum meines Pullovers an und streift ihn mir ab. Dann hakt er meinen BH auf und umfasst ganz sanft meine Brüste. Ein leises Stöhnen entweicht mir, als seine Finger an den Spitzen zupfen. Ich flüstere voller Begierde seinen Namen, während er den Kopf senkt und seine Lippen sich um meine Brustwarze schließen. Mit einer Hand öffnet er seine Hose, dann hebt er den Kopf und zieht mich mit seinen hypnotisierenden braunen Augen noch mehr in seinen Bann. Zärtlich nimmt er meine Hand und legt sie auf seinen Schaft. Alex beugt sich langsam vor, seine Lippen berühren mein Ohr. »Daran habe ich gedacht, seit ich dich das erste Mal gesehen habe.«

Ich lache leise auf. »Lügner.«

»Nein, Maxi, das ist die Wahrheit.«

Bevor ich darauf etwas erwidern kann, verschließt er mir mit seinen Lippen den Mund. Wir küssen uns leidenschaftlich, während wir uns gegenseitig weiter ausziehen, bis da kein Fitzelchen Stoff mehr zwischen uns ist.

Alexander küsst meinen Bauch und liebkost noch einmal abwechselnd meine Brüste. Aufstöhnend dränge ich mich ihm entgegen.

»Ich will dich, Alex. Jetzt!«, flüstere ich.

Im nächsten Moment ist er zwischen meinen Schenkeln, verharrt einen Moment über mir, lächelt mich liebevoll an und versenkt sich mit einem Stoß in mir.

Meine Augen weiten sich, der Atem stockt mir, mein ganzer Körper scheint zu vibrieren.

Den Blick fest auf mein Gesicht gerichtet, dringt er noch tiefer in mich ein und immer fordernder. Er keucht lustvoll, seine Bewegungen werden schneller. Mit jeder Faser spüre ich sein Gewicht, verliere mich in dem sanften Streicheln seiner Brusthaare auf meinen Brüsten, in dem Druck seiner Hände, seinem Geruch, seiner rauen Haut, seiner Nähe, dem gleichmäßigen Stoßen … dem Glück, hier mit ihm zu sein. Ich beiße mir lustvoll auf die Unterlippe, einen Unterarm habe ich auf meine Augen gelegt, die andere Hand kralle ich ins Bettlaken. Ich verliere mich immer mehr in meiner Lust, in dieser unglaublichen Welle tiefster Begierde, bis ich ihn plötzlich schwer stöhnen höre. »Maxi, du machst mich wahnsinnig. Ich kann mich nicht mehr zurückhalten …«

Keuchend schlinge ich die Arme um ihn und lasse meine Hände runter zu seinem festen Hintern wandern, um ihn noch tiefer in mir zu spüren. Stöhnend vergräbt er das Gesicht in meiner Halsbeuge und drängt dabei mit seinem ganzen Körper gegen mich.

Als er kommt, werde auch ich von einem Orgasmus mitgerissen, von einem, wie ich ihn noch nie erlebt habe.

Wir liegen schon eine ganze herrliche lange Weile aneinandergeschmiegt auf Alex' Bett. Ich puste sanft gegen sein dunkles Brusthaar, weil es mir in der Nase kitzelt.

»Es war wunderschön, Maxi«, flüstert er. Sein Blick wandert über mein Gesicht, bis er mir in die Augen schaut.

»Ja, Alex, das fand ich auch«, sage ich leise. Dabei ist das die Untertreibung des Jahrhunderts, der Sex mit ihm war fantastisch. Ich kann mich nicht entsinnen, wann ich jemals so viel Lust dabei verspürt habe. Alex weiß anscheinend genau, welche Knöpfe er bei mir drücken muss. Und ich … ich bin verrückt nach ihm.

»Du hast mich gerade sehr glücklich gemacht«, raunt er mir ins Ohr.

Wir verlieren uns in einem tiefen Kuss, bevor ich atemlos wispere: »Du mich auch, und wie …« Doch dann beginnen sich meine Gedanken mal wieder zu verselbstständigen. War das jetzt mit ihm und mir eine einmalige Sache? Wie Alex wohl darüber denkt? Von Charlotte weiß ich, dass er ein recht ungezwungenes Leben in Berlin führt und wohl nicht unbedingt der Typ für etwas Festes ist. Und ich – ich meine, wie denke ich eigentlich darüber? Wünsche ich mir, dass es nicht bei diesem einen Mal bleibt? Und auf einmal bin ich gedanklich wieder bei Gregor, von dem ich annahm, dass ich etwas für ihn empfinde, und dann festgestellt habe, dass ich lediglich in seine Kinder vernarrt bin. Wenn es nun bei Alex ganz ähnlich ist? Ich meine, vielleicht ist mein Urlaub dafür verantwortlich, der Strand, das Meer, die Stimmung hier auf der Insel. Alex' Gesang, seine schöne Stimme, die unfassbar knisternde Situation … einfach alles, was dazu geführt hat, dass ich nicht mehr Frau meiner Sinne und vor allem meiner Begierde gewesen bin, sodass ich letztendlich mit ihm hier im Bett gelandet bin.

Alex stützt sich auf seinem Ellbogen auf und mustert mich eindringlich. »Du siehst auf einmal so nachdenklich aus? Bereust du es?«

»Nein«, sage ich und ja, ganz genauso ist es auch. Egal ob Urlaubsfeeling oder wunderschöner Gesang, das, was zwischen Alex und mir gerade gewesen ist, davon bereue ich nicht eine Sekunde.

Erleichtert lächelt er. »Gut … das ist wirklich gut.«

Und dennoch liegen mir tausend Fragen auf der Zunge, aber keine davon spreche ich laut aus. Und dann sind seine Lippen auch schon wieder auf meinen, seine Hände begeben sich erneut auf eine Entdeckungsreise über meinen Körper und ich blende alles um mich herum aus. Das hier ist jetzt, das hier ist einfach nur wunderschön und so berauschend, wie ich es noch nie erlebt habe. Alex ist ein unglaublicher Liebhaber und ich beschließe, mich ihm voll und ganz hinzugeben und es einfach nur zu genießen.

Morgen ist ein neuer Tag, morgen kann ich mir neue Gedanken machen – oder es einfach auch mal lassen.

20. Januar 1992

Liebes Tagebuch!

Ich muss dir etwas gestehen: Ich bin einfach keine gute Tagebuchschreiberin. Statt täglich, vergesse ich es täglich. Und dann kommt auch noch hinzu, dass irgendwie sowieso nichts Spannendes in meinem Leben passiert. Und immer nur wegen Rafi herumzuheulen, dazu habe ich auch keine Lust mehr. Also muss ich dir leider sagen, dass dies mein letzter Eintrag sein wird. Mir fällt nichts mehr ein ... was allerdings daran liegen kann, dass ich noch immer schrecklichen Frust wegen Rafi und Isabell schiebe (siehst du, schon wieder bin ich bei meinem für bestimmt alle Zeiten und in Ewigkeit gebrochenen Herz gelandet).

Also – Schluss jetzt damit.

Mach's gut ...
Deine Maxi ☹

Kapitel 21

»So langsam mache ich mir ernsthafte Sorgen um dich, Tantchen«, sagt Summer und mustert mich eindringlich. »Du kommst mir vor, als wärest du auf einem ganz anderen Planeten unterwegs. Oder ist das der Winterblues, der dich gerade voll im Griff hat?«

Ich schüttele den Kopf. »Weder das eine noch das andere, Summer. Mir geht es gut …«, lüge ich – mal wieder!

»Okay«, sagt Summer lang gezogen. »Und was ist das für eine Geschichte mit dieser kleinen Pension auf Usedom? Mama hat da so etwas angedeutet …«

Ich glaub's ja wohl nicht. Anne hat mir hoch und heilig versprochen, kein Wort zu niemandem zu sagen.

»Ein flüchtiger Gedanke, den ich längst wieder verworfen habe«, antworte ich ausweichend.

Doch Summer wäre nicht Summer, wenn sie sich damit zufriedengeben würde. »Maxi, was soll das denn? Warum erzählst du mir nicht endlich, was auf Usedom vorgefallen ist? Ich bin doch nicht bescheuert und merke ganz genau, dass du irgendwie verändert bist, seitdem du wieder zurück bist. Und das mit dieser Pension, warum erfahre ich von Mama davon, und das auch nur andeutungsweise? Ich dachte immer, wir hätten keine Geheimnisse voreinander.«

Zum Glück betreten in diesem Moment zwei Frauen mit einem Kleinkind das Café. Ich eile zu ihnen und führe sie zu einem freien Tisch direkt am Fenster. Dann warte ich so lange, bis sie sich aus ihren Jacken, Mützen, Schals und Handschuhen gepellt haben, reiche ihnen die Karte und nehme zunächst ihre Getränkewünsche entgegen. Als ich zurück zum Tresen komme, steht Summer in unveränderter Position da und schaut mich skeptisch an.

»Deine Reaktion verrät mehr als tausend Worte. Dann stimmt das also wirklich, dass du aus Hamburg wegwillst? Nach Usedom.«

»Summer, machst du mir bitte zwei Becher Kakao mit Sahne und einen Cappuccino?«

»Dann eben nicht«, motzt meine Nichte eingeschnappt und kümmert sich um die Getränkebestellung.

Den Rest ihrer Nachmittagsschicht ist Summer wortkarg und beleidigt. Es tut mir leid, dass ich sie so vor den Kopf gestoßen habe, aber ich möchte momentan nicht über Usedom und all das reden, was in den zehn Tagen meines Urlaubs dort passiert ist, und eigentlich auch nicht näher darüber nachdenken.

Sobald ich mich mit der eventuellen Pacht der kleinen Pension beschäftige, schwirrt auch sofort Alexander und die Nacht, die wir miteinander verbracht haben, in meinem Kopf herum. Und wenn ich das erst einmal zugelassen habe, komme ich nicht umhin, mir meinen unschönen Abgang vor Augen zu führen. Wie ich mich im Morgengrauen aus Alex' Zimmer geschlichen habe und dann in Windeseile meinen Koffer gepackt habe. Ich sehe mich wie eine Diebin durch die noch schlafende Pension schleichen, den Schlüssel auf den kleinen Empfangstresen ablegen und den zweimal gefalteten Briefbogen, auf dem ich ein paar Zeilen für Charlotte hinterlassen habe:

Liebe Charlotte,

musste aus familiären Gründen sofort zurück nach Hamburg. Melde mich ganz bald bei dir.

Vielen Dank für alles und ganz liebe Grüße.
Deine Maxi

Dann habe ich den Koffer in mein Auto gehievt und bin davongefahren. Und die ganze Fahrt, die knapp vier Stunden, die ich von Usedom nach Hamburg gebraucht habe, habe ich Alex' schlafendes Gesicht vor mir und habe dabei gefühlt literweise Tränen vergossen.

Alex und ich, wow, was für ein Match, würde Tina wahrscheinlich sagen. Und sicherlich würde sie mir auch gut zureden, mich bei ihm zu melden. Aber ich weiß genau, ich bin felsenfest davon überzeugt, dass das nicht in Alex' Sinn ist. Alex möchte nicht nach Usedom zurückkehren, um die Werft zu leiten, so wie es wohl mal zwischen den Brüdern abgesprochen war, weil er sein grandioses und ungebundenes Großstadtleben nicht aufgeben will. Wer bitte schön glaubt daran, dass dieser Mann ein ernsthaftes Interesse an einer Beziehung mit mir hat? Wobei ich meinen Scheffel bestimmt nicht unters Licht stellen möchte, sondern einfach der Tatsache ins Auge blicke, dass er Mitte vierzig und noch immer Single ist – Alex will sich nicht binden. Definitiv nicht. Und ich, ich befinde mich gerade im Mittelpunkt eines Lügengespinstes, das ich mir selbst eingebrockt habe und aus dem ich mich sowieso erst einmal wieder entwirren muss.

Bestes Beispiel dafür ist Rafael, mit dem ich mich heute Abend treffen werde, um mit ihm ins Kino zu gehen. Ich werde den Anlass nutzen und ihm die Wahrheit sagen. Das habe ich mir fest vorgenommen.

Doch als ich dann um Viertel vor acht das nach Popcorn riechende Foyer des Kinos betrete und Rafael breit lächelnd auf mich zusteuert, da bringe ich zunächst den Mut dafür nicht auf. Mal wieder!

»Maxi, wow, du siehst toll aus«, sagt er und küsst mich auf beide Wangen. »Ich freue mich so, dich endlich wiederzusehen.«

Mein Rücken versteift sich, während ich in meinem Hirn angestrengt nach dem Grund für diese Art von Vertraulichkeit zwischen uns forsche. Klar doch, wir haben zusammen Silvester gefeiert und wirklich viel Spaß gehabt, und um Mitternacht haben wir uns auch geküsst. Was eindeutig auf unseren nicht gerade unerheblichen Alkoholkonsum zurückzuführen ist. Rafael und ich haben getanzt, gesungen, getrunken, ja, fraglos ziemlich ausgelassen miteinander gefeiert. Und später haben wir uns dann ein Taxi geteilt und … verdammt, was danach geschehen ist, daran kann ich mich nur noch schemenhaft erinnern.

»Teilen wir uns eine Portion Popcorn?« Rafael sieht mich fragend an.

»Ähm … ja, klar doch«, stammele ich.

Rafael kauft eine große Tüte Popcorn, für sich ein Bier und für mich ein Glas Weißwein. Als wir den Saal betreten, ist es bereits dunkel. Rafael, der auch die Karten geordert hat und genau weiß, wo sich unsere Plätze befinden, dirigiert mich in die letzte Reihe auf einen der Loveseats.

»Knutschfilm, Knutschsessel«, raunt er mir leise zu und meine Kehle schnürt sich zu.

Du musst es ihm sagen, Maxi, jetzt. Aber zuvor muss ich erfahren, was zwischen uns gewesen ist. Rafael verhält sich mir gegenüber so vertraut, als wäre es nicht bei diesem einen Kuss um Mitternacht geblieben. Oder bilde ich mir das alles nur ein? Ich war ziemlich betrunken, und da das nicht die Regel bei mir ist, fehlen mir auch einige Bruchstücke des Abends. Was ich jedoch mit Sicherheit sagen kann, ist, dass ich am nächsten Morgen allein in meinem Bett aufgewacht bin und es nicht den Ansatz eines Hinweises darauf gegeben hat, dass ich es zuvor mit jemandem geteilt habe. So betrunken kann ich doch gar nicht gewesen sein, dass ich mich nicht daran erinnern würde, wenn Rafael und ich …

Oder doch? Ich meine, warum verhält er sich mir gegenüber so besonders *vertraulich*?

Verdammt, Maxi, zukünftig lässt du den Alkohol aus dem Spiel, wenn du das Zeug nicht verträgst!

»Ich habe mir schon ein bisschen Sorgen gemacht, Maxi«, sagt Rafael leise zu mir, »dass ich dich zu sehr bedrängt haben könnte. Wir beiden trauern noch immer um unsere Partner und man könnte vielleicht vermuten, dass das mit uns darauf münzt, dass wir das gleiche Schicksal teilen … verkraften müssen. Aber weißt du, als du mir gestanden hast, dass du zu Schulzeiten wahnsinnig in mich verliebt gewesen bist und dir damals fest vorgenommen hast, mich später einmal zu heiraten …«

»Das habe ich dir gesagt?«, falle ich ihm entsetzt ins Wort. Ich kann mich nicht daran erinnern. Da ist nun wirklich nicht der Hauch von einer Erinnerung. Noch mal und mit aller Deutlichkeit: Kein Alkohol mehr für dich, Maxi. Kein Schluck, beschließe ich – und trinke einen großen von meinem Wein.

»Wie peinlich«, bringe ich stöhnend hervor.

Leise lacht Rafael auf. »Das muss dir doch nicht peinlich sein. Ich fand's süß, auch wenn ich zugeben muss, dass ich damals absolut nichts davon mitgekriegt habe.«

»Wie denn auch«, rutscht es mir heraus, »du warst schließlich 24/7 damit beschäftigt, Isabell anzuhimmeln.«

»O ja, ich war ziemlich verknallt in Isabell. Das war dann wohl auch der Grund, dass ich ganze sieben Jahre gebraucht habe, um zu kapieren, dass sie mich von vorn bis hinten belogen hat. Seitdem reagiere ich regelrecht allergisch auf jegliche Art von Lügen. Ich habe sozusagen einen siebten Sinn, eine Antenne dafür entwickelt und durchschaue sofort, wenn jemand mir gegenüber unehrlich ist.«

Ich stopfe mir eine Handvoll Popcorn in den Mund und verschlucke mich prompt, sodass ich husten muss.

Rafael klopft mir sacht auf den Rücken, bis ich wieder einigermaßen Luft bekomme.

»Alles gut?«, fragt er mich besorgt.

Ich nicke – o mein Gott, und lüge schon wieder. Natürlich ist nichts gut. Absolut gar nicht.

»Apropos Lügen …«, beginne ich. In diesem Augenblick fängt der Film an und ist von der ersten Minute an so mitreißend, dass Rafael und ich ihn wie gebannt verfolgen.

Als das Licht wieder angeht, brauche ich einen Moment, um mich wieder zu sortieren. Schicksalhafterweise hat die Story von einer verheirateten Frau gehandelt, die sich auf eine zunächst harmlos anmutende Beziehung zu einem ausgesprochen attraktiven Mann eingelassen hat und sich dabei nach und nach immer mehr in einem konfusen Lügengestrick verfangen hat, das ihr letztendlich auf erschreckende Art und Weise zum Verhängnis geworden ist.

Rafael erhebt sich aus dem Sitz, klopft sich das Popcorn von seinen Klamotten und seufzt schwer. »Passend zu unserem vorherigen kurzen Gespräch, wer sich aufs Lügen verlegt, der ist am Ende verloren …«

Ich schlucke schwer. Und sollte ihm nun wirklich gestehen, dass er den Loveseat mit der unter Garantie dreistesten Lügnerin Hamburgs geteilt hat und seine Antenne nichts taugt.

»Rafael, da ist etwas, das ich dir unbedingt sagen muss …«

»Noch mehr uralte Liebesgeständnisse, Maxi, die ich Trottel damals nicht mitbekommen habe?« Er lächelt mich schief an.

»Nein, es ist …«

»Maxi, lass uns doch ins Bistro nebenan gehen. Da haben wir mehr Ruhe und du kannst mir all deine *Schandtaten* gestehen.«

Rafael grinst noch immer. Er ist vollkommen arglos. Geht davon aus, dass ich ihm noch weitere Geständnisse machen möchte, die um die dreißig Jahre zurückliegen. Meine unerfüllte Teenagerliebe zu ihm …

»Okay«, murmele ich. Im Grunde hat er ja recht, ohne es jedoch zu ahnen. Was ich ihm zu sagen habe, ist nichts für die Eingangshalle eines Kinos. Ich nehme mir vor, es dennoch nicht dazu kommen zu lassen, es uns im Bistro gemütlich zu machen, womöglich Getränke und vielleicht sogar noch einen kleinen Snack zu bestellen. Sobald wir das Kino verlassen haben, werde ich ihm endlich die Wahrheit sagen und …

»Maxi, dann habe ich mich vorhin also doch nicht verguckt«, werde ich aus meinen Überlegungen gerissen.

Vor mir steht Gregor und mustert erst mich, dann Rafael mit hochgezogenen Augenbrauen. »Hallo, Rafael«, begrüßt er ihn. »Seid ihr zusammen hier oder habt ihr euch nur zufällig gerade im Foyer getroffen?«

Ich bin Gregor bestimmt keine Rechenschaft schuldig. Doch so wie er sich gerade angehört hat und uns dabei anschaut, scheint er das ganz anders zu sehen.

»Die Kinder fragen andauernd nach dir, Maxi«, hält er mir nun auch noch mit ernster Miene vor. »Sie fanden unseren gemeinsamen Ausflug so schön und würden sehr gerne ganz bald mal wieder etwas zusammen mit dir unternehmen.«

»Welche Kinder?«, mischt sich Rafael ein.

»Gregors Kinder. Sie haben sich in meine beiden Kaninchen verliebt«, beeile ich mich zu erklären.

»Nicht nur in Flips und Flops«, verbessert Gregor mich.

»Soso, das wird ja immer interessanter«, murmelt Rafael. »Mir war bisher überhaupt nicht klar, dass ihr beiden euch näher kennt?«, hält er mir vor. »Also außerhalb unserer Trauergruppe.«

»Tun wir auch nicht!«, rufe ich – viel zu laut, viel zu hektisch. Viel zu …

»Ist das so, Maxi?«, fragt Gregor und schaut mir dabei fest in die Augen. »Die Kinder sehen das anders, ganz anders. Und ich eigentlich auch ...«

Besitzergreifend legt Rafael den Arm um mich. »Ich denke, das hat Maxi doch gerade ziemlich deutlich gemacht.«

Bevor ich weiß, wie mir geschieht, hat er mir einen Kuss auf die linke Schläfe gehaucht.

»Wenn das so ist ...«, murmelt Gregor und wendet sich an seine Begleiterin, die mir erst jetzt überhaupt auffällt. Es ist die große Blondine, die bei der Trauerfeier von Gregors verstorbener Frau so schamlos um seine Gunst gebuhlt hat – und Ben und Luisa mit ihrer angeblichen Fürsorge komplett überfordert hat. Gregor scheint sich demnach in mehrere Richtungen zu orientieren, schießt es mir durch den Kopf und sorgt dafür, dass ich mir ihm gegenüber nicht mehr ganz so schändlich vorkomme. Was eh nicht angebracht ist, überlege ich weiter. Ich habe mich ihm und seinen Kindern schließlich nicht aufgedrängt, nur versucht, die kleinen Mäuse mithilfe meiner Kaninchen auf andere Gedanken zu bringen, sie ein bisschen zu trösten und ...

Halt! Stopp! Hör auf, Maxi! Dass es überhaupt zu diesen Treffen mit Gregor und seinen zuckersüßen Kindern gekommen ist, hängt einzig und allein damit zusammen, dass du verlogene Kuh in diese Trauergruppe marschiert bist und dich dort als verwitwete Mutter von Summer ausgegeben hast. Wie kannst du nur annehmen, du seiest Gregor keine Rechenschaft schuldig? Und was seine Kinder betrifft, auch diese zarte Beziehung, die sich dort inzwischen aufgebaut hat, ist allein auf deinem Mist gewachsen, weil du dich insgeheim schon als ihre Ersatzmami gesehen hast und teilweise auch benommen hast.

»Gregor, ich habe langsam etwas Hunger«, mischt sich die elegante Blondine an seiner Seite ein.

Gregor mustert sie einen Moment lang wie eine störende Fliege, doch dann erinnert er sich wohl an seine guten Manieren, schenkt ihr ein sichtbar bemühtes Lächeln. »Entschuldige, Natascha, natürlich doch. Lass uns gehen.«

Nun lächelt sie. Eindeutig triumphierend und fraglos an meine Adresse gerichtet – Tja, du Dummchen, wie kann man nur so dämlich sein, und sich einen Prachtkerl wie Gregor durch die Lappen gehen lassen? –, bevor sie Rafael anschaut, der gewohnt lässig gekleidet ist und rein optisch sicherlich nicht mit dem eleganten Gregor mithalten kann.

Zwei Minuten später stehen wir endlich vorm Kino und ich atme die kalte Nachtluft tief ein. Da legt Rafael mir plötzlich beide Hände auf die Schultern und bittet mich, ihn anzuschauen.

»War da was zwischen Gregor und dir? Versteh mich nicht falsch, ich bin der Letzte, der dir daraus einen Vorwurf machen würde, denn ich habe mich nach Sues Tod tatsächlich auch auf einige kurze Affären eingelassen, nur um irgendwie dieses leere, dieses stumpfe Gefühl in mir loszuwerden. Ich habe eine Weile tatsächlich geglaubt, wenn ich mit anderen Frauen ins Bett steige, würde mich das von meiner Trauer ablenken und mir irgendwas geben. Darum bin ich bestimmt der Letzte, der so ein Handeln nicht nachvollziehen kann, Maxi.«

Ich schlucke schwer und möchte nun auch wirklich etwas sagen, das Ganze aufklären. Doch Rafael lässt mich nicht.

»Als du mich in der Silvesternacht gefragt hast, ob ich noch mit zu dir raufkommen möchte, da hat es mich eine unendliche Überwindung gekostet, dein Angebot abzulehnen. Du warst so süß, so verlockend und deine Küsse haben es mir unendlich schwer gemacht, vernünftig zu bleiben. Aber es ist so, dass du dich von den Frauen unterscheidest, mit denen ich mich versucht habe, in den letzten Monaten über Sues Tod hinwegzutrösten. Du bist etwas ganz Besonderes, mit dir kann ich mir vorstellen, noch mal von ganz vorn anzufangen. Langsam, ja, wir sollten uns unbedingt viel Zeit nehmen, uns in Ruhe besser kennenlernen und auch die Trauer des anderen respektieren. Weißt du, ich fühle mich so wohl und so sicher mit dir und ja, ich begehre dich, wie ich schon lange keine Frau mehr begehrt habe. Und wenn mich nicht alles täuscht, dann geht es dir ganz genauso. Und Summer scheint mich auch zu mögen. Mit etwas Zeit, Respekt und ganz großer Aufrichtigkeit könnte aus uns die Familie werden, von der du als Teenager geträumt hast.« Er hält kurz inne, hat sich so in Fahrt geredet, dass er Luft holen muss. Und diesen Moment muss ich nutzen, um ihm die Wahrheit zu sagen. Aber ich lasse ihn vorbeiziehen und frage stattdessen: »Wir haben im Taxi rumgeknutscht und ich habe dich eingeladen, mit zu mir zu kommen?«, wispere ich ungläubig.

Rafael lacht leise auf. »Nun ja, immerhin bin ich deine große Jugendliebe.«

Noch mal fürs Protokoll, auch wenn ich supererleichtert bin, dass es tatsächlich nicht zum Äußersten zwischen uns gekommen ist: Kein Alkohol mehr für dich, Maximiliane, nicht ein einziges Tröpfchen mehr!

Kapitel 22

Ich habe es wieder nicht fertiggebracht. Ich bin so eine feige Kuh, so ein dummes Stück, ich kann mich selbst nicht mehr ertragen. Stattdessen bin ich ins nächste Taxi gestiegen und habe den völlig perplexen Rafael mit der Begründung zurückgelassen, dass ich unter schrecklichen Kopfschmerzen leiden würde – o mein Gott, mir ist tatsächlich schon wieder nicht einmal etwas Besseres eingefallen, als dieses saublöde Klischee von einer dummen Ausrede.

»Ich melde mich«, habe ich ihm noch versprochen und dann den Fahrer gebeten, möglichst schnell loszufahren. Nicht, dass Rafael noch auf die Idee kommt, sich mit auf die Rückbank des Taxis zu quetschen.

Zwei Männer, denen ich das Blaue vom Himmel vorgelogen habe und das an einem einzigen Abend. Dazu Rafaels Vision von unserer gemeinsamen Zukunft, im Grunde ist das mit der Migräne tatsächlich keine Lüge gewesen, denn inzwischen raucht mir der Kopf wie blöd.

Ist das so was wie Ironie des Schicksals? Als Teenager habe ich so sehr für Rafi geschwärmt, er war tatsächlich meine erste richtige Liebe. Es hat weit über ein Jahr gedauert, bis ich an ihn denken konnte, ohne dass mir direkt das Herz wehgetan hat. Damals habe ich mir nur mit ihm eine Zukunft vorstellen können, mir gewünscht, wir würden heiraten, eine Familie gründen und ein unfassbar glückliches Leben führen. Und jetzt, dreißig Jahre später, hat genau dieser Mann eine ähnliche Vision, wie ich sie als Vierzehnjährige hatte.

»Macht siebzehn Euro«, reißt der Fahrer mich aus meinen Gedanken.

Ich reiche ihm zwanzig, möchte nichts zurückhaben und steige aus. »Danke und einen schönen Abend noch«, verabschiede ich mich.

Im Schein der Straßenlaterne, direkt vor dem schmalen Durchgang zwischen dem Hinterhof meines Cafés und dem Weg, der zu dem Mehrfamilienhaus führt, bemerke ich zwei Gestalten. Als ich näher komme, erkenne ich in der etwas kleineren und schmaleren Thomas. Womit ich an sich schon komplett überfordert bin, weil ich mir nicht erklären kann, was er bitte schön spätabends hier zu suchen hat.

Es soll aber noch viel verrückter werden, denn als sie bemerken, dass da jemand auf sie zukommt, und sich fast gleichzeitig umwenden, um ebenso synchron auszurufen: »Maxi!«, da entreißt es mir fast den Boden unter den Füßen.

Alexander. Da steht Alexander. Neben Thomas, meinem Ex. Spätabends quasi direkt vor meiner Haustür.

Mein Herz macht einen wilden Satz und beginnt zu hämmern.

Alex' Haar schimmert im Schein der Straßenlampe pechschwarz, seine Augen funkeln. Vor Freude? Vor Wut? Worüber hat er mit Thomas gesprochen und was um alles in der Welt hat Thomas hier eigentlich verloren?

»Hallo, Maxi«, sagt er nur.

Thomas eilt auf mich zu. »Da bist du ja endlich.« Er zieht mich in seine Arme. So fest, dass ich mich fühle wie in einem Schraubstock.

»Tho…Thomas«, stammele ich atemlos. »Was … was … machst du hier?«

»Maxi, alles in Ordnung?«, ruft es von der Straße zu mir herüber. O mein Gott, womit habe ich das verdient. Rafael, er muss ins nächste Taxi gestiegen und mir gefolgt sein. »Belästigt der Mann dich?«

»Wer ist das?«, brummt Thomas. »Was will der von dir?«

Ich löse mich aus seiner Umarmung. »Die Frage sollte wohl eher lauten, was du hier willst«, fahre ich ihn an und versuche hinter ihm einen Blick auf Alexander zu erhaschen. Doch ich kann ihn nicht sehen. Er ist verschwunden.

Verdammt, was hat Thomas ihm erzählt?

»Können wir bitte in deine Wohnung gehen, Maxi?«, bittet Thomas mich mit weinerlicher Stimme. »Ich muss mit dir reden ... dir etwas erzählen.«

»Kennst du den Mann?«, bringt sich nun wieder Rafael ins Spiel.

Bevor ich antworten kann, ranzt Thomas ihn an: »Und ob sie mich kennt. Maxi ist ... war meine Lebensgefährtin.«

Rafael schüttelt sich leicht, als ob er seine Gedanken sortieren müsste, und wendet sich dann an mich. »Stimmt das, Maxi? Du hast ihn mir gegenüber überhaupt nicht erwähnt. Ich dachte, seit dem Tod deines Mannes wärst du in keiner festen Beziehung mehr gewesen ...«

»Von welchem toten Mann redet der da eigentlich?«, will Thomas perplex von mir wissen.

»Wie bitte, verstehe ich das richtig?«, fährt Rafael ihn an. »Sie geben sich hier als Maxis Lebensgefährte aus und wissen nicht einmal, dass ihr Mann und Summers Vater vor etwas über einem Jahr bei einem schrecklichen Autounfall ums Leben gekommen ist?«

Thomas guckt mich an. »Ist der Typ nicht mehr ganz bei Trost oder einfach nur sternhagelvoll?«

»Ich ...«, beginne ich, komme aber nicht weiter, weil Rafael besitzergreifend seinen Arm um mich legt.

»Egal, Maxi, du wirst deine Gründe haben, warum du mir nicht von diesem Kerl da erzählt hast, und wenn ich es richtig verstehe, dann war es auch nur eine kurze und wahrscheinlich auch bedeutungslose Sache mit euch beiden …«

»Sag mal, Alter, was hast du genommen? Maxis Ex ist nicht tot. Der bin nämlich ich. Und wie du siehst, bin ich putzmunter. Und was redest du da von Summer? Summer ist Maxis Nichte. Ich muss es wissen, immerhin bin ich fast sechs Jahre mit ihr zusammen gewesen.«

Rafael sieht mich mit großen Augen an. »Das ist doch Blödsinn, was der da von sich gibt, richtig?«

Ich hole tief Luft. »Nein, Rafael, er sagt die Wahrheit. Mit allem, was er gerade erzählt hat«, flüstere ich.

»Nein …«, haucht Rafael. »Das kann ich nicht glauben. Ich meine, warum bist du bei der Trauergruppe gewesen, du und Summer? Ich verstehe das nicht.«

»Das war Summers Idee. Sie dachte, dort würde ich einen Mann kennenlernen. Ich weiß, es ist unglaublich mies von uns gewesen und ich will jetzt auch nicht meiner Nichte die Schuld in die Schuhe schieben, denn die liegt ganz allein bei mir. Ich bin die Erwachsene und hätte …«

»Hör auf«, krächzt Rafael und mustert mich mit einem Blick, in dem Enttäuschung und Wut sich miteinander vermischen. »Ich will kein Wort mehr von dir hören. Nie wieder.« Dann dreht er sich um und geht mit steifen Schritten davon. Ich fühle mich so elend wie nie. Komme mir vor wie der schlechteste Mensch auf Erden. Ich bin der schlechteste Mensch auf Erden!

»Du bist ja drauf«, murmelt Thomas neben mir. »So was hätte ich dir echt nicht zugetraut. Aber okay, Not macht wohl erfinderisch und wenn das Ganze tatsächlich auf Summers Mist gewachsen ist, dann kann ich mir schon vorstellen, wie sie dich überrumpelt hat.« Er knufft mir grinsend gegen den Oberarm.

Ich starre ihn an, kann wirklich nicht verstehen, was daran lustig ist und vor allem: »Was hast du hier zu suchen, Thomas?«

»Nun sei doch bitte nicht so giftig. Ich habe dir nichts getan. Und ganz ehrlich, was willst du denn wohl mit so einem Typ wie dem da anfangen. Der sah doch nach nichts aus und ...«

»Halt die Klappe, Thomas«, schnauze ich ihn an. »Du bist der Letzte, der sich über irgendwen hier ein Urteil erlauben darf.«

Ich wende mich um, will nur noch weg, hoch in meine Wohnung und mich zehn Meter unter die Erde schämen. Meine Gedanken sortieren. Rafael, wie er mich angeguckt hat, so verletzt und entsetzt, so unendlich enttäuscht. Aber noch viel unerträglicher ist es für mich, dass Alexander hier gewesen ist, und mit ziemlicher Sicherheit das ganze Drama mitbekommen hat. Bei all dem, wofür es sich zu Recht für mich zu schämen gilt und was die ganze Zeit so schmerzlich auf meiner Seele und meinem Gewissen gelastet hat, finde ich diese Tatsache am schlimmsten. Und diese Erkenntnis überrascht mich selbst am meisten. So wichtig ist mir Alexander?

»Können wir nicht hochgehen?«, bittet Thomas mich noch einmal. »Es ist nämlich so, dass ich einen großen Fehler gemacht habe, Maxi. Ich bin betrogen worden. Von Jasmin aufs Übelste hintergangen. Benia ist überhaupt nicht von mir. Jasmin hat mir die Kleine untergejubelt. Ihr Ex-Verlobter ist der Vater. Das Ganze ist herausgekommen, weil ich keine weiteren Kinder mehr möchte und deshalb bei meinem Urologen vorstellig geworden bin. Ich wollte mich einer Vasektomie unterziehen. Dabei hat sich dann aber herausgestellt, dass ich nicht zeugungsfähig bin, niemals war. Kannst du dir vorstellen, wie erschüttert ich war, als ich Jasmin das auf den Kopf zugesagt habe und sie nur gelächelt und ›Ups‹ gemacht hat?«

Ich zucke mit den Schultern. »Deine Angelegenheit«, sage ich und wende mich um.

»Aber Maxi, du kannst mich doch nicht einfach so stehen lassen. Jetzt ist doch wieder alles ganz anders und wir können es noch mal miteinander versuchen. Ich habe dich vermisst, das musst du mir glauben, die ganze Zeit schrecklich vermisst. Du und ich, wir sind doch ein tolles Paar gewesen und könnten es wieder sein. Und dieses Mal ohne Druck, weil nun ja auch klar ist, dass wir zu zweit bleiben werden. Und zu zweit, da haben wir doch eine lange Zeit sehr gut miteinander funktioniert.«

Ich lasse die Tür hinter mir ins Schloss fallen und endlich herrscht Ruhe. Gewiss nicht in mir drinnen. Da dröhnt mein Herz, verkrampft sich mein Magen, brennt mir die Lunge, als hätte ich einen Zehn-Kilometer-Lauf hinter mir.

Wie Rafael mich angesehen hat. So viel Wut und Enttäuschung im Blick, das war wie ein Faustschlag mitten in meinen Magen. Aber noch viel mehr schmerzt der Gedanke, dass Alexander all das mitbekommen hat und mich nur noch verachten kann. Auch wenn ich diejenige gewesen bin, die ohne ein Wort des Abschieds sich aus seinem Zimmer und dann von der Insel geschlichen hat. Aber doch nur, weil ich fest davon ausgegangen bin, dass es ihm so nur recht ist. Ich wollte ihm damit die Verlegenheit und mir den schmerzlichen Moment ersparen.

Und nun taucht er hier bei mir in Hamburg auf, spät am Abend, und plötzlich wird mir bewusst, wie viel ich für diesen Mann empfinde, mit dem ich nur eine einzige Nacht verbracht habe. Er ist hierher zu mir gekommen – weil es ihm genauso geht? Denkt er wie ich ununterbrochen daran, wie wir uns in den Armen gelegen haben, uns geküsst, geliebt ... ja, regelrecht miteinander verschmolzen sind?

Im nächsten Augenblick wird mir bewusst, dass ich mir darüber keine Gedanken mehr machen muss. Alexander hat mit Sicherheit mitgekriegt, was sich da gerade zwischen Thomas und Rafael zugetragen hat, und somit meine dreisten Lügen, mein schändliches Verhalten. Selbst wenn er tatsächlich mit der Absicht hier aufgetaucht ist, mich besser kennenzulernen, weil ich ihm nicht aus dem Kopf gehe, so wie er mir, dann hat sich das nun mit absoluter Sicherheit für alle Zeiten erledigt.

Du hast es verbockt, Maxi, mit Karacho verbockt!

Kapitel 23

»Und du bist dir wirklich sicher?« Tina mustert mich mit zur Seite geneigtem Kopf.

Ich hole tief Luft. »So sicher man … ähm, Frau sich sein kann, wenn sie sich auf etwas einlässt, das ihrem Leben eine komplett neue Wendung geben wird.«

Laut seufzt Tina. »Du weißt aber, dass ich dich schrecklich vermissen werde.«

Ich nicke. »Und du weißt, dass für dich immer ein freies Bett bereitsteht.«

»Ich nehme dich beim Wort«, sagt Tina lächelnd.

»Kannst du!«

»Und das Coffee & Cream, glaubst du wirklich, Summer ist die Richtige dafür?«

»Absolut!« Dass mein Bruder alles andere als erfreut darüber ist, dass meine Nichte sich mit einundzwanzig Jahren selbstständig machen wird, und er dadurch dann auch endlich mitbekommen hat, dass Summer ihr Jurastudium an den Nagel gehängt hat – was sie auch eine Zeit lang noch vor mir verheimlicht hat –, hat natürlich zu einigen hitzigen Diskussionen in unserer Familie geführt.

»Hach ja, im Grunde macht sie alles richtig. Sie ist jung und das Leben steht ihr offen«, sinniert Tina, »sie kann noch so viel ausprobieren und mit einem so gut gehenden Café wie deinem steht sie wahrlich nicht schlecht da.«

Da kann ich ihr nur zustimmen. Außerdem habe ich mich auch nicht vollständig aus dem Café zurückgezogen. Der Pachtvertrag läuft nach wie vor auf meinen Namen, wie auch meine Wohnung, in die Summer einziehen wird. Anne meinte, ich hätte mir damit wohl den Rückweg offengehalten, falls es auf Usedom nicht für mich wie gewünscht laufen sollte, doch damit liegt sie falsch. Ich bin fest entschlossen, mir auf der Insel eine neue Existenz aufzubauen, und habe keinen Plan B in petto.

»Ich bin trotzdem traurig«, murmelt Tina. »Wen soll ich denn jetzt mit zum Fitness-Bootcamp-Kursus schleppen?«

Ich lache laut auf. »Haha! Als ob du mich noch jemals dazu überreden könntest. No way, Tina, nur über meine Leiche.«

Tina verzieht das Gesicht. »Soll ich dir mal was verraten? Ich hasse diesen Kursus und ich hasse Melanie, diese blöde Knechterin.«

Nun lachen wir beide und Tina beschließt, bei so viel Abneigung der Kursleiterin gegenüber dort dann wohl besser nicht mehr hinzugehen.

»Und deine Männerangelegenheiten, hast du so weit jetzt alles geklärt?«, will Tina nun wissen.

Ich streiche mir eine lange Haarsträhne aus dem Gesicht, die sich immer wieder aus meinem Pferdeschwanz löst, bevor ich antworte.

»Gregor hat mich neulich noch mal angerufen und sich für den Abend im Kino bei mir entschuldigt. Er meinte, es wäre ziemlich anmaßend von ihm gewesen, so zu tun, als ob sich da etwas zwischen uns angebahnt hätte. Dabei hat er dann auch zugegeben, dass er nicht an mir als Frau interessiert gewesen ist, sondern tatsächlich nur auf der Suche nach jemandem war, der ihm mit den Kindern helfen kann. Und weil die beiden so vernarrt in mich sind und ich auch in sie, dachte er, das passt einfach gut und seine Gefühle für mich falsch interpretiert.«

»Dreist«, findet Tina.

Doch ich schüttele den Kopf. »Ich kann ihn verstehen und rechne ihm hoch an, dass er mir die Wahrheit gesagt hat, obwohl er das nicht gemusst hätte. Gregor steht noch immer neben sich, er hat nicht Mal ansatzweise den Tod seiner Frau verkraftet und sucht verzweifelt nach jemandem, der ihn irgendwie dabei unterstützen kann. Aber vor allem möchte er, dass es seinen Kindern gut geht.«

»Und dann trifft er sich ausgerechnet mit der Schnepfe, die ihn schon bei der Trauerfeier so schamlos angebaggert hat?«

Ich zucke mit den Schultern. »Sie ist da, sie hat ein offenes Ohr für ihn, sie kümmert sich … Ich denke, das ist gerade das Einzige, was für ihn zählt.«

»Und hast du ihm auch die Wahrheit gesagt?«

Ich gebe es mit der lästigen Strähne nun auf, öffne das Haarband und mache mir einen neuen Zopf – in dem auch die Strähne verschwindet.

»Nein«, gebe ich schließlich zu. »Ich hab's versucht, aber Gregor wollte irgendwie nichts hören. Ich habe tatsächlich ein paar Mal angesetzt, doch er hat jedes Mal gesagt: Lass gut sein, Maxi.«

»Vielleicht hat er es längst von Rafael erfahren?«

Erneut kann ich nur ahnungslos mit den Schultern zucken. »Ich denke, es interessiert ihn tatsächlich nicht, weil er den Kopf mit seinen eigenen Angelegenheiten voll hat.«

»Und die Kinder?«

»Ich wollte mich am Telefon von ihnen verabschieden. Ich hätte ihnen gern erklärt, warum ich eine kurze Zeit eine kleine Rolle in ihrem Leben gespielt habe und dann nahezu sang- und klanglos wieder verschwunden bin. Aber Gregor wollte das nicht. Er meinte, sie würden sich gerade an Natascha gewöhnen.

Wenn sie mich nun plötzlich am Telefon hätten oder sogar treffen würden, dann wäre das zu verwirrend für sie.«

»Womit er nicht ganz unrecht hat«, findet Tina.

Ich nicke. »Ja, bestimmt ist das so …«

Am 1. April ist es dann tatsächlich so weit. Ich, Maximiliane Sievers, beginne ein neues Leben. Und das ist kein Aprilscherz. In Hamburg ist so weit alles abgewickelt, auf Usedom bereits alles vorbereitet. Charlotte freut sich wie verrückt, zumal wir einen Deal geschlossen haben, der so aussieht, dass sie noch bis Ende des Jahres in der Pension bleiben wird und wir bis dahin als gleichberechtigte Partnerinnen agieren werden.

Das kleine Fachwerkhaus wird zukünftig mein neues Heim sein, dafür planen wir im Obergeschoss zwei weitere Zimmer auszubauen, um so den daraus resultierenden Einnahmeverlust abzufangen. Ich habe vorgeschlagen, mich an den Umbaukosten zu beteiligen. Aber Johann meinte, das würde unsere geschäftliche Vereinbarung nur verkomplizieren. Haus und Grundstück bleiben ja nach wie vor im Besitz der beiden und somit wollen sie auch die Modernisierungskosten übernehmen. Was nicht bedeutet, dass ich nicht frei agieren kann, das Gegenteil ist der Fall, die beiden sind ganz erpicht darauf, dass ich meine Ideen einbringe und auch umsetze.

Es ist völlig verrückt, wie aus einem mehr oder weniger dahingesagten Angebot – Willst du meine Pension übernehmen? – nun tatsächlich Realität wird und ich das Gefühl habe, dass ich das erste Mal in meinem Leben etwas tue, das sich hundertprozentig richtig anfühlt.

Natürlich habe ich mir wegen Alexander Gedanken gemacht. Wenn er an diesem verhängnisvollen Abend wirklich alles mitbekommen hat, dann kann seine Meinung von mir keine gute sein. Und weil ich mein neues Leben auf gar keinen Fall mit einer Lüge beginnen wollte, habe ich Charlotte und Johann diese durch und durch bekloppte Trauergruppenaktion von A bis Z gestanden.

Sie haben es zur Kenntnis genommen, aber längst nicht so entsetzt darauf reagiert, wie ich es befürchtet hatte.

»Es gibt Männer, die lügen viel dreister, nur um eine Frau ins Bett zu kriegen«, war das Einzige, das Charlotte augenzwinkernd dazu gesagt hat – und danach war das Ganze wirklich kein Thema mehr zwischen uns. Doch ich habe ihnen angemerkt, dass sie mir meine Offenheit hoch angerechnet haben, es gut fanden, dass ich ihnen reinen Wein eingeschenkt habe, obwohl es im Grunde für sie unrelevant ist, was ich in Hamburg getan oder gelassen habe.

Der Name Alexander ist in diesem Zusammenhang nicht ein einziges Mal gefallen, sodass ich davon ausgehe, dass er weder seinem Bruder noch seiner Schwägerin etwas über seinen »Besuch« bei mir in Hamburg berichtet hat.

Was ich jedoch weiß, ist, dass er sich noch immer nicht entschieden hat, die Werft zu übernehmen – und dass es mir auch völlig egal ist. Ich bin nicht seinetwegen nach Usedom gekommen, ich will nicht seinetwegen hier ein neues Leben beginnen. Dass alles tue ich nur für mich. Mit ganzem Herzen und aus voller Überzeugung – und logisch, gegen das verständnislose Kopfschütteln meiner Geschwister und Eltern.

Das Auto bis unters Dach vollgeladen fahre ich los in meine neue Zukunft. Im Rückspiegel sehe ich Joachim im Sprinter, in dem einige meiner Möbel, die ich unbedingt mitnehmen wollte, und vor allem das riesige Kaninchengehege samt der Fellnasen sind. Neben meinem Bruder im Wagen sitzen Anne und Summer. Meine Schwester Claudia und ihr Mann sind heute leider verhindert gewesen, worüber ich insgeheim sehr erleichtert bin, denn Joachim wird schon genug dafür Sorge tragen, alles noch mal ganz genau zu begutachten und dabei bestimmt wahnsinnig skeptisch aussehen.

Natürlich hat er zuvor darauf bestanden, die Vereinbarung zwischen Charlotte und mir juristisch zu durchleuchten, wenn er mir den Irrsinn schon nicht ausreden kann, so kann er wenigstens dafür sorgen, dass von der rechtlichen Seite her daraus keinerlei Nachteile für seine kleine Schwester entstehen können – O-Ton Joachim.

Und nun sind wir endlich angekommen und in meinem Magen ist es so, als würde darin eine Ameisenarmee eine tolle Party feiern. Ich bin so voller positiver Energie, ich bin so optimistisch, wie es gefühlt seit etlichen Jahren nicht mehr der Fall gewesen ist. Im Grunde genommen seitdem sich mein Traum von einer tollen Karriere als Ärztin mangels passendem NC in Luft aufgelöst hat.

»Hui, was für ein schönes Haus«, ruft Anne. »Darin hätte ich mich auch auf Anhieb verliebt.«

Charlotte kommt aus der Pension gestürmt. Sie läuft regelrecht auf mich zu und zieht mich dann euphorisch in ihre Arme. »Herzlich willkommen, Maxi«, begrüßt sie mich überschwänglich. Anschließend sind Joachim, Anne und Summer an der Reihe. Allesamt werden von ihr kurz gedrückt und allerherzlichst auf Usedom willkommen geheißen. Anne und Summer grinsen übers ganze Gesicht, sie sind begeistert von Charlotte, das erkenne ich sofort. Joachims Rücken versteift sich, er kann einfach mit so viel Herzlichkeit und vor allem spontaner Körpernähe nicht umgehen.

»Danke schön«, gibt er auch entsprechend spröde zurück. »Zu freundlich.«

Ich möchte am liebsten sofort damit beginnen, meine Sachen in mein neues Haus zu tragen.

Aber Charlotte winkt ab. »Nein, nein, erst einmal gibt es eine Stärkung für euch alle. Ihr seid ja in aller Herrgottsfrühe losgefahren und habt bestimmt nicht anständig gefrühstückt.«

»Super Idee«, sagt Summer. »Ich habe ’nen Mordskohldampf.«

Natürlich schüttelt Joachim den Kopf. »Vielen Dank, aber wir müssen den Sprinter bis achtzehn Uhr wieder abgeben. Sonst kostet es extra.«

Anne bufft ihm den Ellbogen in die Seite. »Joachim, jetzt spinn mal nicht rum. Als ob dich so was ärmer machen würde.« Doch darum geht es meinem Bruder auch gar nicht, weiß ich. Geld war noch nie sein Problem. Es ist eher so, dass er schwer daran zu knapsen hat, seine kleine Schwester gehen lassen zu müssen. Nicht mehr in greifbarer Nähe zu sein und vor allem sich nicht mehr ständig in ihr Leben einmischen zu können. Ich sehe es ihm deutlich an, diesem nach außen hin so kühl und beherrscht wirkenden Mann, und auf einmal wird mir ganz warm ums Herz.

»Joachim«, sage ich leise zu ihm, »danke, dass du all die Jahre so gut auf mich aufgepasst hast.«

Er blickt mir in die Augen und ich erkenne, dass seine verdächtig feucht glänzen.

»Daran wird sich nichts ändern, Maxi«, murmelt er. »Du bist und bleibst meine kleine Schwester.«

Und dann passiert etwas, womit ich wirklich nicht gerechnet habe. Er zieht mich fest in seine Arme. »Ich bin stolz auf dich, Maxi, unendlich stolz«, sagt er mit erstickter Stimme.

Okay, jetzt muss auch ich weinen. Und das nicht zu wenig.

28. Mai 1992

Liebes Tagebuch!

Da staunst du wohl, was? Ich meine, ich habe dir ja angekündigt, dass ich das mit dem Tagebuchschreiben bleiben lasse. Und jetzt – Monate später – bin ich auf einmal wieder hier. Aber es ist was passiert. Das muss ich dir erzählen. Wir waren über das verlängerte Pfingstwochenende im Urlaub. In der ehemaligen DDR – wow, das war schon ganz schön aufregend wegen der ehemaligen Grenze und so. Um es genau zu sagen, auf der Insel, wo früher die ganzen DDR-Bonzen (hat Joachim gesagt) ihre Ferien verbracht haben. Zinnowitz, das ist auf Usedom, und erst war ich nicht begeistert, weil alles noch ziemlich rumpelig ausgesehen hat. Aber dann sind wir runter zum Strand, wo auch direkt unser Ferienhaus war, und dann war ich total begeistert.

Doch der Kracher war, ich habe dort jemanden getroffen. Einen Einheimischen. Einen Ossi, wie Joachim und Claudia immer sagen.

Er hatte ganz dunkle Haare und ebenso dunkle Augen und war wirklich hübsch, obwohl ich ja eigentlich auf blonde Haare und blaue Augen stehe, so wie bei Rafi. Es war ganz normal, dass wir sofort ins Reden gekommen sind und er mir erzählt hat, dass er noch einen älteren Bruder hat und dass sein Vater irgendwo auf dem Festland eine Werft besitzt. Oder so was Ähnliches. Ich habe nicht immer ganz genau zugehört, weil ich so damit beschäftigt gewesen bin, ihn anzu-

himmeln (wie peinlich, ich weiß). Aber was soll's, ich werde ihn ja eh nie wiedersehen, diesen schönen Jungen … ich weiß ja nicht einmal, wie er heißt, und wir wohnen tausend Stunden voneinander entfernt. Aber ich wollte es dir trotzdem erzählen.

Es grüßt dich sehr lieb,
deine Maxi

PS: Schon möglich, dass ich es doch noch mal versuche, also das mit dem Tagebuchschreiben. ☺

Kapitel 24

Der nächste Morgen ist sonnig warm und macht es mir leicht, aus den Federn zu kommen. Obwohl ich nur wenig geschlafen habe, weil Charlotte, Johann und ich noch bis weit nach Mitternacht zusammengesessen und auf meinen Umzug nach Usedom angestoßen haben, fühle ich mich frisch und ausgeruht. Während ich rüber in mein Badezimmer gehe, kommt mir der Moment des Abschieds von meiner Familie wieder in den Sinn, aber vor allem, was Summer mir zugeraunt hat, bevor sie zu ihren Eltern in den Sprinter gestiegen ist.

»Ach, Tantchen, was ich dir die ganze Zeit schon sagen wollte, aber immer wieder vergessen habe, Rafael war im Coffee & Cream und hat sich nach dir erkundigt. Er war total von der Rolle, als er gehört hat, dass du planst, Hamburg zu verlassen, und ist dann auch direkt wieder abgezogen.«

Ich hätte sie gern noch gefragt, ob sie ihm auch verraten hat, wo ich zukünftig leben würde, und natürlich auch, welchen Eindruck er auf sie gemacht hat. Ob er ihr sichtbar verärgert vorgekommen und ihrer Meinung nach im Café aufgetaucht ist, um mir noch mal die Abscheu, die er für mich empfindet, mitten ins Gesicht zu sagen.

Doch Joachim wollte aufbrechen, endlich losfahren, wo er doch schon viel länger geblieben war, als ursprünglich geplant.

»Ich rufe dich später noch mal an«, konnte ich ihr nur noch zurufen, bevor der Sprinter davongedüst ist.

Tatsächlich habe ich es später einige Male probiert. Doch Summer hat weder auf meine Anrufe noch meine Textnachrichten reagiert. Zumindest bis ich ins Bett gegangen bin – aber vielleicht hat sie inzwischen ja geantwortet, überlege ich und steuere nach kurzer Morgentoilette auf die kleine Kommode im Wohnzimmer zu, auf der mein Handy liegt.

Nichts. Keine Nachricht, kein verpasster Anruf meiner Nichte auf meinem Handy. Aber das ist mal wieder typisch für Summer, schießt es mir durch den Kopf und ich merke auf einmal, dass sie mir schon jetzt wahnsinnig fehlt, meine chaotische und ziemlich verrückte Nichte.

Ich wähle ihre Nummer, doch nach zweimaligem Klingeln springt ihre Mailbox an.

»Hi, Summer, rufst du mich bitte mal zurück? Du ahnst sicherlich, warum. Also, lass mich nicht länger zappeln und melde dich. Tschüss!«

Seufzend lege ich das Smartphone zur Seite, als es an meiner Tür klopft. Charlotte steht davor und schaut mich etwas verlegen an.

»Guten Morgen, Maxi. Bitte entschuldige, dass ich dich so früh wecke ...«

»Kein Problem. Ich war längst wach«, falle ich ihr ins Wort.

Charlotte lächelt mich erleichtert an. »Das ist gut ... ähm, nein, eigentlich ist gar nichts gut. Ich bin nämlich hier, weil ich dich um einen Gefallen bitten muss. Es ist nämlich so, dass Rieke sich beim Rosenschneiden so böse an einem Dorn gestochen hat, dass sich ihr Zeigefinger schlimm entzündet hat. Ich habe mir das vorhin angeguckt und bin fast vom Glauben abgefallen, als sie ihre Schicht in der Küche antreten wollte. Das sah wirklich übel aus. Wie auch immer, Rieke ist jetzt beim Arzt und ich gehe davon aus, dass sie die restliche Woche ausfällt. Mindestens. Und mit Jule allein schaffe ich das nicht, weil sie doch nur immer zum Zimmermachen kommt und wegen ihrer beiden Zwerge nicht mehr Stunden machen kann.«

Ich zögere nicht lange. »Gib mir noch fünf Minuten«, bitte ich Charlotte. »Dann stehe ich dir zur Verfügung.«

»Dann wäre es für dich in Ordnung, wenn du schon heute anfängst?«, Charlotte schaut mich mit einer Mischung aus Erleichterung und schlechtem Gewissen an. »Eigentlich war ja vereinbart, dass du dir die erste Woche dafür nimmst, um dich in Ruhe einzurichten und noch ein paar Tage freizumachen. Und jetzt …«

»Charlotte, zerbrich dir bitte nicht den Kopf darüber«, falle ich ihr ins Wort. »Mir ist das sogar absolut recht so. Meine Kisten, Koffer und Taschen kann ich auch später noch auspacken und die paar Möbel, die ich mitgebracht habe, haben Joachim, Anne, Summer und ich gestern schon dorthin geräumt, wo ich sie haben wollte.«

Erleichtert atmet Charlotte auf. »Puh … da fällt mir echt ein Stein vom Herzen.«

Zehn Minuten später stehe ich unten in der Küche und koche frischen Kaffee, bereite für die Gäste Spiegeleier oder Rühreier mit und ohne Speck zu, die Charlotte vorher bei mir in Auftrag gegeben hat, und erledige all die Arbeiten, die sonst in Riekes Bereich fallen. Die Zeit verfliegt im Nu, ich bin richtig baff, als ich irgendwann auf meine Armbanduhr sehe und es bereits kurz vor eins ist.

»Ich sollte vielleicht die Frühstückszeit wieder etwas mehr begrenzen«, sagt Charlotte, während sie beladen mit einem großen Tablett, auf dem sich das gebrauchte Frühstücksgeschirr nur so stapelt, in die Küche kommt. »Früher war mal von sieben bis elf Uhr Frühstückszeit. Aber die Gäste wollen heute einfach gern mal länger ausschlafen und kommen dann natürlich entsprechend spät zum Frühstücken runter. Dadurch ist das Ganze immer weiter nach hinten ausgeufert. Letzte Woche hatte ich eine Gruppe von Frauen, die irgendwie das Prinzip Frühstückspension nicht wirklich verstanden haben und daraus einfach Frühstücks- und Mittagessen-Pension gemacht haben. Eine hat mich dann auch prompt nach der Speisekarte für die warmen Mahlzeiten gefragt und war wirklich ganz beleidigt, als ich ihr gesagt habe, dass wir gar kein Mittagessen anbieten. Johann meinte, ich sei selbst schuld, weil ich jedes Mal wieder zurück in die Küche sprinte, um späten Gästen noch Frühstück zu servieren.«

»Das erinnert mich an Emil, von dem ich das Coffee & Cream übernommen habe. Er hat manchen Gästen noch was vom Mittagstisch serviert, selbst wenn die Küche längst geschlossen war. Als ich das Café übernommen habe, war das das Erste, was ich abgeschafft habe. So hätte ich einfach nicht vernünftig planen können und Emil hätte dann doch wieder den ganzen Tag in der Küche bleiben müssen, anstatt in seinem Alter endlich mal kürzerzutreten. Bis auf zwei, drei Gäste, die sich darüber aufgeregt haben, haben das alle dann klaglos akzeptiert und gut war es.«

Charlotte stellt das Tablett auf dem großen Tisch ab. »Ich wusste vom ersten Moment an, dass du wie geschaffen für meine Pension bist.«

Ich lache auf. »Na klar doch, weil mir das auch direkt auf der Stirn geschrieben stand.«

Doch Charlotte bleibt dabei. »Nein, das natürlich nicht, Maxi. Aber ich habe gesehen, wie du dir alles ganz genau angeschaut hast, als ob du dir genau so etwas für dich wünschen würdest, als wäre das schon immer dein Plan gewesen.«

Jetzt bin ich wirklich baff, denn Charlotte scheint mehr erkannt zu haben, als ich damals gedacht habe – nämlich nicht eine Sekunde lang daran, ihre Frühstückspension zu übernehmen. So sage ich ihr das dann auch.

»Hm … dann ist mir das wohl nur so vorgekommen, weil ich mir jemand richtig Gutes als Nachfolgerin gewünscht habe.«

Ich beginne damit, das Geschirr vom Tablett in die Spülmaschine zu räumen.

»Schon möglich«, murmele ich. Und nach einer kurzen Pause füge ich hinzu: »Früher wollte ich unbedingt Ärztin werden …« Und Rafael heiraten, ergänze ich in Gedanken.

»Echt? Ich dachte, die Gastronomie wäre schon immer deine Leidenschaft gewesen.«

Ich schüttele den Kopf. »Kein bisschen. Ich habe den Job bei Emil damals nur angenommen, weil die Spedition, in der ich als Kauffrau gearbeitet habe, Konkurs angemeldet hat. Es sollte nur zur Überbrückung sein, daraus sind dann fünf Jahre geworden und …«

Ich bringe meinen Satz nicht zu Ende, weil Johann die Küche betritt. Sein Gesicht und der Hals sind von hektisch roten Flecken überzogen.

»Was ist passiert, Johann?« Charlotte mustert ihn erstaunt. »Warum bist du nicht im Büro?«

Johann holt tief Luft. »Ich hatte doch heute Vormittag diesen Außentermin mit dem Wagner«, erklärt er und klingt dabei so, als fiele es ihm verdammt schwer, ruhig zu bleiben.

Charlotte nickt. »Stimmt ja, das habe ich vergessen. So wie du aussiehst, ist der Termin nicht gut gelaufen, was?«

Johann schnauft wie ein zorniger Stier. »Das kannst du wohl laut sagen. Der Kerl ist dermaßen dreist, ich musste mich beherrschen, dem nicht direkt an die Gurgel zu gehen.« Schwerfällig lässt Johann sich auf einen der Stühle fallen. »Ich habe keine Lust mehr, Charlotte, mir fehlen die Nerven für dieses Gefeilsche und jeden Cent zweimal herumzudrehen. Wenn Alexander nicht will, dann verkaufe ich einfach den ganzen Bums. Ende und aus!«

Charlotte geht zu ihrem Mann und legt ihm tröstend die Hände auf die Schultern. »Das tut mir wirklich leid für dich,

Johann. Und mich ärgert Alexanders Verhalten auch, und darum rufe ich ihn jetzt auch gleich mal an.«

»Das kannst du dir sparen«, erwidert Johann knurrend, »der ist beruflich irgendwo im Ausland unterwegs. Zusammen mit seiner *Assistentin*.«

Wie er das Wort Assistentin betont hat, kommt es mir so vor, als bestände kein rein geschäftliches Verhältnis zwischen Alexander und seiner Assistentin. Ich gebe zu, es versetzt mir einen kleinen Stich. Aber wirklich nur ganz kurz. Schließlich war mir durchaus bewusst, dass es sich bei Alex um keinen Mann für *mehr* und erst recht nicht *für immer* handelt.

Aber warum ist er dann um alles in der Welt in Hamburg gewesen? Weshalb hat Alexander an diesem folgenschweren späten Abend vor meiner Haustür gestanden? Das passt nicht zu ihm – aber verstehe einer die Männer. Ich gewiss nicht! Und zum Glück habe ich auch mehr als genug zu tun, sodass da überhaupt keine Zeit für weitere Gedanken ist, die sich mit dem Mysterium Mann beschäftigen. Eingeschlossen meinen Ex Thomas, der doch allen Ernstes geglaubt hat, ich würde ihn mit Kusshand zurücknehmen. Tja, lieber Thomas, wie *Mann* sich doch täuschen kann!

Am Abend ruft mich dann endlich Summer zurück. Ich habe eben die Tür meines Häuschens aufgeschlossen und lasse mich mit dem Handy in der Hand auf die kleine gemütliche Couch sinken.

»Hast du schon Sehnsucht, oder warum die vielen Anrufe und Nachrichten?«, fragt sie mich.

Typisch Summer – ich weiß, ich wiederhole mich.

»Ähm, du erinnerst dich vielleicht daran, was du mir gestern beim Abschied zugeflüstert hast, und kannst dir vielleicht denken, dass ich gern mehr darüber erfahren möchte«, gebe ich leicht ironisch zurück.

»Ach so, du meinst die Sache mit Rafael! Aber im Grunde habe ich dir alles gesagt, was es dazu zu sagen gibt.«

»Hm … nicht ganz. Ich wollte wissen, ob du ihm auch erzählt hast, warum ich Hamburg verlassen habe und wohin?«

»Wie jetzt? Sollte ich dem etwa sagen, dass du dich wegen der Trauergruppensache so sehr schämst und darum die Flucht ergriffen hast?«

»Was? Nein! So ist das doch überha…«

Summer lacht. »Hey, hey, Tantchen, das war nur ein Scherz. Und nein, ich habe ihm nicht verraten, wohin es dich verschlagen hat. Wenn ich ehrlich bin, kam er mir irgendwie etwas spooky vor. Ein bisschen verpeilt, auf jeden Fall ziemlich neben der Spur.«

»Doch aber wohl nicht meinetwegen, oder?«

Summer scheint einen Moment zu überlegen, denn sie antwortet nicht sofort. »Also … wenn ich es nicht besser wüsste, dann würde ich sagen, der hatte irgendwas genommen. Wobei, eigentlich weiß ich es ja nicht besser. Woher auch? Also ja, ich denke, der hatte irgendwas eingeworfen und war deshalb so drüber.«

»Was meinst du mit *eingeworfen*?«

Summer schnauft leicht genervt. »Oh Mann, Maxi, manchmal bist du echt naiv. Bestimmt keine Lutschbonbons.«

»Drogen?«

»Na ja, seine Pupillen waren auch nicht gerade die kleinsten.«

»Nein, das kann ich nicht glauben. So ist Rafael nicht.«

»Und das weißt du ganz genau woher, Tantchen? Weil du die letzten dreißig Jahre so engen Kontakt zu ihm gehabt hast oder weil du als Teenie unsterblich in ihn verknallt gewesen bist?«

»Weder das eine noch das andere«, erwidere ich womöglich ein bisschen zu barsch. »Aber ich verfüge schon über ein kleines bisschen Menschenkenntnis und bin mir deshalb ziemlich sicher, dass du dir da ganz schön was zurechtgereimt hast, Summer. Und nun auch genug davon. Wie läuft es im Café? Alles gut? Gibt es irgendwelche Probleme?«

»Keine Probleme. Emil und ich haben den Laden im Griff und Montag fängt ja dann auch meine ehemalige Kommilitonin Elisa als studentische Aushilfe bei mir an, was ich dir ja schon erzählt habe. Dann sind wir gut aufgestellt und alles ist fein. Ach so, und was deine Menschenkenntnis betrifft, Tantchen, sooo gut ist die leider nicht, wie du meinst. Aber sei es drum, ich muss jetzt auch aufhören. Jannick kommt gleich.«

»Jannick? Der Neffe von Sören Friedrichs? Dem Pastor?«

»Ja«, gibt Summer gedehnt zurück.

»Dann weiß der also noch immer nicht, dass wir …«

»Doch, doch, logisch. Er war jetzt auch nicht wirklich begeistert, als Jannick und ich ihm alles gestanden haben. Aber nun ja, er ist nun mal Pfarrer und von Berufs wegen schon einer, der großzügig vergibt, wenn man ihn darum bittet.«

»Okay …«, sage ich langsam. Und mehr fällt mir dazu auch gerade wirklich nicht ein.

29. Mai 1992

Liebes Tagebuch!

Wow! Ich schon wieder. Und das an zwei Tagen hintereinander. Aber es ist so, dass ich dir unbedingt noch etwas sagen muss. Es geht nämlich ein Gerücht in der Schule herum – ich find's total absurd und denke auch, dass Lisa Blödsinn erzählt oder einfach mal wieder was komplett falsch verstanden hat. Also, es geht um Rafi (du hast es bestimmt geahnt). Aber nicht um Isabell und dass ich die beiden nicht zusammen sehen kann. Das ist ja irgendwie etwas besser geworden, seitdem ich ... egal.

Also, auf jeden Fall wird erzählt, dass Rafi in Behandlung ist. Bei einem Arzt. Also so einer, bei dem man sich aufs Sofa legt und dann über seine Probleme und so labert.

Ich weiß echt nicht, was ich davon glauben soll. Ich meine, Rafi ist doch nicht bekloppt in der Birne! Ähm, darf man so etwas sagen, wenn einer vielleicht irgendwie ... ach Mann, was weiß ich denn. Wenn es so ist, dann tut es mir auf jeden Fall total leid.

Mehr fällt mir dazu nicht ein.

Bis bald.
Deine Maxi

PS: Fragen über Fragen. Echt!!!

Kapitel 25

Die nächsten Wochen rauschen nur so an mir vorbei. Rieke hat sich eine böse Blutvergiftung zugezogen und musste direkt operiert werden. Nun wird sie mindestens vier Wochen ausfallen. Charlotte und ich haben wirklich gut zu tun, ihre Pension, oha, die ich bald als Pächterin betreiben werde, läuft wirklich fantastisch. Was zum einen an der superguten Lage in erster Reihe zur Promenade liegt, aber auch daran, dass es hier bei Charlotte urgemütlich ist und man sich sofort willkommen und gut aufgehoben fühlt. Ich hoffe wirklich sehr, dass ich die Pension so weiterführen kann, wie Charlotte es all die Jahre so erfolgreich getan hat. Aber wenn ich sie so beobachte, dann sind das schon sehr große Fußstapfen, in die ich da treten muss. Charlottes charmante und freundliche Art ist einfach einmalig.

Hinzu kommt, dass wir uns nun spontan dazu entschieden haben, das Dachgeschoss sofort auszubauen, um mit etwas Glück die Zimmer noch dieses Jahr mitvermieten zu können. Ich habe nicht lange hin und her überlegt und bin zu dem Entschluss gelangt, nicht nur zwei Zimmer, also die rechte Seite auszubauen, sondern gleich das ganze Dachgeschoss. Drei geräumige Zimmer und zwar jeweils mit eigenem Bad. Mag sein, dass die Gäste sich bisher nicht daran gestört haben, sich mit den anderen Gästen ein Badezimmer zu teilen. Aber ich plane, auch daran langfristig etwas zu ändern. Charlottes Esprit soll und muss erhalten werden, aber bitte schön mit eigenem Badezimmer für jedes Zimmer.

»Johann möchte später bei uns im Garten ein kleines Lagerfeuer anmachen. Wir wollen Würstchen und Stockbrot grillen. Magst du zu uns rüberkommen, Maxi?«, fragt Charlotte mich am Samstagabend, als wir gemeinsam die Pension verlassen. Ich, um mir noch ein bisschen am Strand die Beine zu vertreten, Charlotte, weil sie rüber in ihr Haus möchte.

»Störe ich euch nicht?«

Charlotte schüttelt den Kopf. »Nein, auf gar keinen Fall. Johann wird sich freuen. Ein bisschen Ablenkung kann er gerade gut gebrauchen.«

»Hat er das mit der Werft und seinem Bruder immer noch nicht klären können?« Ich bemühe mich, ganz normal zu klingen. Wobei mir das nach wie vor etwas schwerfällt, denn so ganz habe ich Alex noch nicht aus dem Kopf gekriegt.

Resigniert zuckt Charlotte mit den Schultern. »Na ja, es ist etwas schwierig mit Alexander, das hast du ja selbst schon mitbekommen. Mit der Verantwortung ist es bei ihm wie mit der Liebe – er flattert wie eine Hummel von einer Blume zur anderen. Ich glaube, zu einer echten Beziehung ist er einfach nicht fähig. Und so verhält sich das auch mit dem Familienerbe, zu viel Verantwortung, zu endgültig, zu für immer und das ist nun mal nichts für Alex.« Sie lächelt mich erleichtert an. »Aber Johann hat sich nun endlich dazu durchgerungen, nicht auf Alex zu setzen und die Werft zu verkaufen.«

»Okay, das ist sicher vernünftig«, mutmaße ich.

»Auf jeden Fall ist es das.« Sie hebt die Hand. »Bis später. Wir freuen uns auf dich.«

»Ja, bis später«, gebe ich zurück und schließe das Tor hinter mir.

Die Promenade ist voller Menschen und auch unten am Strand ist noch richtig viel los, weil das Wetter es wirklich gut meint.

Ich schlendere zunächst ein bisschen oben auf der Promenade entlang und überlege, ob ich in einem der Geschäfte vielleicht nach einem kleinen Mitbringsel für Charlotte und Johann Ausschau halten soll. Doch die Läden sind so überfüllt, dass mir die Lust daran schnell wieder vergeht. Außerdem ist es auch keine Einladung zum Essen oder so, sondern zum Stockbrotgrillen im Garten. Da kommt es vielleicht sogar etwas komisch rüber, wenn ich mit einem Gastgeschenk auftauche.

Als ich schließlich runter zum Strand laufe, habe ich irgendwie das Gefühl, beobachtet zu werden. Es ist nur so eine diffuse Ahnung, denn als ich mich unauffällig umschaue, ist weit und breit niemand zu entdecken. Also, natürlich sehr viele Menschen, doch niemand, der mir besonders auffällt oder gar bekannt ist. Ich schlendere ein gutes Stück direkt am Wasser entlang, wobei ich einfach das Gefühl nicht loswerde, dass mir jemand folgt. Doch sobald ich mich umschaue, irgendwann auch nicht mehr unauffällig, sondern schon recht genervt – so nach dem Motto, hey, was soll das? –, kann ich nach wie vor keinen ausmachen, der sich offensichtlich an meine Fersen geheftet hat.

Irgendwann ist diese Empfindung dann aber so übermächtig, dass ich den Strand, das Meer und den wolkenlosen Himmel darüber nicht mehr wirklich genießen kann und beschließe, zurück zur Pension und in mein Haus zu gehen.

Doch auch auf dem kurzen Rückweg bleibt es wie gehabt, ich werde den Verdacht nicht los, beobachtet zu werden.

Was soll das? Leide ich unter Verfolgungswahn?

Charlotte und Johann sitzen ums Lagerfeuer herum und unterhalten sich, als ich ums Haus herum in den Garten komme.

»Maxi«, begrüßt Charlotte mich lächelnd, »schön, dass du da bist.«

Ich nicke und lasse mich auf einen der Baumstümpfe sinken, die rund um die kleine Feuerstelle stehen.

»Und?«, wendet Johann sich an mich. »Hast du dich schon etwas eingelebt?«

»Es kommt mir so vor, als wäre ich schon immer hier – und dennoch ist alles natürlich noch fremd und ungewohnt«, gebe ich offen zu.

»Das glaube ich dir gern.«

»Ich habe Maxi ja leider nicht die Chance gegeben, sich in Ruhe einzugewöhnen, sondern sie vom ersten Tag an hier gleich ordentlich mit eingespannt«, erklärt Charlotte reumütig. »So war das natürlich nicht geplant gewesen.«

»Ich finde es gut so«, beruhige ich sie. »Bin eh kein Typ, der allzu lange die Füße stillhalten kann.«

»Wie ich«, erklärt Charlotte und sieht schon nicht mehr ganz so betrübt aus.

Nachdenklich mustert Johann uns. »Ihr seid euch wirklich sehr ähnlich.«

Okay, ich finde wirklich, dass Charlotte eine auffällig gut aussehende Frau ist, die ich so viel jünger geschätzt hätte. Und mit ihr verglichen zu werden, das schmeichelt mir wirklich. Doch leider hinkt der Vergleich, denn wir sind uns äußerlich kein bisschen ähnlich. Charlotte überragt mich um fast einen Kopf, sie hat feuerrotes Haar und unendlich viele Sommersprossen. Ich hingegen bin dunkelhaarig und vom Typ her eher blass und recht zierlich. Nein, eine Ähnlichkeit zwischen uns ist weder auf den ersten noch auf den zweiten, dritten, vierten … Blick erkennbar.

Allerdings hat das Johann auch überhaupt nicht gemeint, erfahre ich nun.

»Ihr sprüht beide geradezu über vor Energie und könnt nur schwer auch mal abwarten. Alles sofort und gleich, was einerseits gut ist und man kann nur staunen, woher der ganze Elan kommt. Doch wenn es nicht gleich alles so hinhaut, dann verliert ihr schnell mal die Motivation und eure Pläne ändern sich abrupt.«

Charlotte wendet sich lachend an mich. »Du musst wissen, Johann plant gern doppelt und dreifach und dann wägt er doch noch mal ab und überdenkt alles. Bevor er einen Entschluss fasst, eine Entscheidung trifft, hat er sich diverse Male Gedanken über das Für und Wider gemacht. Dass du nun direkt das Dachgeschoss auszubauen planst, und ich natürlich ganz deiner Meinung bin, überfordert sein Denkerhirn ein wenig.« Sie streckt die Hand aus und verwuschelt Johann liebevoll das dichte, stark ergraute Haar.

Johann verzieht den Mund, aber er klingt nicht beleidigt, als er meint: »Ich sage ja nicht, dass es schlecht ist, aber ihr solltet euch wenigstens ein paar Angebote einholen und nicht gleich das erstbeste annehmen, nur weil alles ganz schnell gehen soll.«

Während Johann sich um das Feuer kümmert und Charlotte mir einen Stock und Teig in Silberfolie reicht, sind die beiden längst bei einem anderen Thema angekommen, scherzen miteinander oder führen liebevolle Wortgefechte miteinander. Ich starre auf mein Stockbrot und bin nur rein äußerlich ganz bei ihnen. Johann hat mit seinen Worten etwas in mir in Gang gesetzt, was sich nun so verselbstständigt, dass es mich am Geschehen am Lagerfeuer nicht mehr richtig teilnehmen lässt. Johann hat eben sehr treffend zusammengefasst, wie ich seit vielen, vielen Jahren handele: Entweder ohne jegliche Widerstände – oder ein Planwechsel muss her.

Angefangen mit meinem Berufswunsch, dem Traum, eines Tages Ärztin zu sein. Statt damals in die Nachprüfung zu gehen oder auf Wartesemester zu setzen oder sonst einen der zwar nicht ganz direkten Wege zu nehmen, die mich aber dennoch zum erträumten Berufsziel geführt hätten, war ich so gefrustet und entmutigt, dass ich schließlich gar nicht mehr studiert habe. Was an sich ja auch kein Problem gewesen wäre, wenn ich mich deshalb nicht jahrelang selbst bemitleidet hätte. Erst durch die Übernahme des Coffee & Cream nach ewigen Zeiten des Rumgeeiers habe ich schließlich etwas gefunden, was mich glücklich und zufrieden gemacht hat. Und nun bin ich im Begriff, Charlottes Pension zu übernehmen. Einen Neuanfang zu wagen, und ja, aus voller Überzeugung und – Johann hat absolut recht – mit der gewohnten Ungeduld. Das muss jetzt alles sofort klappen und realisiert werden und Hindernisse werden nicht aus dem Weg geräumt, sondern weit, weit umgangen.

Als ich gedanklich bei meiner privaten Situation angekommen bin, die nach einem ähnlichen Muster abgelaufen ist, ruft plötzlich ein Mann vom Gartentor her: »Hallo, ist da jemand?«

Wir sehen uns fragend an, bevor Charlotte Johann bittet, mal nachzuschauen.

Johann hat sich längst erhoben und marschiert zum Tor. Wir hören ihn mit einem Typen reden und kurz darauf rufen: »Charlotte, hier ist ein junger Mann auf der Suche nach einem Zimmer. Habt ihr zufällig noch etwas frei?«

»Ähm … und warum steht der an unserem Gartentor?«, fragt Charlotte mich.

Ich verstehe es ebenso wenig und finde es auch wirklich komisch.

»Er hat drüben in der Pension niemanden angetroffen«, schiebt Johann da hinterher, »und unsere Adresse an der Tür entdeckt.«

Okay, das erklärt alles – auch wenn ich selbst niemals auf die Idee kommen würde, einfach spätabends vorm Privathaus der Inhaber aufzutauchen.

Ich schüttele den Kopf. »Das ist aber eine wirklich seltsame Idee, dann hier aufzukreuzen.«

Doch Charlotte sieht das weitaus gelassener als ich. »Das kommt in der Hauptsaison öfters mal vor. Die Leute machen sich erst mal auf den Weg und gehen davon aus, dass sie bestimmt vor

Ort eine Unterkunft kriegen werden, und wenn sie dann feststellen, dass das nicht der Fall ist, stehen die auch mal spätabends vor deiner Tür. Allerdings ist es momentan zwar recht voll auf der Insel, aber in den großen Hotels sollte auf jeden Fall noch ein Zimmer zu ergattern sein.« Seufzend erhebt Charlotte sich. »Na ja, ich geh ihn mir mal ansehen, den bettlosen Herrn.«

Ich will ebenfalls aufstehen, doch Charlotte winkt ab. »Bleib du schön hier am Feuer sitzen. Ich kümmere mich.«

Ich bin schon neugierig, wer hier abends um zehn Uhr auftaucht und nach einem Zimmer fragt. Doch Johann kommt zurück und verwickelt mich direkt in ein Gespräch, sodass ich sitzen bleibe und erst Näheres über den Mann erfahre, als Charlotte eine Viertelstunde später wieder zu uns stößt.

»Ein sehr netter Mann«, berichtet sie. »Er wollte überhaupt nicht über Nacht auf der Insel bleiben. Aber irgendwie hat sein Auto wohl gestreikt und musste hier in die Werkstatt. Vor Montag machen die sich aber nicht an die Arbeit. Dort wurde ihm dann unsere Pension empfohlen und als er vor verschlossener Pensionstür stand und die Adresse für die Notfälle entdeckt hat, die nur wenige Schritte entfernt liegt, hat er sich ein Herz gefasst. Er hat sich tausendmal entschuldigt, aber am Strand zu schlafen, dafür ist es dann doch noch etwas zu kalt.«

»Okay, verstehe«, erwidere ich. »Und welches Zimmer hast du ihm gegeben?«

»Die zehn. Die ist erst ab Montag wieder vermietet.«

Ich nicke und kurz darauf ist der späte Gast kein Thema mehr hier am Lagerfeuer. Wir unterhalten uns über die für nächstes Jahr geplante Weltreise der beiden und auch ein wenig über den Verkauf der Werft, den Johann nun entschlossen voranzutreiben gedenkt, da Alexander sich nach wie vor nicht dazu geäußert hat. Wie immer, wenn Alex' Name fällt, wird mir etwas flau im Magen und die Nacht, die wir miteinander verbracht haben, kommt mir in den Sinn. Inzwischen bezweifle ich, dass es wirklich Alex gewesen ist, der damals vor meiner Haustür gestanden und sich mit Thomas unterhalten hat. So wie ich ihn einschätze, hat er keinen weiteren Gedanken an mich verschwendet. Und so wie er sich in puncto Familie und Familienerbe verhält, scheint er tatsächlich ein ziemlicher Egomane zu sein.

Um elf Uhr spüre ich auf einmal, wie sehr mir die Müdigkeit in den Knochen steckt. »Seid mir nicht böse, aber ich muss ins Bett.«

Charlotte schüttelt den Kopf. »Unsinn. Wir sind nicht böse.«

»Außerdem ist es wirklich ganz schön spät geworden«, fügt Johann hinzu.

Das Feuer ist inzwischen heruntergebrannt und trotz der Decken, die Charlotte mit Eintritt der Dunkelheit aus dem Haus geholt hat und in die wir uns eingekuschelt haben, fröstelt es mich.

Während Johann die letzten glimmernden Überreste mit einem Eimer Wasser übergießt, lege ich die Decken zusammen.

»Lass sie einfach so liegen. Das erledige ich morgen«, sagt Charlotte.

»Aber, Liebling, dann werden sie ganz nass sein. Sie fühlen sich jetzt schon ziemlich klamm an«, entgegnet Johann.

Charlotte sieht mich an. In der Dunkelheit kann ich ihr Gesicht kaum erkennen, doch ihre Stimme klingt so, als würde sie grinsen.

»Ich weiß, Liebster, das ist unvernünftig. Aber vernünftig können wir auch morgen noch sein.«

Kapitel 26

Es ist kurz nach neun, als der späte Gast von gestern Abend den Frühstücksraum betritt und sich auf den ersten freien Platz sinken lässt. Ich nehme ihn zunächst nur aus dem Augenwinkel wahr, da ich damit beschäftigt bin, den Nachbartisch abzuräumen. Ohne richtig hinzusehen, sage ich: »Guten Morgen. Was darf ich Ihnen bringen, Kaffee oder Tee? Falls Sie einen Cappuccino oder Latte macchiato oder ein anderes Warmgetränk haben möchten, dürfen Sie sich gerne am Automaten selbst bedienen.«

»Guten Morgen, Maxi, ich hätte gern einen Kaffee. Und was ist mit den Eierspeisen, bestelle ich die auch bei dir?«

Mir fällt fast das Tablett aus den Händen, während ich mich eiligst zu dem Gast schräg hinter mir herumdrehe. »Rafael. Was … was machst du denn um alles in der Welt hier?«

»Frühstücken«, gibt er ungerührt zurück.

»Wie … ich meine, was heißt denn frühstücken?« Ich bin völlig perplex, was ihn sichtbar amüsiert, denn er grinst ununterbrochen.

»Rafael, was soll das denn? Jetzt sag mir gefälligst, was du hier verloren hast?«, verlange ich eindeutig viel zu unfreundlich von ihm. Zumal es sich natürlich einem Gast gegenüber nicht gehört, ihn derart anzublaffen, nur weil er es wagt, morgens im Frühstücksraum aufzukreuzen und einen Kaffee bei mir zu ordern.

Nur … bisher weiß ich nicht, dass es sich bei ihm um einen Gast der Pension handelt.

»Ich bin gestern nach zweiundzwanzig Uhr hier noch untergekommen. Dank der netten Charlene.«

»Charlotte«, verbessere ich ihn automatisch, während ich allmählich zu begreifen anfange.

»Dann bist du derjenige mit dem kaputten Auto«, schlussfolgere ich. »Aber trotzdem, was machst du hier, Rafael, ich meine auf Usedom? Hast du hier geschäftlich zu tun?«

Vielleicht ist ja eine weitere Brücke vom Festland auf die Insel in Planung. Charlotte und Johann haben zwar nichts dergleichen erwähnt und meines Erachtens ist das auch nicht vonnöten, aber möglich ist schließlich alles. Und dazu auch der einzige einigermaßen plausible Grund für mich, was Rafael nach Usedom verschlagen haben könnte.

»Nein, ich bin tatsächlich aus rein privaten Gründen hier auf diese schöne Insel gekommen.«

Ich nicke und kapiere es dennoch nicht. Wobei … Rafael hat mir erzählt, dass seine verstorbene Freundin Sue und er leidenschaftliche Surfer sind. Hier auf Usedom kann man dieser Passion ganz hervorragend nachgehen. Da ich mich bestens über die Insel informiert habe, als Pensionsinhaberin sollte man schon Auskunft geben können, wenn Gäste nach diesem und jenem fragen, weiß ich natürlich, dass Wassersportler am Karlshagener Sportstrand die besten Bedingungen vorfinden. Die stets gute Brise macht das Revier insbesondere bei Windsurfern sehr beliebt, wie mir meine Internetrecherche verraten hat.

»Dann bist du zum Surfen hier«, sage ich, das liegt ja quasi auf der Hand.

Erneut verneint Rafael. »Nein, Maxi, so ist das nicht. Ich mache mir nicht allzu viel aus Wassersport.«

Wie bitte? Hat er Summer und mir nicht ausführlich von den tollen Orten beziehungsweise Gewässern dieser Welt berichtet, an denen er und seine verstorbene Freundin gewesen sind? Stets in der Erwartung, die absolut perfekte Welle zu erwischen. Ich habe das doch nicht geträumt und so sehr verhört kann ich mich gewiss nicht haben. Zumal er an Silvester auch noch mal erwähnt hat, dass Sue eine wahnsinnig talentierte Surferin gewesen sei. Aber okay, was Silvester gewesen ist, da möchte ich nichts beschwören, da kann es aufgrund eines Getränkes namens Tequila zu der einen oder anderen Erinnerungslücke oder Fantasie bei mir gekommen sein.

»Wann hast du heute Feierabend?«, möchte Rafael erfahren. »Können wir vielleicht etwas zusammen unternehmen? Essen gehen oder von mir aus auch nur einen Strandspaziergang machen?«

Ich muss zugeben, ich verstehe die Welt nicht mehr. Rafael will sich mit mir treffen? Mit derjenigen, die ihn und all die anderen in der Trauergruppe so schamlos angelogen hat? Er muss mich doch zutiefst dafür verachten? Anders kann das doch überhaupt nicht sein.

Und da ist noch etwas, was mich einfach nur wundert: Warum um alles in der Welt ist er nicht ebenso baff wie ich, mich hier anzutreffen? Summer hat doch am Telefon gesagt, er wüsste nicht, wo ich hingezogen bin.

»Ich verstehe nicht …«

Er lässt mich nicht ausreden. »Ich erkläre dir alles. Versprochen. Wann hast du Feierabend?«

Eigentlich direkt nach dem Frühstück, weil Charlotte angeboten hat, bis achtzehn Uhr in der Pension zu bleiben, also so lange, wie die Rezeption offiziell besetzt ist.

»Wenn du erst mal die Chefin bist, musst du dir noch genug sonnige Sonntage hier in der Pension um die Ohren schlagen. Also sei nicht dumm und genieß den Tag, der superwarm werden soll«, hat sie gestern zu mir gesagt.

Die Verlockung, mich irgendwo an den Strand zu legen,

vielleicht sogar schon im Bikini sonnen zu können und dabei ein Buch zu lesen, ist groß und so habe ich es auch eigentlich vorgehabt. Aber nun ist Rafael hier und ich möchte schon wissen, warum. »Mir würde es um sechs passen.«

Rafael lächelt. »Super. Dann darf ich dich zum Essen einladen?«

Ich zucke mit den Schultern. »Wenn du das so möchtest …«

»Sehr gern sogar. Und nun brauche ich unbedingt Kaffee, Maxi! Bringst du mir bitte eine große Tasse. Ach so, und ich hätte auch noch gern zwei Spiegeleier.«

Ich nicke. »Mit Milch oder Zucker?«, frage ich. »Also den Kaffee.«

Er schaut mir direkt in die Augen. »Schwarz wie meine Seele!«

Ich weiß, das ist nichts weiter als ein Spruch, aber die Art, wie er die Wörter betont hat und sein sonderbarer Blick dabei, uff, für einen kurzen Moment ist mir ganz komisch zumute.

Zum Glück ruft Charlotte mir aus der Küche etwas zu, sodass ich fast schon fluchtartig den Frühstücksraum verlasse.

»Was gibt es denn?«, frage ich sie.

»Nichts. Ich hatte nur einfach das Gefühl, ich müsste dich vor unserem späten Gast retten. Dein Gesicht hat gerade Bände gesprochen.«

Ich atme tief durch. »Ich kenne ihn. Wir sind zusammen zur Schule gegangen, also er zwei Jahrgänge über mir. Ich war als Teenie schrecklich in ihn verknallt.«

»Was?«, ruft Charlotte. »Das gibt es ja gar nicht. Und jetzt habt ihr euch nach all den Jahren ausgerechnet hier wiedergetroffen? Das ist ja wirklich zu verrückt.«

Ich schüttele den Kopf. »Wir sind uns bereits vor ein paar Monaten in Hamburg wiederbegegnet. Ich habe euch doch von dieser Trauergruppe erzählt und meiner absolut unentschuldbaren saudummen Aktion.«

Charlotte nickt.

»Rafael ist einer der Teilnehmer. Er hat seine langjährige Freundin bei einem schlimmen Surfunfall verloren.«

»Oh, das tut mir leid«, sagt Charlotte und sieht auch tatsächlich ganz mitleidig aus. Doch dann scheint ihr ein anderer Gedanke zu kommen und der mitleidige Zug um ihren Mund wird zum besorgten. »Er denkt noch immer, dass du deinen Mann verloren hast?«

»Nein, ich habe ihm die Wahrheit gesagt. Das ist ja, was mich so wundert. Ich war mir so sicher, dass er mich deshalb zutiefst verachtet. Aber er war eben total freundlich, hat sich nichts anmerken lassen und mich sogar darum gebeten, später mit ihm essen zu gehen. Meine Nichte hat mir erzählt, dass er auch schon im Café in Hamburg nach mir gefragt hat.«

Doch Charlotte kann meine Verwunderung nicht ganz teilen. »Er scheint ein netter Mann zu sein, dem du wichtig bist, Maxi. Mit etwas Abstand ist ihm das wohl nun klar geworden und er möchte sich mit dir aussprechen. Ist doch kein schlechter Ansatz.«

Ich nicke. Charlotte hat bestimmt recht. Trotzdem ist es nicht verschwunden, dieses mulmige Gefühl.

»Dann denkst du also, es ist ein verrückter Zufall, dass er eine Autopanne hatte und ausgerechnet hier bei uns gelandet ist, mich wiedertrifft, mir spontan meine ganzen Schandtaten vergibt und mich zur Feier des Tages zum Essen einlädt?«

»Also wenn du das so sagst, Maxi, dann hört sich das natürlich schon irgendwie komisch an. Ich bin mir jedoch nicht im Klaren darüber, ob es nicht einfach nur an der Art deiner Zusammenfassung liegt. Auf mich hat er bisher einen sehr netten Eindruck gemacht und das nicht allein nur wegen seinen schönen blauen Augen.«

Soso, die sind Charlotte also auch direkt aufgefallen.

»Ich glaube, dass du dir so viele Gedanken machst, liegt in erster Linie daran, dass du ihm gegenüber noch immer ein schlechtes Gewissen hast.«

Ich nicke. »Ja, und auch absolut zu Recht.«

»Dann geh nachher mit ihm zum Essen und hör dir an, was er zu sagen hat. Dann bist du schlauer. Ich nehme stark an, auch beruhigter. Er scheint mir wirklich sehr nett zu sein«, wiederholt sie noch einmal.

»Er ist Architekt. Entwirft Brücken ...«, sage ich – keine Ahnung warum, denn was Rafael beruflich macht, spielt nun wirklich keine Rolle.

3. Juni 1992

Liebes Tagebuch!

Noch mal wegen Rafi – jaaa, ich weiß, es nervt! Aber ich habe dir ja neulich anvertraut, dass ich von irgendeiner Krankheit gehört habe, die er haben soll. Auf jeden Fall hat Claudia beim Mittagessen gesagt, dass Rafi sich das Hirn mit Gras vernebeln würde. Ich habe natürlich sofort aufgehorcht und mich irgendwie gewundert, was Claudia bitte schön mit Rafi zu tun hat ... also, dass sie meint, etwas über ihn zu wissen und so. Und weil ich so aufgeregt war, da habe ich gefragt, wie man denn wohl sein Hirn mit Gras vernebeln könnte. Das wäre jawohl komplett dumm von ihr, so was zu sagen.

Claudia hat sich kaputtgelacht und mich als kleines Dummerchen bezeichnet und dann zu Mama gesagt, dass es einfach zum Schießen ist, wie niedlich naiv ich doch bin. Das hat mich so geärgert – weil, klaro wusste ich im nächsten Moment, was sie damit gemeint hat. Aber sie muss sich mal wieder aufspielen. Einen auf allwissende große Schwester machen. Ich habe ihr auf jeden Fall meine Kartoffel, die ich eigentlich gerade essen wollte, an den Kopf gepfeffert. Hat die geschrien. Oha, wie 'ne Geistesgestörte. Aber über Rafi hat sie nichts Fieses mehr gesagt. Ich bin zwar über ihn weg (glaube ich), aber trotzdem finde ich es richtig scheiße, wenn Claudia schlecht über ihn redet.

Bis bald!
Deine Maxi

PS: Warum finden es manche Leute eigentlich so sensationell, wenn andere irgendwelche Probleme haben?

Kapitel 27

Seite an Seite laufen wir die Promenade entlang. Die Sonne scheint noch immer kraftvoll vom Himmel und Usedom zeigt sich von seiner schönsten Seite. Überall wimmelt es von Menschen, die meisten davon sind Touristen, die wohl wie Rafael und ich auf dem Weg in eines der vielen Restaurants sind. Aber es kommen uns auch immer wieder Jogger entgegen oder Familien, die den warmen Tag am Strand verbracht haben und nun zurück in ihre Ferienwohnungen oder -häuser gehen.

Alles ist in gleichmäßig schlendernder Bewegung. Usedom ist wunderschön, ich fühle mich hier wirklich wahnsinnig wohl und schon richtig zu Hause. Einzig Rafael, der vorhin, als wir uns vor der Pension getroffen haben, meine Hand genommen und sie doch tatsächlich an seine Lippen geführt hat, um sie sanft zu küssen, hindert mich daran, mich ganz auf die friedliche Stimmung der Insel einzulassen.

»Ich habe in einem Fischrestaurant direkt an der Promenade mit tollem Blick aufs Meer für neunzehn Uhr reserviert«, sagt er. »Dann können wir noch ein paar Schritte gehen, wenn es dir recht ist.«

Genau das tun wir nun auch schon über eine halbe Stunde und Rafael hat mir immer noch nicht erklärt, ob das Ganze hier

Zufall ist und warum er verflixt noch mal nicht stinksauer auf mich zu sein scheint. Jedes Mal, wenn ich ansetze ihn danach zu fragen, deutet er plötzlich auf irgendeine Möwe, die besonders keck irgendwelches Essen von irgendeinem Tisch stibitzt oder ähnlich Belangloses.

»Wir reden gleich in Ruhe, wenn wir am Tisch im Restaurant sitzen, okay?«

»Gut. Aber dann lass uns langsam auch mal dort hingehen«, dränge ich ihn.

Es dauert dann aber noch fast eine halbe Stunde, tatsächlich betreten wir erst zwei Minuten vor sieben das Fischrestaurant. Rafael hält mir die Tür auf und nachdem der Kellner uns zu unserem Tisch geführt hat, rückt Rafael mir tatsächlich auch noch den Stuhl zurecht. Ich komme aus dem Staunen kaum noch heraus, das Ganze scheint hier immer mehr in Richtung Rendezvous auszuarten.

»Du siehst wunderschön aus, Maxi. Die Bluse steht dir ganz ausgezeichnet.«

»Danke«, gebe ich ziemlich hölzern zurück. »Sie ist neu«, füge ich aus mir selbst unerfindlichen Gründen hinzu.

Anerkennend nickt Rafael. »Ein guter Kauf. Das sanfte Rosa passt perfekt zu deinem Teint. Überhaupt bist du eine tolle Frau, Maxi.«

Verunsichert lache ich auf. »Noch mal danke. Aber können wir ...«

»Lass uns noch einen Moment hier einfach so sitzen, ja?«, bittet er mich und sieht dabei auf einmal richtig traurig aus. Bestimmt denkt er gerade an Sue, schießt es mir durch den Kopf. Wenn die beiden viel am Meer waren, dann sind sie bestimmt auch viel in irgendwelchen Fischrestaurants gewesen.

»Rafael, ich wollte mich noch mal bei dir entschuldigen«, ergreife nun aber doch ich die Initiative. »Ich weiß, dass das, was ich getan habe, unentschuldbar ist, und darum bin ich auch wirklich mehr als erstaunt, dass du überhaupt noch ein Wort mit mir sprichst …«

Eine Kellnerin in weißer Bluse und schlichtem schwarzen Rock tritt an unseren Tisch und bremst mich dadurch aus. Erwartungsvoll lächelt sie uns an. »Haben Sie schon gewählt?«

Fragend schaut Rafael mich an. »Darf ich?«

Eigentlich kann ich es nicht ausstehen, wenn jemand meint, für mich bestellen zu können. Dennoch nicke ich und höre dann einfach nur zu, während er zunächst für uns einen Aperitif bestellt. Anschließend ordert er zweimal die cremige Fischsuppe und als Hauptgericht den Fischauflauf mit Garnelen.

Wir trinken unseren Campari mit Orangensaft und lassen uns die Fischsuppe schmecken. Als die Hauptspeise kommt, bin ich langsam etwas genervt von Rafaels Schweigen und dass er nicht mit einer Silbe auf meine Entschuldigung eingeht, ja, wie wir hier zusammensitzen, als wäre nie etwas zwischen uns vorgefallen.

Hastig probiere ich von dem Fischauflauf – ich will nur schnell aufessen und dann wird gefälligst geredet – und verbrenne mir prompt die Lippen. Ich versuche, das viel zu heiße Essen wieder aus dem Mund zu kriegen, indem ich es ohne zu kauen herunterschlucke. Doch noch während ich schlucke, bemerke ich das sonderbare Kratzen in der Luftröhre. Röchelnd beuge ich mich leicht vornüber, würge, huste und bin mir absolut sicher, jeden Moment ersticken zu müssen. An einer banalen Fischgräte.

Rafael reagiert sofort. Er springt von seinem Stuhl auf, klopft mir ein paar Mal beherzt auf den Rücken, bis sich schließlich die gemeine Gräte löst. Mit Daumen und Zeigefinger fische ich meinen Fast-Erstickungsgrund aus dem Mund und lege ihn vor mir auf die Serviette.

»Meine Güte«, stößt Rafael keuchend neben mir hervor. »Hast du mir vielleicht einen Schrecken eingejagt.«

Ich bin viel zu geschockt, um etwas zu erwidern. Ich kann einfach nur dasitzen und schwer atmen.

»Trink mal einen Schluck Wasser«, fordert Rafael mich auf und hält mir das Glas an die Lippen.

Jetzt erst fallen mir die neugierigen Blicke der anderen Gäste auf und ich komme mir ziemlich albern vor. Das ist ja mal wieder typisch für mich, dass ich in einem piekfeinen Restaurant an einer banalen Fischgräte zu ersticken drohe.

»Setz dich bitte wieder, Rafael«, raune ich ihm zu. »Die Leute gucken uns schon alle an.«

Rafael zuckt mit den Schultern. »Was interessieren mich die Leute. Ich hatte gerade echt Angst um dich, Maxi.«

O weh, bestimmt hat er gerade so was wie ein Déjà-vu gehabt – wobei seine Sue ja nicht an einer Fischgräte erstickt ist.

Tief durchatmend lässt er sich wieder auf seinen Stuhl sinken. Der Oberkellner kommt angerauscht und erkundigt sich bei mir, ob alles in Ordnung sei. Mit hochrotem Kopf versichere ich ihm, dass es mir gut geht und er doch bitte kein weiteres Aufheben davon machen soll. Damit gibt er sich zum Glück zufrieden und zieht wieder ab.

»Magst du dein Essen jetzt überhaupt noch oder soll ich dir etwas anderes bestellen?«

»Alles okay, Rafael, lass uns bitte weiteressen und dann endlich reden. Das ist mir wirklich wichtig.«

Zögerlich nickt Rafael. »Wenn du es so haben möchtest.«

»Ja!«, versichere ich ihm und beginne demonstrativ mit der Gabel in meinem Auflauf herumzustochern.

Doch ehrlicherweise ist mir der Appetit inzwischen gründlich vergangen. Der Grätenschreck sitzt mir leider tatsächlich noch tief in den Knochen, sodass ich jeden Bissen erst ewig lange von allen Seiten betrachte, und wenn ich ihn mir dann zögerlich zum Mund geführt habe, misstrauisch darauf herumkaue.

Aus meiner Auflaufform ist kaum etwas heraus, da lege ich mein Besteck zur Seite.

»Bist du schon satt?«, erkundigt sich Rafael.

Ich nicke. »Ich hatte sowieso keinen großen Hunger«, flunkere ich.

»Magst du vielleicht noch eine Nachspeise? Natürlich garantiert grätenfrei.« Rafael grinst mich aufmunternd an.

Aber mir ist nicht nach Scherzen zumute. Ich möchte endlich erfahren, was Rafael hierher verschlagen hat und ob es reiner Zufall ist oder geplant und warum er so verdammt nett zu mir ist, statt mich zu hassen?! Diese Anspannung ist schrecklich.

Doch Rafael isst erst in aller Ruhe auf, bestellt danach eine Nachspeise und schließlich ein Glas Bier vom Fass.

»Und du möchtest wirklich nichts trinken, Maxi?«

»Nein.« Ich schüttele den Kopf. »Ich habe noch Wasser. Das reicht mir.«

»Okay, dann sollte ich jetzt wohl wirklich …«

»Ja, das solltest du!«, falle ich ihm ungeduldig ins Wort. Eine Sekunde länger und ich platze vor Ungeduld.

Rafaels Gesichtszüge werden weich. »Es fällt mir nicht leicht, Maxi, weil ich mich ein wenig vor deiner Antwort fürchte, davor, dass es mir erneut den Boden unter den Füßen wegziehen könnte und ich …«

»Rafael, bitte, wovon redest du? Was ist los?«

»Ich bin hierher zu dir nach Usedom gekommen, weil ich dir etwas gestehen muss … möchte …«

»Und das wäre?«

Rafael beugt sich über den Tisch. Er ergreift meine Hand, noch bevor ich sie wegziehen kann. »Ich habe mich in dich verliebt, Maxi.«

»Was?«, krächze ich.

»Ich liebe dich«, wiederholt er.

Ich bin so verdattert, völlig perplex. Unmöglich kann das sein Ernst sein. Das ist die Retourkutsche für meine Trauergruppenaktion. Er will es mir heimzahlen, ist noch immer stinksauer auf mich.

»So ein Unsinn«, blaffe ich ihn an. »Sag doch einfach, dass du mich für eine miese Kuh hältst, anstatt mir hier mit falschen Liebeserklärungen zu kommen.«

»Aber so ist es nicht, Maxi, das musst du mir glauben«, fleht er mich an.

»Rafael, jetzt hör bitte mit dem Unsinn auf. Ich kann dich ja verstehen …«

»Nichts verstehst du!«, unterbricht er mich so laut, dass wir erneut die Blicke der anderen Gäste auf uns ziehen.

»Pssst, Rafael, bitte, wir sind hier nicht allein.«

»Schade«, erklärt er. »Dann hätte ich dir jetzt nämlich beweisen können, dass ich mir keinen Spaß mit dir erlaube, sondern die Wahrheit sage. Ich habe mich in dich verliebt, Maxi. Und zwar in dem Moment, als du zusammen mit Summer den Gemeindesaal betreten hast.«

»Rafael, das ist doch Blödsinn. Du bist dort gewesen, weil du um deine Freundin trauerst. Da verliebt man sich doch nicht direkt in eine andere Frau.«

»Aber das war doch genau dein Plan!«, gibt er zurück. »Und er hat funktioniert. Ich bin verrückt nach dir. Kann nur noch an dich denken und möchte keinen Tag mehr ohne dich sein.«

»Ich glaub dir kein Wort«, wiederhole ich. Und so ist es auch. Rafael will sich an mir rächen, auf ziemlich perfide Art und Weise. Aber nun ja, vielleicht habe ich es nicht besser verdient.

Ich entreiße ihm meine Hand und stehe vom Tisch auf.

»Was hast du vor?« Er starrt mich mit großen blauen Augen an.

»Ich haue ab. Es reicht, Rafael, es reicht wirklich.«

Doch bevor ich meine Ankündigung in die Tat umsetzen kann, ist er ebenfalls aufgesprungen. Mit einem Ruck, auf den ich wirklich nicht vorbereitet war, zieht er mich in seine Arme. Seine linke Hand legt sich fest um meinen Nacken, die andere drückt mich in der Taille dicht an seinen Körper.

»Was …« Weiter komme ich nicht, da haben sich schon seine Lippen auf meine gelegt. Rafaels Kuss ist hart und so besitzergreifend. Der Widerstand wächst in mir und ich kneife die Lippen fest zusammen. Als Nächstes versuche ich, den Kopf zur Seite zu drehen. Mir kommen die anderen Gäste und das Personal des Restaurants in den Sinn, die uns nur entgeistert anstarren können. Und eigentlich möchte ich ihnen nicht noch mehr Drama bieten. Aber ich will diesen Kuss nicht. Ich möchte, dass er mich sofort loslässt. Also nehme ich meine ganze Kraft zusammen und schubse Rafael von mir. Darauf war er nicht vorbereitet und taumelt nach hinten … zwei, drei Schritte, dann schlägt er rücklings auf den Nachbartisch. Geschirr klirrt, begleitet vom Kreischen der Frau am Tisch, während die *Forelle blau* zu Boden flutscht. Ich stammele so etwas Ähnliches wie eine Entschuldigung. Das habe ich nicht gewollt. Dann wende ich mich um und verlasse im Laufschritt das Restaurant.

Okay, wenn Rafael sich an mir rächen wollte, dann ist ihm das sicherlich geglückt. Doch am Ende ist er derjenige, der auf dem Nachbartisch liegt und nicht ich.

Kapitel 28

Den knappen Kilometer bis zur Pension lege ich im Laufschritt zurück, und als ich das Geschrei der Möwen höre und den Duft des Salzwassers einatme, beruhige ich mich langsam wieder.

Was für eine dumme Aktion von Rafael. Ist der eigentlich schon immer so … bescheuert gewesen? Meine Gedanken gehen gut dreißig Jahre zurück, zu der Zeit, als ich mir nichts mehr gewünscht habe, als mein zukünftiges Leben mit meinem großen Schwarm Rafi zu verbringen. Er und ich und unsere zwei oder drei Kinder. Manchmal ist es dann doch gut, dass sich Dinge nicht so entwickeln, wie man sie sich als Teenie ausmalt und herbeiwünscht.

Ich habe schon fast die Pension erreicht, da überlege ich es mir anders und mache auf dem Absatz kehrt. Ich kann jetzt nicht in mein kleines Häuschen gehen, wohl ahnend, dass Rafael natürlich auch in die Pension zurückgehen und mich sicherlich zur Rede zu stellen versuchen wird. Fraglos werde ich mich dieser Auseinandersetzung mit ihm nicht in Gänze entziehen können, aber bitte schön erst morgen, wenn ich frisch und ausgeruht bin und mich ihm wieder mehr gewachsen fühle.

Ich laufe nur ein paar Meter am Strand entlang, drehe dann aber um und steige die schmalen Holzstufen zur Seebrücke hinauf. Von hier oben hat man einen herrlichen Ausblick weit über das Meer hinaus und auf den Strand bis zur Promenade mit den einzigartigen Villen, die in Zeiten der DDR heruntergekommen und verfallen waren. Das Bild, das sich mir von hier aus bietet, ist ein so friedliches, idyllisches und behagliches, wie ich mich seit meiner Ankunft hier auf Usedom vom ersten Moment an gefühlt habe. Angekommen und geborgen!

Und nun ist Rafael hier aufgekreuzt, um mir das kurze Gefühl von Endlich-fühlt-sich-mal-etwas-gut-und-richtig-an nach allen Regeln der Kunst zu vermiesen. Ja, mag sein, dass ich gerade in Selbstmitleid zu versinken drohe und dabei ganz vergesse, dass ich schließlich diejenige war, die mit der miesen Lügerei angefangen hat. Gewiss ist das so, aber in diesem Moment, verdammt noch mal, tue ich mir einfach leid und so langsam werde ich auch etwas wütend. Hoffentlich ist niemand unserer Pensionsgäste in dem Restaurant gewesen und hat das Drama miterlebt. Mein Selbstmitleid verwandelt sich immer mehr in Ärger. Auf mich, auf Rafael, auf … genau, Summer.

Ich lehne mich an das Holzgeländer der Seebrücke, krame mein Handy hervor und wähle Summers Nummer. Na warte, der werde ich jetzt erst mal ein paar Takte erzählen.

»Maxi, hey, das ist ja Gedankenübertragung. Ich wollte dich auch gerade anrufen.«

»Um mir zu sagen, dass Rafael auf dem Weg nach Usedom ist, oder warum sonst?«

Pause.

»Täusche ich mich oder klingst du irgendwie angepisst?«, sagt Summer dann.

Boah, Summers Ausdrucksweise gibt mir den Rest. Echt! Ich atme tief ein und lasse die Luft wieder entweichen. »Wieso musstest du ihm unbedingt sagen, wo er mich finden kann?«

»Erstens habe ich das nicht getan, Tantchen, und zweitens, was ist denn eigentlich passiert? Wäre cool, wenn du mich vielleicht mal aufklären könntest?«

»Und woher weiß er dann, dass ich hier …« Noch während ich rede, fällt es mir ein; ich selbst bin diejenige gewesen, die es ihm verraten hat. Als ich Anfang Januar hier meinen Urlaub verbracht habe, hat Rafael mich angerufen, um sich mit mir fürs Kino zu verabreden. Dabei habe ich ihm erzählt, dass ich auf Usedom bin. In Zinnowitz in einer wunderschönen kleinen Frühstückspension direkt an der Promenade gelegen. Ich meine sogar mich zu erinnern, dass ich ihm den Namen genannt habe, Villa Charlotte. Rafael ist nicht dumm und hat einfach nur eins und eins zusammengezählt. Summer ist demnach unschuldig und ich diejenige, die sich mal ganz schnell entschuldigen sollte.

»Maxi? Hey, bist du noch dran?«

»Ähm … ja, bin ich. Und mir ist gerade etwas eingefallen, ich bin hier die *Verräterin.*«

»Kapier ich nicht …«

»Ich habe Rafael damals am Telefon gesagt, wo ich meinen Urlaub verbringe, und als wir zusammen im Kino gewesen sind, angedeutet, dass die Inhaberin der schönen Pension mir angeboten hat, ihre Nachfolge anzutreten. Zu dem Zeitpunkt habe ich noch nicht ernsthaft mit dem Gedanken gespielt, und natürlich konnte ich nicht ahnen, worauf das Ganze letztendlich hinauslaufen würde und …«

»Worauf denn?«, fällt Summer mir ins Wort. »Ich verstehe immer noch nicht, was überhaupt passiert ist!«

Ich erzähle es ihr und Summer fällt nichts Besseres dazu ein als loszulachen bei meiner Schilderung, wie Rafael auf dem Nachbartisch gelandet ist. Sie lacht, sie kichert, sie johlt und amüsiert sich wirklich großartig – und irgendwann, ich weiß, es ist absolut kindisch von mir, steige ich in ihr Lachen ein.

»Sein Gesicht hätte ich zu gern gesehen, als er sich auf den Tisch gepackt hat«, bringt Summer quietschend hervor. »Oh Mann, Maxi, du bist echt der Hammer.«

Okay, das finde ich jetzt nicht, aber rückblickend muss ich schon zugeben, Rafaels völlig verdutzter Gesichtsausdruck und wie die Forelle vom Teller über den Tisch hinunter auf den Fußboden gesegelt ist hätte glatt eine Szene aus einem Film sein können ... einer ziemlich schrägen Komödie.

»Charlotte, wäre es für dich in Ordnung, wenn ich mir morgen früh freinehmen würde?« Ich habe den Entschluss gefasst, Rafael aus dem Weg zu gehen. Er reist heute Morgen wieder ab und wenn er mich nirgendwo antrifft, dann erspare ich uns beiden damit eine weitere peinliche Situation.

»Ist etwas passiert, Maxi?« Charlotte mustert mich mit hochgezogenen Augenbrauen. »Komm doch herein!«

Ich möchte jetzt aber nicht im Wohnzimmer mit Charlotte und Johann zusammensitzen und ihnen von der nächsten mehr als schrägen Situation berichten, in die ich mich durch diese hirnrissige Trauergruppenaktion gebracht habe. Irgendwann muss das Ganze auch mal ein Ende haben, sonst kommen Charlotte und Johann womöglich noch auf den Gedanken, dass mein Leben einfach zu chaotisch ist und ich innerhalb kürzester Zeit ihre gut gehende Pension nur an die Wand fahren kann, wenn ich nicht mal mein Privatleben geregelt kriege. Ich könnte es ihnen nicht verdenken, weil es für Außenstehende unter Garantie so rüberkommt.

»Nein, es ist nichts passiert«, lüge ich – Himmel, schon wieder!

»Und wie war das Essen mit deinem alten Schulfreund?«

»Nett ...«

»Hm, warum glaube ich dir das bloß nicht?«

Ich zucke mit den Schultern. »Keine Ahnung, denn es war so. Ich möchte morgen einfach ein paar Dinge erledigen, die ich schon die ganze Zeit vor mir herschiebe, zum Beispiel mich endlich zum Einwohnermeldeamt zu begeben und mein Auto muss auch umgemeldet werden.«

Kummervoll seufzt Charlotte. »All das konntest du bisher nicht tun, weil ich dich sofort in Beschlag genommen habe. O weh, Maxi, ich bin wirklich zu egoistisch gewesen.«

Ich winke ab. »Nein, quatsch, alles gut. Ich bin doch froh, dass ich gleich zu tun hatte. Aber jetzt hat sich eben einiges angesammelt und deshalb …«

»Du musst mir nichts erklären, Maxi. Nimm dir einfach so viel Zeit, wie du brauchst. Rieke kommt ja spätestens Mitte der Woche auch zurück. Also wenn du magst, dann kannst du dir die ganze Woche freinehmen. Quasi als Ausgleich für die erste Woche, die du ja entgegen unserer ursprünglichen Vereinbarung direkt gearbeitet hast.«

Das ist nicht nötig, liegt es mir schon auf der Zunge zu erwidern. Doch dann überlege ich es mir anders. Denn der Tourismus auf der Insel geht bald richtig los. Dann werde ich keine Gelegenheit mehr haben, meine persönlichen Angelegenheiten zu regeln. Also sollte ich am besten auch genau das tun, was ich Charlotte eben als Grund genannt habe, und mich darum kümmern. Das Wetter soll auch die ganze Woche so gut bleiben, und ein bisschen Relaxen und die Gegend noch intensiver zu erkunden, kann schließlich auch nicht schaden.

Also stimme ich ihrem Vorschlag dankend zu, erkläre mich aber bereit, falls Not am Mann ist, jederzeit wieder einzuspringen.

»Prima«, sagt Charlotte. »Somit muss ich dir gegenüber dann auch nicht mehr ganz so ein schlechtes Gewissen haben.«

Als ich die wenigen Meter zurück zur Pension gehe, ist da auf einmal wieder dieses sonderbare Gefühl von neulich. Jemand verfolgt mich, beobachtet mich, ist in meiner unmittelbaren Nähe, ohne sich mir zu zeigen.

Hektisch schaue ich mich nach allen Seiten um, natürlich liegt die Vermutung nahe, dass Rafael derjenige ist. Doch ich kann niemanden erkennen und schätze, wenn es wirklich Rafael wäre, er sich mir auch zeigen würde, um mich zur Rede zu stellen.

Ich beschleunige meine Schritte und bin heilfroh, als ich die Tür meines kleinen Fachwerkhäuschens hinter mir ins Schloss werfe. Tief durchatmend lehne ich mich mit dem Rücken dagegen.

»Maxi, langsam, aber sicher drehst du durch …«, murmele ich.

10. Juni 1992

Liebes Tagebuch!

Es ist wirklich verrückt, wie sich alles immer wieder so schnell ändert. Vor einigen Monaten habe ich angefangen, dir meine Gefühle anzuvertrauen, und damals (ui, wie sich das anhört – als wären Jahre vergangen;-) hat sich natürlich alles um Rafi gedreht. Und ich bin mir tausendprozentig sicher gewesen, dass sich daran auch die nächsten tausend Jahre nichts ändern würde. Und nun ist ja klarer als klar, dass aus Rafi und mir nichts wird. Ich schätze, der wird später mal seine tolle Isabell heiraten.

Aber das ist dann eben Schicksal und für mich wird es bestimmt auch noch ganz viel Tolles im Leben gegeben.

Bis bald!
Deine Maxi ☺

PS: Ich glaube, das Leben besteht aus ganz vielen Herausforderungen, die man überwinden muss, um an ihnen zu wachsen.
Wow, klingt schon ziemlich erwachsen, oder?

Kapitel 29

Charlotte hat nicht übertrieben. Bei Sonnenschein ist der kleine versteckte Strand zwischen den Felsen einer der schönsten Plätze hier auf der Insel. Zumal mir der Weg dorthin dieses Mal wesentlich unbeschwerlicher vorgekommen ist als im Januar. Natürlich muss ich an Alex denken, den ich damals hier zufällig getroffen habe, und logisch verirren sich meine Gedanken dann auch wieder zu der Nacht, die wir miteinander verbracht haben.

Aber Alex ist nun wirklich kein Thema mehr für mich. Überhaupt habe ich den Entschluss gefasst, dass es sich auch ohne Mann gut leben lässt, es hat wahrlich lange genug gedauert, bis ich das endlich kapiert habe.

Ich breite die Decke auf dem weißen Sand aus, die ich zuvor aus meiner Strandtasche hervorgeholt habe, und setze mich darauf. Doch schon nach wenigen Augenblicken stehe ich wieder auf und schlüpfe aus meiner Jeans und dem weißen T-Shirt. Rein vorsorglich habe ich meinen Bikini darunter angezogen, aber nicht wirklich damit gerechnet, dass es am Wasser so warm sein würde, sodass ich mich tatsächlich darin sonnen könnte. Doch an diesem von den Felsen und im Hintergrund vom Küstenwald so geschützten Platz staut sich die Wärme regelrecht.

Eigentlich habe ich die Formulare in Ruhe durchlesen und dann ausfüllen wollen, die ich vorhin im Usedomer Bürgercenter erhalten habe, aber der Blick auf die Ostsee, die ganz still und von der Sonne ins perfekte Licht gesetzt vor mir liegt, lässt mich nicht los und mich zunehmend in Tagträume abdriften. Die Welt um mich herum verliert an Bedeutung, ich spüre, wie die schlaflose Nacht sich mit bleierner Müdigkeit bemerkbar macht, und lasse mich schließlich seitlich auf die Decke sinken. Im nächsten Moment bin ich tatsächlich eingeschlafen und träume mich weit hinaus übers Meer. An einen Ort, wo sich alles ganz leicht und selbstverständlich anfühlt, ich mich entspannt zurücklehne und in den klaren Himmel blicke.

Doch auf einmal schiebt sich etwas Dunkles zwischen den Himmel und mich. Ich will es beiseitewischen. »Hey, was soll das? Weg da!«

»Maxi?«

Ich blinzele, bedecke schnell meine Augen mit der Hand, weil das grelle Sonnenlicht mich blendet. Zwischen Zeige- und Mittelfinger hindurch erkenne ich Rafael. Er steht vor meiner Decke und schaut auf mich hinunter.

»Was … was machst du denn hier?«, frage ich vollkommen verdattert.

»Ich bin dir gefolgt«, gesteht er mir und klingt dabei kein bisschen verlegen oder gar schuldbewusst.

Schnell richte ich mich auf. »Warum? Ich meine, was soll das? Ich dachte, du bist abgereist.«

Rafael nickt, geht aber ansonsten nicht auf meine Frage ein. »Ein schöner Platz ist das. So idyllisch und friedlich. Hier kann man es aushalten.«

»Rafael, jetzt weich mir nicht aus!«

»Das habe ich auch nicht vor, Maxi«, erklärt er und verzieht das Gesicht zu einem breiten Lächeln.

Allerdings wirkt dieses Lächeln irgendwie sonderbar. Aber das liegt vielleicht an der grellen Sonne, die mich, da ich eine Weile die Augen geschlossen hatte, alles nun etwas verzerrt sehen lässt. Einschließlich Rafaels Zügen, sein Grinsen, das mir irgendwie wie entrückt vorkommt.

»Du hast im Schlaf geredet«, behauptet er.

»Was? Das glaube ich dir nicht. Ich … ich habe noch nie im Schlaf geredet.« Ein wirklich befremdlicher Gedanke. Doch dass Rafael wahrscheinlich schon eine Weile dagestanden und mich im Schlaf beobachtet hat, fühlt sich bei Weitem noch merkwürdiger an.

»Rafael, ich weiß nicht, was ich dir sonst noch sagen soll, außer, dass es mir unfassbar leidtut. Also die Aktion mit der Trauergruppe. Und ja, dass du gestern meinetwegen auf dem Nachbartisch gelandet bist, so ha…«

»Nein, warte, du bist auf dem Holzweg«, unterbricht er mich. »Ich bin derjenige, der sich bei dir zu entschuldigen hat. Ich habe dich gestern mit meinem Liebesgeständnis einfach komplett überrumpelt. Deshalb ist deine Reaktion auch absolut verständlich für mich. Es war nicht fair von mir, dich so zu überfallen. Wirklich nicht fair.«

Ähm, okay. Wenn er das inzwischen so sieht, dann soll mir das nur recht sein. Nur blöderweise kaufe ich ihm seine Gelassenheit nicht ganz ab, irgendetwas ist da in seinem Blick, das mich zunehmend nervöser werden lässt.

Doch ich beschließe, dass es das Beste sein wird, mir die Verunsicherung nicht anmerken zu lassen, und schlage ihm vor, dass wir es dabei belassen sollten und gut ist.

Rafael nickt. »Nichts lieber als das, Maxi. Aber da ist noch etwas, dass ich dir unbedingt sagen muss … erklären muss. Darf ich mich zu dir setzen? Es muss doch total anstrengend für dich sein, die ganze Zeit nach oben zu gucken.«

»Nein! Ist es nicht!« Ich beeile mich abzuwinken. »Absolut nicht.«

»Aber mir ist es lieber so«, entgegnet er beharrlich. »Ich möchte dir …« Er hält kurz inne, fährt sich mit den Händen durch die blonden Haare und schüttelt dann über sich selbst den Kopf. »Du fühlst dich von mir bedrängt, stimmt's?«

»Nein. So ist das nicht. Warum sollte ich …?« Wie zum Beweis klopfe ich mit der Hand auf den Platz neben mich. »Bitte schön.«

Rafael lächelt. In Windeseile zieht er sein Hemd aus, was ich wiederum komisch finde, mir allerdings nicht anmerken lasse, und sinkt so dicht neben mich auf die Decke, dass unsere Schultern und Ellbogen sich berühren.

Okay, das ist mir eindeutig zu nah. Vorsichtig rücke ich von ihm ab ganz an den Rand der kleinen Decke, die ich mir in diesem Moment deutlich größer wünsche. Rafael bekommt davon glücklicherweise nichts mit, er ist komplett damit beschäftigt, seine Hände anzustarren. So sitzen wir eine Weile schweigend nebeneinander, während mir immer mulmiger zumute wird. Ich kann nichts dagegen tun, und es gibt auch eigentlich keinen Grund dafür, denn Rafael macht nichts anderes, als schweigend seine Hände zu betrachten.

Schließlich halte ich es nicht mehr länger aus. Ich muss etwas sagen, am besten irgendwas Belangloses. Leider fällt mir nichts dergleichen ein. Außer: »Du hast mich ganz schön überrascht, als du meintest, du würdest dir nichts aus Surfen machen. Ich dachte, das wäre eure … ähm, deine große Leidenschaft …«

»Ist aber nicht so«, blafft er mich an. »Wo liegt das Problem, hä?«

Okay, das war eindeutig der falsche Kommentar meinerseits.

»Sue soll von mir aus auf ihrem beschissenen Board verrecken.«

Ich zucke zusammen. Was hat er da gerade gesagt? Wie kann seine Freundin verrecken, wenn sie schon längst … ähm, verstorben ist? Und warum um alles in der Welt klingt er auf einmal so gehässig?

»Weißt du eigentlich, dass du mir das Leben gerettet hast, Maxi?«, behauptet er im nächsten Moment mit komplett anderer Stimmlage. Sanft, lieb, einfühlsam.

Vorsichtig schüttele ich den Kopf. Nein. Woher auch?

Rafael gibt einen sonderbaren Laut von sich, bevor er raushaut: »In Wirklichkeit ist es so, dass Sue mich verlassen hat, und es hat sich angefühlt, als wäre es sinnlos und verloren. Aber dann habe ich dich getroffen und sofort gewusst, dass du meine Rettung bist. Du und ich, Maxi, wir können jetzt endlich das nachholen, was du dir als Teenie erträumt hast.«

Ich rücke noch etwas von ihm ab und sitze nun halb im Sand, erst dann wage ich, ihn vorsichtig zu verbessern. »Sue ist gestorben. Das ist ja schon etwas anderes, als jemanden zu verlassen.«

Rafael schüttelt den Kopf, ehe er ihn mir zuwendet und mir fest in die Augen schaut. Es ist verrückt, eindeutig ist es das, aber ich kann nur denken, dass das Blau seiner Augen mir heute fast schwarz vorkommt und mir noch nie aufgefallen ist, wie groß seine Pupillen sind. »Ich habe dich belogen, Maxi. Sue ist nicht tot. Sie hat mich wegen eines anderen Mannes verlassen. Das hat mich komplett aus der Bahn geworfen. Ich bin dann zurück nach Deutschland, weil ich dachte, dass es mir hilft, mich aus meinem tiefen Loch zu holen. Du weißt schon, woanders neu anfangen und so. Aber es hat nichts geholfen und meine Depression ist immer stärker geworden. Dann habe ich zufällig von dieser Trauergruppe gehört. Ich dachte, ich gehe da mal hin, weil es sich für mich so angefühlt hat, als wäre Sue tatsächlich gestorben, so schmerzlich, so zerstörend. Und es hat dann auch irgendwie funktioniert. Mir vorzustellen, dass Sue tot ist, war leichter, als sie im Bett mit einem anderen zu wissen. Und plötzlich bist du dort aufgetaucht. Ich habe dich sofort wiedererkannt und mich dann direkt erinnert, dass du früher in mich verknallt gewesen bist. Als ich dich nun so unerwartet vor mir hatte, da habe ich mich richtig geärgert, dass ich mich damals nicht auf dich eingelassen habe und stattdessen meine Zeit mit Isabell, der blöden Kuh, vergeudet habe. Die hat mich nämlich auch betrogen und letztendlich wegen ’nem anderen Kerl verlassen. Mit dir wäre mir das nicht passiert. Mit dir hätte ich längst eine Familie gegründet und …«

»Rafael«, falle ich ihm atemlos ins Wort. »Du hast gelogen? Alles, was du über Sue erzählt hast, war erstunken und erlogen?«

Ich weiß, ich bin die Letzte, die ihm daraus einen Vorwurf machen darf. Doch bei mir hat es sich immerhin um einen fiktiven verstorbenen Ehemann gehandelt und nicht um einen Ex, den ich lieber tot als in den Armen einer anderen gewusst hätte. Wow, ich finde, Rafael hat meine miese Aktion eindeutig noch getoppt.

»Wir sind uns so verdammt ähnlich, Maxi«, sagt er nur und lächelt mich eindeutig entrückt an. »Und wenn uns das Schicksal nun wieder zusammengeführt hat, dann sollten wir diese zweite Chance auch nutzen und unserem Leben noch mal eine neue Wendung geben. Du und ich, Maxi, wir gehören zusammen. Schon vor dreißig Jahren war das so. Nur damals war ich zu dumm, zu unreif, um das zu erkennen.«

»Blödsinn!«, rufe ich. »Rafael, was du da sagst, ist der absolute Blödsinn. Und das weißt du auch selbst.«

Doch Rafael beharrt darauf. »Du hast es besser gewusst, Maxi, und ich habe es leider nicht kapiert. Aber deshalb darfst du mich im Nachhinein nicht dafür bestrafen. Jetzt bin ich doch hier, hier bei dir, und wir haben die Chance, es dieses Mal richtig zu machen.«

»Rafael.« Ich bemühe mich, ganz ruhig und vernünftig zu reden, denn davon scheint der Gute gerade Lichtjahre entfernt zu sein. »Ich war vierzehn Jahre alt und habe für dich geschwärmt. Okay, ich war vielleicht sogar in dich verschossen. Aber wie du schon sagst, das ist dreißig Jahre her und nun bin ich das nicht mehr. Wäre ja auch wirklich verrückt, wenn es anders wäre. Und jetzt lass uns das Thema abhaken und …«

»Und was war an Silvester?«, ruft er und ich finde, seine

Stimme hat nun einen eindeutig hysterischen Unterton. »Du hast mir doch nicht grundlos von deinem Tagebuch erzählt, das du erst ein paar Wochen zuvor rein zufällig wiedergefunden hast. Und später wolltest du mich mit hoch in deine Wohnung nehmen. Du hast gesagt, du willst unbedingt nachholen, was du als Teenager nicht von mir bekommen hast.«

Entschieden schüttele ich den Kopf. Zugegeben, ich war ziemlich betrunken, daran gibt es auch nichts schönzureden. Und es trifft auch zu, dass ich ihm kichernd im Taxi von diesem uralten Tagebuch erzählt habe. Aber alles andere stimmt nicht. Mag sein, dass ich mich nicht an jedes einzelne Wort erinnere, das ich an diesem Abend von mir gegeben habe, und ja, am nächsten Morgen war da auch zunächst ziemlich viel dumpfes Rauschen in meinem Kopf, doch seit dem Gespräch im Kino ist einiges zurückgekehrt. Ich weiß, dass wir zusammen im Taxi gesessen haben und Rafael derjenige war, der unbedingt noch mit zu mir raufkommen wollte. Und diese Situation lässt mich plötzlich die Szene genau vor mir sehen, weil sich der Taxifahrer dann irgendwann gezwungen gefühlt hat, Rafael zu verdeutlichen, dass ich ihn keinesfalls mit in meine Wohnung nehmen möchte. So war es, so und nicht anders! Rafael redet Unsinn! Das ist Fakt! Was ich ihm jetzt auch in aller Deutlichkeit so sage.

»Ich kann ja verstehen, dass es dir im Nachhinein etwas unangenehm ist, Maxi«, erklärt Rafael und tut fast so, als müsste er einer geistig Verwirrten behutsam beibringen, dass sie geistig verwirrt ist, »dass du dich mir so bereitwillig an den Hals geworfen hast. Und du kannst mir glauben, ich wäre deinem *Angebot* auch wirklich gern nachgekommen. Doch ich wollte, dass unser erstes Mal etwas Besonderes wird, und außerdem ist es so, dass ich … okay, wenn ich zu viel getrunken habe, dann krieg ich keinen hoch.«

Ich habe keine Worte mehr. Das ist so … Aber eigentlich ist sowieso alles gesagt und es ist an der Zeit zu gehen. Rafael hat ernsthafte Probleme. Das ist mir von Minute zu Minute, in der ich hier gesessen und ihm zugehört habe, immer bewusster geworden. Der Mann hat, grob gesagt, 'nen absoluten Vollknall und große Probleme!

Doch bevor ich mich erheben kann, wiederholt sich der gestrige Abend. Rafael umfasst meinen Nacken und zieht mich an sich.

»Jetzt, Maxi, genau jetzt ist der richtige Zeitpunkt«, stößt er keuchend hervor und stiert mich mit einem Blick an, der zwischen *Gefährliche Leidenschaft* und *Shining* schwankt.

Im ersten Moment gerate ich in Versuchung, ihn auszulachen. Doch dann zieht er mich so gewaltsam an sich, presst seine Lippen grob auf meine, dass ich spüre, wie meine Unterlippe aufplatzt.

Ein, zwei, drei Sekunden bin ich vollkommen erstarrt, aber dann regt sich der Widerstand in mir. Mit aller Kraft versuche ich ihn von mir zu stoßen. Der Mann ist doch vollkommen von der Rolle. Und dazu unfassbar stark. Ich bin ihm ausgeliefert. Schon spüre ich, wie sich seine Hand unter mein Bikinioberteil schieben will, und wehre sie entschlossen ab. Mir wird übel, speiübel. Noch mal versuche ich, ihn von mir wegzuschubsen. Doch ich bin wie in einem Schraubstock gefangen.

»Du willst es doch auch«, bringt er keuchend zwischen zwei ekelhaften Küssen hervor.

»Nein, Rafael, nein, ich will das nicht! Hör sofort damit auf!«, schreie ich ihn an.

Aber er denkt gar nicht daran und drückt mich stattdessen nach hinten über. Im nächsten Moment liegt er schwer auf mir und ich gerate wirklich in Panik. Ich bin ihm komplett ausgeliefert. Niemand hört mich, niemand sieht uns hier an diesem einsamen kleinen Strand zwischen den Felsen und dahinter dem Küstenwald.

Und dann braut sich eine unglaubliche Wut in mir zusammen, die mir eine Kraft verleiht, die mich selbst verwundert. Ich hole aus und verpasse Rafael eine schallende Ohrfeige.

»Aua, bist du nicht mehr ganz dicht?«, motzt er mich an.

»Wenn hier einer nicht mehr ganz dicht ist, dann ja wohl du, Rafael, und jetzt nimm gefälligst deine Finger von mir.«

»Aber … aber, Maxi, das ist doch das, was du dir immer gewünscht hast …« Rafael kann es anscheinend wirklich nicht glauben. Um seine geistige Verfassung scheint es weitaus bedenklicher zu stehen, als ich eh schon vermutet habe. Oder ist der Mann auf irgendeiner Droge? Ich meine, die geweiteten Pupillen sprechen eine ziemlich eindeutige Sprache. Und war es nicht so, dass er zu Schulzeiten fast der Schule verwiesen wurde, weil er mit irgendwelchen Haschzigaretten auf dem Jungenklo erwischt worden ist?

»Sag mal, Rafael, bist du stoned?«

Rafaels Hand umfasst meinen Oberarm. »Ja, von dir, Maxi, schöne Maxi. Du bist meine Droge.« Er lacht schrill auf und nun besteht für mich überhaupt kein Zweifel mehr. Der Kerl ist bis obenhin zugedröhnt. Ob mit Marihuana, Ecstasy oder Koks, von mir aus auch mit einer Mischung aus allem – was auch immer er genommen hat, Rafael ist eindeutig nicht mehr er selbst.

Kapitel 30

»Lass sofort die Frau los!«, dringt eine wütende Männerstimme wie aus weiter Ferne zu mir vor.

Rafael und ich fahren fast gleichzeitig zu der Stimme herum.

»Verschwinde, du Arsch!«, schreit Rafael knurrend. »Hau ab hier!«

»Bestimmt nicht, du bist derjenige, der sich jetzt besser verzieht. Ansonsten sehe ich mich gezwungen, *nachzuhelfen*.«

Langsam wird mir bewusst, wer da gerade vor uns steht, auch wenn ich es nicht glauben kann. Thomas. Mein Ex Thomas.

Während Rafael damit weitermacht, Thomas zuzubrüllen, dass er sich verpissen, verziehen, abhauen und sonst was soll, nutze ich die Gelegenheit und stehe schnell von der Decke auf. Ich bücke mich nach meinem T-Shirt, das am Rande der Decke liegt, und ziehe es mir über. Dann mache ich ein paar vorsichtige Schritte von Rafael weg, der Thomas noch immer aufs Übelste beschimpft, dabei zunehmend in Rage gerät und schließlich ebenfalls von der Decke aufsteht.

Thomas winkt mir zu. »Maxi, komm hierher!«

Ich zögere keine Sekunde und das ist auch gut so, denn als ich an Rafael vorbeilaufe, versucht er mich festzuhalten – und verfehlt mich nur um Millimeter.

Thomas legt beschützend den Arm um mich. »Alles ist gut,

Maxi, ich bin ja da. Dir passiert nichts ...« Er stockt und fügt dann leise hinzu: »Oder bin ich zu spät gekommen?«

»Nein«, entgegne ich. »Es ist nichts passiert.« Und es wäre auch nichts passiert, füge ich in Gedanken hinzu. Rafael ist viel zu zugedröhnt, zum Glück.

»Gut«, sagt Thomas und tätschelt mir beruhigend den Rücken.

»Lass sie los!«, brüllt Rafael. »Lass sofort meine Frau los!« Aus seinem Blick spricht der helle Wahnsinn, die Züge sind eine entrückte Fratze. Mir wird immer bewusster, dass er krank ist, ernsthaft krank.

»Ich rufe jetzt die Polizei«, erklärt Thomas. Er hat bereits sein Handy in der Hand. Doch ich stoppe ihn. »Nein, nicht, Thomas. Er soll einfach nur verschwinden. Ich will nicht ...«

»Was mischt der sich überhaupt ein?«, kreischt Rafael hysterisch. Im nächsten Moment macht er einen Satz nach vorn und schnappt sich mein Handgelenk. »Maxi gehört zu mir!«

»Bist du eigentlich komplett bekloppt«, erwidert Thomas knurrend. Nun schnellt seine Hand hervor und legt sich unsanft in Rafaels Nacken. Er schreit laut auf und lässt mich los.

So schnell ich kann, springe ich zur Seite und bringe einige Meter Sicherheitsabstand zwischen mich und den sich wie wahnsinnig aufführenden Rafael.

Einem ersten Impuls folgend will ich weglaufen. Einfach nur weg. Aber ich kann Thomas nicht hier zurücklassen. Auch wenn der Rafael körperlich überlegen ist und ihn nun in die Knie zwingt.

»Verdammt, lass los, du tust mir weh!«, jammert Rafael.

»Ich habe dich gewarnt, dir geraten, zu verschwinden. Und was machst du? Du greifst Maxi erneut an.« Abrupt löst er den Griff um Rafaels Nacken und gibt ihm dabei noch einen heftigen Stoß, sodass der mit dem Gesicht in den Sand fällt.

Übel fluchend und dabei den Sand ausspuckend, den er in den Mund bekommen hat, kommt er wieder auf die Beine.

»Das hat Konsequenzen«, zischt er, ohne einen von uns noch mal anzuschauen. Dann stampft er davon.

Thomas kommt zu mir rüber und zieht mich erneut in seine Arme. Er drückt mich ganz fest an sich und ich lass es geschehen.

»Was machst du nur, Maxi?«, murmelt Thomas liebevoll. »Dich kann man wirklich nicht allein lassen.«

Ich weiß, der Moment könnte nicht unpassender sein, dennoch bringe ich schluchzend hervor: »Und warum hast du es dann getan?«

Thomas seufzt kummervoll. »Weil ich ein Idiot war. Der größte auf diesem Planeten. Glaub mir, Maxi, das habe ich inzwischen mehr als kapiert.«

»Is das so?«

»Ja«, sagt er nur und ich glaube ihm. In diesem Moment will ich nicht daran denken, dass er mich wegen einer anderen sitzen gelassen hat und wie viele Tränen ich *seinetwegen* vergossen habe. Und auch nicht, dass er, als er erfahren hat, dass die kleine Tochter seines *Zauberwesens* dummerweise nicht von ihm ist, auf einmal wieder vor meiner Tür gestanden und mich angefleht hat, ihn doch zurückzunehmen. Nach fast zwei Jahren hat er doch ernsthaft gedacht, er könnte sich entschuldigen und alles sei wieder gut zwischen uns.

All das blende ich komplett aus, während ich mich noch enger an ihn dränge und einfach nur will, dass er mich festhält. Die Sache mit Rafael, auch wenn ich davon überzeugt bin, dass ich auch allein mit ihm fertiggeworden wäre, hat mich dennoch ziemlich geschockt.

Aufgeregt rennt Charlotte durch die Pensionsküche. Vor Johann bleibt sie stehen. »Hast du diesem Kerl denn überhaupt nicht angesehen, dass er auf Drogen ist?«

Johann versucht sich zu verteidigen, was eigentlich komplett unnötig ist. Wie hätte er ahnen können, was in Rafaels anscheinend drogenvernebeltem Hirn vorgeht?

»Wie sollte ich denn? Er ist in meinen Augen ein Gast gewesen, nichts anderes.«

Charlotte schlägt sich mit der flachen Hand vor die Stirn. »Du hast natürlich recht, Johann. Ich bin die Letzte, die dir einen Vorwurf machen darf, denn ich bin immerhin diejenige gewesen, die ihm ein Zimmer gegeben hat. Ich hätte gleich ahnen müssen, dass mit dem etwas nicht stimmt, als er so spät hier aufgekreuzt ist und mir dann diese sonderbare Geschichte mit seinem Auto aufgetischt hat. All das hätte mich stutzig machen müssen, weil ich doch eigentlich über gute Menschenkenntnisse verfüge.«

»Es ist doch nichts passiert«, versuche ich die beiden zu beruhigen. Zumal ich es inzwischen bereue, ihnen überhaupt von dem *Vorfall* erzählt zu haben. Aber Thomas, nun ja, nach dem ersten Schrecken ist mir dann seine vertrauliche Fürsorge, seine selbstverständliche Nähe nicht mehr ganz so recht gewesen. Zu viele Fragen, allen voran: Warum kommt mein Ex, der in Hamburg wohnt, wie ein Ritter aus der Düne hervorgesprungen und rettet mich? Was macht er überhaupt hier?

Da ich aber irgendwie noch nicht in der Verfassung war, ihm diese Fragen zu stellen, bin ich automatisch zu Charlotte in die Pension marschiert, Thomas unterstützend und ganz eng an meiner Seite, und habe ihr von Rafaels Attacke berichtet. Charlotte hat keine Sekunde verstreichen lassen und Johann angerufen, der nun gerade eingetroffen ist und sich erst mal Vorwürfe anhören musste.

»Wie gut, dass Sie gerade vorbeigekommen sind«, wendet sich Charlotte an Thomas.

»Warum eigentlich?«, fragt Johann. »Ich meine, was hat Sie an diesen ziemlich versteckt liegenden Platz verschlagen?«

Tja, genau diese Frage habe ich mir auch schon gestellt.

»Ich will ehrlich sein«, sagt Thomas. »Ich bin schon seit ein paar Tagen hier auf Usedom, habe mich aber bisher nicht getraut, vor Maxi zu treten, weil ich natürlich wusste, dass sie alles andere als gut auf mich zu sprechen ist.«

Charlotte und Johann machen große Augen – ich schätze, ich muss die beiden aufklären. Auch wenn es mir verdammt schwerfällt.

»Thomas ist mein Ex. Und warum ich nicht gut auf ihn zu sprechen bin, wie er gerade meinte, hängt damit zusammen, dass er mich wegen einer anderen Frau sitzen lassen hat. Aber das liegt längst hinter uns und spielt wirklich keine Rolle mehr.«

»Ist das dein Ernst?«, stößt Thomas verwundert hervor. »Bedeutet das, du hast mir verziehen?«

Schulterzuckend sehe ich ihn an. »Thomas, das ist doch jetzt wirklich kein Thema.«

Charlotte legt schützend den Arm um mich. »Du möchtest jetzt bestimmt allein sein, oder?«

Ich nicke. »Danke«, flüstere ich ihr leise zu. Und an Thomas gewandt: »Dir auch, danke, Thomas. Das vergesse ich dir nie.«

Thomas lächelt. »Maxi, ich würde für dich durchs Feuer gehen«, erklärt er einen Hauch zu theatralisch.

Was Charlotte dazu veranlasst auszurufen: »Um Himmels willen. Jetzt bitte nicht auch noch auf dumme Gedanken kommen, Herr …«

»Franke.«

»Wie auch immer, dann machen Sie es mal gut. Maxi braucht jetzt unbedingt etwas Ruhe.«

Thomas fragt noch, ob er sich am nächsten Tag wieder melden darf, und nachdem ich genickt habe, zieht er endlich ab.

Als Charlotte mich kurz darauf rüber in mein kleines Häuschen begleitet, will sie von mir wissen: »Sag mal, Maxi, bist du vielleicht auch wegen deinen Ex-Männern hierhergekommen? Hat dich dieser Rafael schon in Hamburg belästigt? Hast du deshalb sofort zugesagt, meine Pension zu pachten, weil du dringend aus Hamburg wegmusstest?«

Wie sich das anhört. Als wäre ich vor meinen Ex-Männern aus Hamburg geflüchtet. Prompt steigt mir die Röte ins Gesicht. »Ich weiß auch nicht, was auf einmal in die gefahren ist«, erkläre ich offen und ehrlich. »Und was Rafael betrifft, es ist mehr als offensichtlich, dass er ein Drogenproblem hat.«

Mehr möchte ich dazu jetzt auch nicht sagen und Charlotte ist feinfühlig genug, um nicht weiter zu fragen.

Nachdem ich die Tür hinter ihr geschlossen habe, lasse ich mich mit dem Rücken dagegensinken und hole erst mal tief Luft.

Kapitel 31

Nach einer Nacht, in der ich wenig bis gar nicht geschlafen habe, weil die Ereignisse des Tages mich nicht loslassen wollten, fühle ich mich, als hätte mir jemand mit dem Vorschlaghammer mehrfach auf den Kopf gehauen. Schwerfällig schleppe ich mich ins Badezimmer, spritze mir etwas Wasser ins Gesicht, krame das erstbeste Haargummi aus dem kleinen Weidenkörbchen auf der Fensterbank und zwirbele mein ungekämmtes Haar so gut wie möglich am Hinterkopf zu einem Dutt zusammen. Dann gehe ich zurück ins Schlafzimmer, öffne den Kleiderschrank und hole das graue Kapuzen-Sweatshirt aus dem Fach.

Es ist mir gut zwei Nummern zu groß. Ein Fehlkauf, den ich gemeinsam mit Tina getätigt habe, als ich direkt nach der Trennung von Thomas mit ihr ein Wellness-Wochenende in Timmendorf verbracht hatte. Sie war damals der Meinung, am besten erhole man sich von einem miesen Kerl, indem man es sich in Spa und Co so richtig gut gehen ließe. Leider hatte das Ganze bei mir nicht die erhoffte Wirkung. Bei unserer Abreise war mein Gesicht tatsächlich noch verquollener als bei der Ankunft. Was nicht daran lag, dass ich drei Tage durchgeheult hätte, sondern an einer Gesichtsmaske, die bei mir eine allergische Reaktion hervorgerufen hatte.

Ich wähle eine schwarze Sporthose zu meinem Schlabbershirt,

schlüpfe in meine weißen Turnschuhe und werfe einen Blick auf mein Handy, das auf dem Küchentisch liegt.

Drei Nachrichten von Thomas, der mich unbedingt treffen möchte, eine von Rafael, der anscheinend wieder ein bisschen klarer im Kopf ist und sich für alles aufrichtig bei mir zu entschuldigen versucht. Er würde mir das auch gern noch mal von Angesicht zu Angesicht sagen, aber darauf verspüre ich nicht die geringste Lust.

Antworten tue ich ihm dennoch. Knapp und unmissverständlich.

Drogen sind bestimmt nicht die Lösung! Tu dir selbst den Gefallen und begib dich in ärztliche Behandlung. Und was mich betrifft, lass mich in Ruhe. Und andere Frauen gefälligst auch. Sonst knallt's und ich zeige dich doch noch an!

Thomas schreibe ich, dass wir uns am Nachmittag in einem Café in Heringsdorf treffen können.

Seine Antwort folgt prompt und endet mit einem Herz.

Im ersten Moment möchte ich ihm erneut schreiben und das Treffen direkt wieder absagen. Der Mann spinnt doch, wenn er wirklich annimmt, ich würde zu ihm zurückkehren, dann kann er eindeutig nicht ganz bei Trost sein. Und außerdem finde ich es mehr als bedenklich, dass er angeblich seit Tagen auf Usedom herumschleicht, wie er gestern zugegeben hat. Hat er mich etwa verfolgt? Habe ich deshalb das Gefühl gehabt, beobachtet zu werden?

Ich werde es nachher von ihm erfahren, hoffe ich und schiebe weitere Gedanken an Thomas und den Grund dafür, dass er hier auf Usedom herumgeistert, erst mal wieder zur Seite.

Als ich die Pensionsküche durch den Seiteneingang betrete, ist Charlotte gerade dabei, zwei Eier in die Pfanne zu schlagen. Sie lächelt mich lieb an und erkundigt sich danach, wie es mir geht.

»Alles in Ordnung.«

Sie nickt und stellt keine weiteren Fragen. Nein, Charlotte ist nicht so unsensibel, dass sie mich bedrängen würde, das weiß ich inzwischen. Dennoch finde ich, dass ich ihr eine Erklärung schuldig bin. Doch dafür muss ich ziemlich weit ausholen, wofür vielleicht gerade jetzt während der Frühstückszeit nicht der geeignete Zeitpunkt ist.

Aber auch das scheint sie mir anzusehen, denn sie nimmt die Pfanne vom Herd, stellt die Platte aus und sieht mich abwartend an.

»Alles hat eigentlich damit angefangen, dass ich mir die Frage gestellt habe, ob es zu spät ist, meinem Leben noch einmal eine ganz andere Wendung zu geben, weil es mir bisher einfach nicht so toll vorgekommen ist, wie ich es mir früher einmal vorgestellt habe. In puncto Job, in puncto Männer und erst recht in puncto Familie.« Ich halte kurz inne, überlege, wie ich am besten vermitteln kann, was seit einer geraumen Weile in mir vorgeht, und beginne noch mal von vorn. »Ich will versuchen, es dir so zu erklären: An einer Hauswand in der Hamburger Grindelallee prangt seit vielen Jahren in großen Buchstaben die Werbung einer örtlichen Autoverwertung: Sie hassen Ihren Job? Sie hassen Ihre Frau? Sie hassen Ihr Auto? Den Wagen nehmen wir!«

Charlotte kichert. »Der ist gut! Aber wie kommst du da gerade jetzt drauf?«

Ich zucke mit den Schultern.

»Hast du viel Zeit mitgebracht?« Sie nickt und ich hole Luft. Schließlich will ich eine Art Lebensbeichte ablegen.

»Also«, setze ich dann an, »früher, wenn ich an diesem Spruch vorbeigefahren bin, habe ich mich jedes Mal darüber totgelacht, auch wenn ich selbst eine Frau bin. Und ganz egal, ob es mir gerade gut oder schlecht ging: Ein einziger Blick auf diese Anzeige reichte immer aus, um meine Laune schlagartig zu heben. Seit einiger Zeit ist das nun aber anders. Da fühle ich mich von diesen Fragen irgendwie … persönlich angesprochen. Als würden sie sich über mich lustig machen. Immerhin ist es mir mit meinen vierundvierzig Jahren bisher nicht gelungen, eine Familie zu gründen, und das mit meinem Traumjob hat auch nicht wirklich hingehauen – wovon ich früher jedoch wohl felsenfest überzeugt gewesen bin, wie ich zu meinem eigenen Erstaunen feststellen musste. Letzten Herbst ist mir auf der Suche nach dem Weihnachtsschmuck im Keller nämlich ein Tagebuch in die Hände gefallen, von dessen Existenz ich überhaupt nichts mehr wusste.«

Ich mache eine kurze Pause und versuche aus Charlottes Miene zu lesen, ob ich sie schon zu Tode langweile. Aber überraschenderweise hört sie mir noch ganz interessiert zu. Ich erzähle also weiter.

»Natürlich habe ich sofort darin geblättert und bin über zunächst nahezu euphorische Einträge gestolpert, die ich im zarten Alter von vierzehn Jahren getätigt habe. Und zwar darüber, wie ich mir mein Leben als Erwachsene vorstelle.«

Jetzt muss ich sogar selbst ein bisschen grinsen. »Sagen wir mal so: Gut, dass ich nicht den Beruf der Hellseherin ergriffen habe! Zwischen meinen damaligen Plänen und meinem heutigen Sein liegen Welten … das gesamte Universum. Beim Lesen meiner Gedanken und Pläne von damals fiel mir dann auch spontan ein Satz ein, den mein Vater früher oft zu mir gesagt hat: *Wenn du Gott zum Lachen bringen willst, erzähl ihm von deinen Plänen.* Ich schätze, Gott lacht, er lacht immer noch – über mich.«

Charlotte hat meiner langen Ausführung wirklich bis zum Schluss geduldig zugehört und auch in diesem Moment sitzt sie nur schweigend da.

Doch dann räuspert sie sich, als hätte sie einen dicken Kloß in der Kehle, und dennoch hört ihre Stimme sich ganz belegt an. »Über Pläne, aus denen nichts wurde, kann ich dir auch etwas erzählen. Johann und ich haben drei Kinder verloren und damit den Traum von der Großfamilie. Aber: Niemals unseren Mut und die Freude am Leben. Auch wenn nichts so gekommen ist, wie wir es uns einst ausgemalt haben.«

»Drei Kinder«, kann ich nur zutiefst betroffen krächzen.

»Na ja, für die Mediziner waren es lediglich Embryonen, keines davon hat es über die achte Schwangerschaftswoche geschafft.«

»Du hattest Fehlgeburten?«

Charlotte nickt.

»Das tut mir wahnsinnig leid ...«

»Es hat eine Weile gedauert«, spricht sie weiter, »und ja, ich habe oftmals schrecklich mit meinem Schicksal gehadert, aber mich dann entschlossen, dass ich trotzdem ein glückliches Leben führen werde. Vor allem habe ich dabei stets in mich hineingehorcht, ist unser Lebensentwurf noch der richtige – oder sollen wir ihn noch mal radikal überdenken. Das mit den Kindern, das lag leider nicht in unserer Macht, alles andere schon.«

»Darum jetzt auch die Weltreise?«, schlussfolgere ich.

Wieder nickt Charlotte. »Wir haben gemerkt, dass wir noch mehr vom Leben erwarten und es uns deshalb nehmen wollen.«

Eine Weile sitzen wir einfach nur schweigend da, jede von uns mit ihren Gedanken beschäftigt. Dann legt Charlotte ihre Hand auf meinen Unterarm.

»Du, Maxi, ich bin wirklich nicht religiös. Aber wenn es einen Gott gibt, dann lacht er nicht über dich. Nein, dann klopft er dir auf die Schulter und ist stolz auf dich, dass du nach jedem Hinfallen wieder aufgestanden bist. Das ist das Wichtigste, glaube ich. Und das hast du doch gemacht. Sei also stolz auf dich!«

Ich bin so gerührt über Charlottes Zuspruch, dass mir tatsächlich die Tränen in den Augen kribbeln und ich mir verstohlen mit der Hand über das Gesicht wische. Doch dann schaut ein Gast zur Küchentür herein und fragt leicht gereizt, ob er sich seine Spiegeleier selbst zubereiten soll oder das heute noch mal etwas wird.

»Ich komme ja schon«, erwidert Charlotte freundlich.

Bevor sie zurück an den Herd eilt, wendet sie sich noch einmal mir zu. »Und du, Maxi, eine radikale Änderung hast du mit deinem Umzug ja bereits praktiziert. Wie geht es nun weiter? Etwas zaghafter?«

»Was das Thema Männer betrifft, da geht es definitiv überhaupt nicht weiter. Also weder zaghaft noch überhaupt. Von denen habe ich mehr als genug. Noch mal möchte ich nicht so etwas wie mit Rafael erleben. Mir wird heute noch ganz komisch zumute, wenn ich an die Situation mit ihm denke ... wie er mich bedrängt hat, seine Küsse ...« Angewidert schüttele ich mich. »Auch wenn ich natürlich weiß, dass Rafael ein ernsthaftes Problem hat und ich nun nicht von ihm auf alle anderen schließen darf und auch nicht sollte. Dennoch möchte ich gerade wirklich nicht an irgendwelche Männer denken, die in meinem Leben eine Rolle spielen ...«

Charlotte legt mir die Hand auf den Rücken. »Ich bewundere dich, dass du das Ganze so gefasst verkraftet hast oder anders, dich dennoch nicht unterkriegen lassen hast. Und was deine Zukunftspläne betrifft, ob nun mit oder ohne Mann, ein Tipp von mir: Es ist nie zu spät, so zu sein, wie man gern gewesen wäre.«

»Wow«, flüstere ich beeindruckt.

»Geklaut und abgewandelt!«

»Wie bitte?«

»Das Zitat habe ich von der englischen Schriftstellerin George Eliot gemopst und lautet eigentlich: Es ist nie zu spät, das zu werden, was man hätte sein können.«

»Es ist trotzdem schön.«

»Das finde ich auch«, sagt Charlotte und bringt dem ungeduldigen Gast endlich seine Spiegeleier.

Ich treffe Thomas pünktlich um sechzehn Uhr auf der Sonnenterrasse des Café Brise. Er springt von seinem Stuhl auf und kommt mir mit ausgestreckten Armen entgegen, als er mich entdeckt.

»Maxi, wie schön dich zu sehen«, sagt er und will mich an sich ziehen.

Doch ich weiche zurück, woraufhin sich seine Züge verdunkeln. »Entschuldigung, ich wollte dich nicht …«, murmelt er.

»Schon gut, Thomas«, erkläre ich und setze mich an den Tisch.

Thomas folgt meinem Beispiel. »Was darf ich dir bestellen?« Direkt danach winkt er ab, lacht kurz auf und fügt hinzu: »Ich bin ein Idiot, natürlich einen Latte macchiato wie immer.«

Ich nicke und warte ab, bis Thomas die Bestellung bei dem Kellner aufgegeben hat. Unsere Getränke kommen, Thomas sieht mich lieb an und ich finde, nun ist der Zeitpunkt gekommen, wo ich ihm ein paar Fragen stellen sollte und anschließend auch unbedingt etwas klarstellen muss.

»Woher weißt du, dass ich nach Usedom umgezogen bin, Thomas?«

Breit lächelt Thomas. »Ich habe noch immer einen guten Draht zu Claudia.«

Ich fasse es nicht, meine Schwester. Die spinnt doch wohl!

Thomas sieht mir anscheinend an, dass ich gerade beginne, innerlich zu kochen, und versucht das Ganze abzuschwächen. »Wir haben uns ganz zufällig im Einkaufszentrum getroffen und spontan beschlossen, einen Espresso zusammen zu trinken. Dabei hat sie es beiläufig erwähnt. Es gibt also keinen Grund für dich, sauer auf sie zu sein.«

»Das zu entscheiden, solltest du mir überlassen«, finde ich.

»Aber …«

Ich winke ab. »Gut, Thomas, du musst Claudia nicht in Schutz nehmen. Wenn sie es dir nicht gesagt hätte, dann bestimmt irgendwer anders und im Grunde ist auch nichts dabei, dass du es erfahren hast. Mein Umzug spielt für dich schließlich keine Rolle. Was mich allerdings wundert, ist, dass du hierhergekommen bist und wenn ich dich gestern richtig verstanden habe, dann schon bereits vor ein paar Tagen und das tatsächlich meinetwegen. Kannst du mir das bitte erklären?«

Thomas trinkt erst einen Schluck von seinem Kaffee und beugt sich dann etwas über den Tisch. »Ich musste dich einfach sehen. Ich vermisse dich, Maxi.« Er streckt seine Hand nach mir aus, doch ich weiche zurück.

»Was redest du denn da, Thomas, das kann doch nicht dein Ernst sein? Spinnen denn auf einmal alle Männer, mit denen ich irgendwann mal was zu tun hatte?«

»Mit denen du irgendwann mal was zu tun hattest«, wiederholt Thomas ungläubig. »Wir waren jahrelang ein Paar, du willst mich doch wohl nicht mit diesem Irren von gestern vergleichen, vor dem ich dich übrigens gerettet habe, falls es dir entfallen sein sollte.«

Ich nicke. »Ja, du hast recht, wir *waren* ein Paar. Und was Rafael betrifft, so liegst du auch vollkommen richtig, ich werde dir ewig dankbar sein, dass du zur Stelle warst, als ich Hilfe gebraucht habe. Die Frage, die sich mir dennoch dabei stellt, ist, warum du überhaupt zur Stelle warst?«

»Pöh«, macht Thomas trotzig. »Ziemlich undankbar von dir, Maxi.«

»Mag sein, Thomas, dass dir das so vorkommt. Aber weißt du, der Gedanke, dass du mich seit Tagen beobachtest, hinter mir herschleichst, der ist auch nicht wirklich angenehm.«

»Ja, aber doch nur aus einem Grund, ich möchte, dass es wieder wie früher wird mit uns beiden. Oder glaubst du, ich wäre in der Lage, so wie dieser gestörte Kerl von gestern, über dich herzufallen und dich …«

»Nein!«, falle ich ihm ins Wort. »Das glaube ich nicht eine Sekunde. So bist du nicht.«

Er hebt die Hände und lässt sie direkt wieder fallen. »Aber was wirfst du mir denn dann überhaupt vor, Maxi?«, ruft er verständnislos aus.

Im ersten Moment kann ich nicht fassen, dass er mir diese Frage tatsächlich stellt. Und als ich dann antworten will, redet er schon weiter. »Es ist nämlich so, dass ich nicht mehr schlafen kann. Ich bin todmüde, krieg aber kein Auge zu, weil du nicht neben mir im Bett liegst. Dein Atmen, das leise Klacken tief in deiner Kehle, deine eisigen Füße, die du versuchst an mir zu wärmen. Dein verschlafenes Gesicht am Morgen, der Geruch deiner Haare, dein Lachen, weißt du, Maxi, es ist so, dass ich erschöpft davon bin, dich ständig zu vermissen.«

Er hat recht, er sieht wirklich ziemlich abgespannt aus. Aber tut er mir leid? Eindeutig nein!

»Thomas, ich fühle mich *geschmeichelt* davon, dass du mein *verschlafenes Gesicht* am Morgen vermisst. Aber wie ich es dir vor ein paar Wochen schon gesagt habe, als du meintest, spätabends vor meiner Tür aufzutauchen, es interessiert mich nicht mehr. Du hast dich damals für dein *Zauberwesen* entschieden. Mehr ist dazu nicht mehr zu sagen.«

Thomas schnappt nach Luft. »Da wusste ich doch nicht, dass Jasmin von ihrem Ex schwanger ist, der sie aber direkt sitzen lassen hat, und sie in mir nur einen Doofen gesucht und gefunden hat, dem sie das Kind als seins unterjubeln kann.«

Tief atme ich ein. »Thomas, du sitzt hier und behauptest, du hättest deine Fehler eingesehen und möchtest nun zu mir zurück. Gleichzeitig erzählst du mir, dass Jasmin dir ein Kind *untergejubelt* hätte, was ich übrigens als einen schrecklichen Ausdruck in Verbindung mit so einem kleinen Wesen empfinde. Im Umkehrschluss bedeutet das doch aber, wenn Jasmin das nicht getan hätte, dann würdest du nicht hier sitzen und mir allen Ernstes erzählen, dass du vor lauter Sehnsucht nach mir nicht schlafen kannst.«

»Wie du das sagst, so … so sachlich …«

Ich gehe auf sein Eingeschnapptsein nicht ein. Stattdessen versuche ich ihm einen Rat zu geben. »Als ich Jasmin und dir im letzten Herbst zufällig begegnet bin, da bist du mir unendlich glücklich vorgekommen, Thomas. Du hast dich so wohl in deiner Vaterrolle gefühlt, warst so stolz und so verliebt in deine kleine Familie. Warum willst du das alles wegwerfen?«

Fragend schaut mich Thomas an. »Wie meinst du das?«

»So wie ich es gesagt habe, setz dich in dein Auto und fahr zurück nach Hamburg und sieh zu, dass du das mit deiner Jasmin wieder hinbekommst. Du und ich, Thomas, das ist wirklich längst Geschichte, wie du es damals so treffend formuliert hast. Wir hatten unsere Chance und haben nichts daraus gemacht. Aber für Jasmin, eure Tochter und dich ist es noch nicht zu spät, davon bin ich überzeugt.«

»Sie hat mich belogen …«, merkt er an, aber längst nicht mehr so entschlossen.

»Ja, das ist auch nicht okay, da gebe ich dir recht. Aber die Liebe zu dir, die war doch echt, Thomas, ich habe euch doch zusammen gesehen, das war keine Lüge.«

»Sie hat behauptet, dass sie mir das mit der Kleinen sagen wollte, doch den richtigen Zeitpunkt verpasst hätte und dann war es irgendwann zu spät.«

Ich nicke. »Ich glaube ihr. Manchmal verpasst man den richtigen Zeitpunkt eben. Und bei Lichte betrachtet ist das vermutlich deine letzte Chance auf eine eigene kleine Familie mit einem Kind, das dich als Vater liebt.«

Thomas atmet geräuschvoll durch. »Und nun? Was soll ich nun machen, Maxi?«

»Liebst du Jasmin? Liebst du die kleine Benia?«

Thomas wirft einen Blick auf den Ozean hinaus. Ich sehe ihm direkt an, wie es in ihm arbeitet, wie das Für und Wider in ihm miteinander ringt.

Schließlich wendet er sich mir wieder zu. »Ja, das tue ich vermutlich«, sagt er leise. »Aber ich bin auch sehr gekränkt.«

Ich lächele. »Dann versuche, ihr zu verzeihen. Und höre auf dein Herz.«

Thomas erhebt sich vom Tisch. Er kommt zu mir, beugt sich hinunter und gibt mir einen Kuss auf die Wange. »Danke, Maxi, danke dafür, dass du so wunderbar bist.« Dann legt er einen Zehneuroschein auf den Tisch und eilt davon.

Ich bleibe noch einen Moment lang sitzen, ich *Wunderbare*, schaue wie Thomas zuvor aufs Meer hinaus und lasse meine Gedanken schweifen. Es klingt total verrückt, weil ich vor wenigen Monaten noch geglaubt habe, an der Trennung von Thomas zu zerbrechen, und jetzt sitze ich hier und hoffe für ihn, dass Jasmin und er wieder zusammenfinden und mit ihrer kleinen Benia glücklich werden. Meine Gedanken wandern zu Rafael weiter, der sich hoffentlich demnächst professionelle Hilfe holt, aber mehr möchte ich mich mit ihm und seinen Problemen auch nicht mehr beschäftigen.

Schließlich bezahle ich und laufe dann die Promenade entlang zurück. Und mit jedem Schritt, den ich mache, dabei die salzige Meeresluft tief einatme, bin ich entschlossener, mein Leben zukünftig so zu leben, wie es sich gut und richtig für mich anfühlt.

Wie hat Charlotte gesagt: Es ist nie zu spät … ja, es ist nie zu spät dafür.

Kapitel 32

In Windeseile trockne ich mich ab, hülle mich in das große Badetuch und laufe rüber in mein Wohnzimmer, wo mein Handy auf dem Tisch nun schon eine Weile klingelt.

»Ja?«, krächze ich atemlos, ohne vorher aufs Display geschaut zu haben. Was ich gleich darauf bereue, denn bei der Anruferin handelt es sich um meine Schwester, die keine Zeit vergeudet, mir vorzuhalten, wie sauer sie inzwischen darüber ist, dass ich mich nicht bei ihr gemeldet habe.

»Wie kann es sein, dass du seit sechs Wochen auf deiner Insel hockst, und ich nicht ein einziges Mal persönlich von dir höre?«

»Tatsächlich sind es schon fast zehn Wochen«, korrigiere ich sie, was das Ganze natürlich keinen Deut besser macht.

Ich höre Claudia am anderen Ende der Leitung tief Luft holen und sehe sie regelrecht vor mir, wie sie in einem ihrer todschicken Kostüme kerzengrade am Tisch sitzt. Das dunkle Haar wie immer hochgesteckt. Ihr schmales Gesicht dezent geschminkt, die Nägel perfekt manikürt. Der lebendige Perfektionismus, ja, das ist meine große Schwester zweifelsohne. Und dennoch bin ich froh, dass sie meine Schwester ist.

»Wie auch immer, Maxi, ich denke, ich muss dir nicht sagen, wie enttäuscht ich bin, dass du es nicht für nötig hältst, dich bei uns zu melden.«

»Aber ich habe doch regelmäßig Fotos in die Familiengruppe geschickt«, versuche ich mich zu verteidigen. Was auch absolut so zutrifft.

»Ein paar Schnappschüsse, das war's. Ich bitte dich, Maxi, das kannst du unmöglich unter Kontakt halten verstehen. Nein, kleine Schwester, da hatte ich mir wirklich etwas mehr Engagement von dir erhofft.«

Sie hat recht. Das weiß ich auch, ohne dass sie es mir in aller Deutlichkeit noch mal klarmachen musste.

»Es tut mir leid«, erkläre ich ehrlich. »Das war wirklich keine Absicht, Claudi. Ich wollte dich längst anrufen, Joachim auch und Mama und Papa sowieso. Aber die Zeit hier auf der Insel ist wie im Flug vergangen und ich war immer so beschäftigt …«

»Dass du deine Familie, die dir jahrelang zur Seite gestanden hat, dich immer unterstützt hat, einfach darüber vergessen hast«, beendet Claudia den Satz für mich. »Und nenn mich nicht immer Claudi, du weißt genau, dass ich das nicht ausstehen kann.«

»Okay, kommt nicht wieder vor«, verspreche ich, was natürlich eine glatte Lüge ist.

»Sei es drum, du bekommst die Gelegenheit, es wiedergutzumachen. Und zwar sehr bald schon.«

»Indem ich dich zukünftig mit Frau Doktor Claudia von Storren anspreche«, scherze ich.

»Unfug!«, bringt meine große Schwester knurrend hervor. »Es geht darum, dass wir bisher nicht einmal wissen, wie du auf Usedom lebst. Ob es dir dort auch wirklich gut geht.«

»Joachim und Anne sind hier gewesen …«

»Stimmt. Joachim, Anne und Summer. Kein anderer von uns!«

»Okay, was also verlangst du von mir?«

»Wie sich das anhört. Ich *verlange* doch nichts von dir. Ich wünsche mir lediglich, dass du deine Familie nicht vergisst.«

»Claudi, du weißt selbst, dass das nicht der Fall ist. Dass ich mich etwas rarmache, hängt wirklich nur damit zusammen, dass wir hier gerade Hochsaison haben und ich zeitgleich den Ausbau des Dachgeschosses plane und das alles zusammen natürlich gerade meine ganze Aufmerksamkeit verlangt.«

»Erstens: Nenn mich nicht Claudi!«, faucht sie durchs Handy. »Zweitens: Niemand kann so beschäftigt sein, dass nicht einmal Zeit für ein kurzes Telefonat ist!«

»Stimmt«, gebe ich nun zu, »das ist nicht in Ordnung von mir gewesen. Ich hätte regelmäßiger von mir hören lassen können … und auch müssen.«

»Gut, dass du es einsiehst. Ich habe auch schon einen konkreten Vorschlag, wie du dein Versäumnis wiedergutmachen kannst.«

»Aha?« Mir schwant Ungutes.

»Kommenden Freitag findet unser Geschwistertreffen bei dir statt.«

»Bei mir?«, rufe ich verdattert aus. »Ich kann unmöglich nach Hamburg kommen, Claudia. Und außerdem müssen wir auch Summer erst einmal fragen. Immerhin ist das jetzt ihre Wohnung …«

»Maxi, stopp, natürlich kommen wir alle zu dir nach Usedom!«

Ich schlucke. »Ihr *alle*?«

Meine Schwester nickt, das kann ich vor meinem inneren Auge sehen. »Jawohl, deine ganze dich über alles liebende Familie, die dich sehr vermisst.«

»Aber … aber, so viel Platz habe ich überhaupt nicht in meinem kleinen Haus«, stammele ich verdattert. »Und die Pension ist komplett belegt, jedes einzelne Zimmer. Es ist Hochsaison.«

»Maxi, wie lange kennst du uns nun schon?« Das ist natürlich eine rein rhetorische Frage und deshalb antworte ich auch nicht darauf. »Natürlich haben wir uns längst um eine adäquate Unterkunft gekümmert.«

»Und wie habt ihr das geschafft?« Ich kann es nicht so recht glauben und sehe uns schon alle in meinem kleinen Häuschen wie die Ölsardinen in der Dose zusammengepfercht auf Matratzen am Boden liegend.

»Joachim hat da so einen speziellen Klienten und der wiederum ist im Besitz einer Villa ganz in der Nähe von Zinnowitz. Was ich auf den Fotos gesehen habe, die Joachim mir geschickt hat, bietet das durchweg luxuriöse Anwesen bequem Platz für zehn Personen. Da Joachim den Mann wohl gerade erfolgreich in einer ziemlich heiklen Angelegenheit vertreten hat, war der wohl nur allzu gern bereit, uns sein traumhaftes Feriendomizil zu überlassen. Und zwar für sieben Tage. Ist das nicht fein, Maxi?«

Sieben Tage! Oha, damit habe ich jetzt nicht gerechnet.

»Du sagst ja gar nichts«, sagt meine Schwester verwundert. »Freust du dich etwa nicht? Maxi, ist es vielleicht doch so, dass du überhaupt keine Lust mehr auf deine Familie hast. Haben wir vielleicht ausgedient?«

»Nein! Um Himmels willen, so ist das bestimmt nicht!«, rufe ich und meine es absolut ehrlich. »Ich freue mich wirklich sehr, euch alle zu sehen. Nur … na ja, ich werde kaum Zeit für euch haben, denn ich muss arbeiten.«

»Maximiliane, ich bitte dich. Natürlich ist uns allen bewusst, dass du arbeiten musst. Summer zum Beispiel kann genau aus diesem Grund leider nicht mitkommen. Sie ist an deinem Café regelrecht gereift. So verantwortungsbewusst habe ich sie noch nie erlebt. Selbst Joachim, der wirklich große Zweifel hatte, ist ganz verdattert, wie gut sie alles im Griff hat. Er ist fast gewillt, ihr das mit dem abgebrochenen Studium nicht bis an ihr Lebensende vorzuhalten.«

Das freut mich natürlich zu hören. Aber ehrlicherweise habe ich es nicht anders erwartet. Summer mag eine verrückte Nudel sein und einige ihrer *crazy Ideen* haben mich in den letzten Monaten in mehr als heikle Situationen gebracht. Doch wenn es darauf ankommt, dann ist sie zur Stelle und man kann sich zu hundert Prozent auf sie verlassen.

»Wir werden dann also irgendwann im Laufe des Freitags auf Usedom eintreffen. Ich melde mich bei dir, dann können wir einen Zeitpunkt vereinbaren. In Ordnung?«

»Ja, auf jeden Fall«, erwidere ich.

»Prima, dann bis Freitag, kleine Schwester.«

»Dann bis Freitag, große Schwester.«

»Ich freue mich.«

»Ich mich auch … wirklich, liebe Claudi!«

Als ich kurze Zeit später rüber in die Pension gehe, um Charlotte an der Rezeption abzulösen, treffe ich auf Rieke.

»Was machst du denn hier?«, frage ich überrascht.

»Charlotte hat mich gebeten, sie für einen kurzen Augenblick zu vertreten.«

»Und warum?«, hake ich nach. Sie wusste doch, dass ich nur schnell duschen wollte.

»Keine Ahnung. Irgendeine Familienangelegenheit. Aber wenn du jetzt da bist, dann kann ich ja gehen.«

Erst nicke ich, dann frage ich sie doch, ob sie noch für einen kurzen Augenblick die Stellung halten kann. Mir ist nämlich gerade aufgefallen, dass ich mein Handy auf dem Tisch liegen lassen habe. Bestimmt wird Anne versuchen, mich zu erreichen, nachdem nun Claudia mir von ihrer aller Pläne erzählt hat.

Ich will gleich die Abkürzung über den Innenhof nehmen, die man durch die Hintertür der Küche erreicht. Aber im Türrahmen bleibe ich abrupt stehen.

Charlotte sitzt in einem der Strandkörbe. Und sie ist nicht allein. Ich kann zwar nur seine Beine sehen, gehe aber fest davon aus, dass sie mit Johann dort sitzt. Ich möchte die beiden nicht stören, wobei auch immer, und will mich zurück in die Küche schleichen, um auf dem *offiziellen* Weg zu meinem Häuschen zu gelangen.

Doch dann bleibe ich erneut wie angewurzelt stehen.

»Alex, so geht das nicht! Du musst es ihm klipp und klar sagen. Sonst lässt er niemals los!« Es sind nicht allein die Worte, sondern vielmehr der Tonfall, in dem Charlotte sie ausgesprochen hat, der mich zum Bleiben veranlasst.

»Gerade das ist es ja, was ich die ganze Zeit versuche, Charly. Nur, er blockt alles ab.«

Ich höre Charlotte bitter auflachen. »Ja, ich weiß, er hat sich da in eine fixe Idee verrannt. Aber du bist der Einzige, der ihm klarmachen kann, dass er sich davon lösen muss und vor allem, dass es zu euer beider Besten ist. Sag ihm klipp und klar, dass du die Werft nicht willst!«

Alex stöhnt genervt. »Charly, als ich ihn gestern angerufen habe, um ihm zu erzählen, dass ich plane hierherzukommen und wir dann auch endlich das Thema mit der Werft klären könnten, da war er gleich wieder so verdammt hoffnungsvoll. Er wünscht es sich so sehr, doch ich kann und will ihm diesen Wunsch nicht erfüllen.«

»Sollst du nicht, Alex, musst du auch nicht, nur es endlich klar und deutlich aussprechen. Dann kann Johann loslassen.«

»Warum hat er das nicht schon längst getan? Ich habe ihm doch tausend Signale gegeben …«

Wieder lacht Charlotte bitter auf. »Das ist genau das Problem, Alexander, du gibst Signale, wo jedoch ein paar klare Worte angebracht wären.«

Alex brummt irgendwas, das ich nicht verstehe, und dann herrscht einen Moment Schweigen zwischen den beiden. Ich weiß, ich sollte endlich verschwinden. Es ist unerhört von mir, hier zu stehen und die beiden zu belauschen. Unterste Schublade. Und darum wende ich mich jetzt auch wirklich um und …

»Was ist eigentlich aus dir und dieser Frau geworden, die du bei deinem letzten Aufenthalt hier auf der Insel kennengelernt hast? Du warst damals so euphorisch, wie ich dich lange nicht erlebt habe. Und dann habe ich nie wieder etwas dazu von dir gehört.«

»Ein Irrtum«, presst Alex hervor. »Leider ist das wohl nur eine Illusion gewesen.«

Eine Frau? Alex hat also noch weitere Bekanntschaften im Januar auf Usedom gemacht. Oder ist er später noch mal hier gewesen, wovon Charlotte mir nur nichts erzählt hat – was völlig logisch ist, weil es mich schließlich nichts angeht.

Was mir jedoch hingegen etwas aufgeht, ist, dass ich gut daran getan habe, mich gefühlsmäßig nicht noch mehr auf ihn eingelassen zu haben. Auch wenn mir das verdammt schwergefallen ist, denn Alex ist ein unglaublich toller Mann und ... Halt! Nein! Stopp! Vergiss es, Maxi. Charlotte hat dir doch längst erzählt, dass er nur schwer für etwas Festes zu haben ist. Dass er freiberuflich arbeitet und es so auch mit der Liebe hält ... oder so ähnlich. Und nun hast du mit eigenen Ohren gehört, dass du nicht die Einzige warst, mit der er sich hier auf Usedom *vergnügt* hat. Demnach hast du alles richtig gemacht!

Und dein Herz ist wirklich dumm, dass es wie bekloppt hämmert, seitdem du mitbekommen hast, dass Alex dort drüben im Strandkorb sitzt. Dummes, dummes, dummes Herz!

»Was tust du denn hier, Maxi?«, erklingt da auf einmal Johanns Stimme hinter mir.

Ich drehe mich ruckartig zu ihm herum und spüre, wie mir die Schamesröte ins Gesicht schießt.

»Ähm ... ich habe mein Handy vergessen«, stammele ich – was nicht mal gelogen ist. Was hingegen jetzt wirklich komisch aussehen würde, ist, wenn ich nun nicht die Abkürzung über den Hof wähle und zurück in die Pension gehe. Also wende ich mich erneut um und will losmarschieren, als ich im letzten Moment die kleine Stufe bemerke, die da schon immer ist, die ich aber in meiner Hektik vergessen habe. Allerdings ist *im letzten Moment* relativ, denn in dem Moment, in dem ich sie sehe, bin ich auch schon darüber gestolpert und in den Innenhof gesegelt.

»Maxi, was machst du denn?«, ruft Johann verdattert.

Keine drei Sekunden später stehen Charlotte und Alex vor mir.

»Du meine Güte«, höre ich Charlotte sagen. »Ist dir was passiert?«

Hektisch rappele ich mich vom Boden auf und versichere allen Anwesenden zutiefst verschämt, dass es mir gut geht. Ich unversehrt bin. Okay, zumindest äußerlich.

»Hallo, Maxi«, höre ich Alex sagen, schaue nun doch auf, und bemerke sein fantastisches Lächeln. »Schön, dich wiederzusehen.«

Kapitel 33

Es ist Freitagabend und ich bin auf dem Weg zu meiner Familie. Anne hat mir vorab ein Video geschickt, in dem sie mich durch so ziemlich jeden Raum der Villa mitnimmt und dabei die ganze Zeit ausruft: »O mein Gott, Maxi, das musst du sehen. Ein Träumchen, ein Träumchen. Ich fühl mich wie eine Prinzessin und schäme mich, dass ich kein perlenbesticktes Kleid, sondern schnöde Jeans anhabe. Morgen kaufe ich mir auf jeden Fall eine Krone.«

Als ich die Villa endlich erreicht habe, kann ich tatsächlich verstehen, warum Anne, die sich sonst eher wenig aus Luxus und Co macht, so ins Schwärmen geraten ist. Die Villa liegt inmitten eines riesigen parkähnlichen Gartens und scheint einem Märchen der Brüder Grimm entsprungen zu sein. Schneeweiß mit zwei Türmchen und einer imposanten zweiflügeligen und reich verzierten Holztür.

Bevor ich den Türklopfer aus Messing in die Hand nehmen kann, hat Anne mir bereits die Tür geöffnet. Wir fallen uns in die Arme, als hätten wir uns Jahre nicht gesehen. Anschließend wiederholt sich das Prozedere mit Claudia, meiner Mutter, Joachim, meinem Schwager und zum Schluss herzt auch mein Vater mich, wie ich es von ihm nicht gewohnt bin.

Meine Mutter hat gekocht (war ja klar) und Claudia und

Anne die meterlange Tafel im feudalen Esszimmer mit feinstem Geschirr gedeckt.

Joachim hat seinen Lieblingsrotwein mitgebracht und hält uns einen kurzen Vortrag über Reifegrad und Zusammensetzung der Trauben und die anderen natürlich nur exquisiten Zutaten des edlen Tropfens, bevor er uns gestattet, ihn zu probieren.

Wir essen und trinken, unterhalten uns dabei angeregt, lachen, Anne schildert, wie Summer sich zur Geschäftsfrau entwickelt hat, erzählt dann von meinem Neffen Jacob, Claudia von ihren Kindern, die mich alle herzlich grüßen lassen, und was sonst noch so alles in den letzten Wochen in Hamburg passiert ist. Ich sitze da und merke, wie sehr ich sie doch alle vermisst habe, wie gern ich ein Teil dieser Familie bin und wie sicher ich mich in ihrer Mitte doch fühle. Immer gefühlt habe.

Joachim, der direkt neben mir sitzt, ergreift unter dem Tisch meine Hand und drückt sie kurz. »Allein ist man stark«, sagt er leise zu mir, »gemeinsam unschlagbar.«

Tränen steigen mir in die Augen, die ich versuche wegzublinzeln.

Doch Anne, die mir genau gegenübersitzt, hat es längst bemerkt. »Maxi, Süße, was ist los? Geht es dir nicht gut?«

Ich schüttele den Kopf. »Doch, doch, es geht mir prima. Es ist nur so, dass mir gerade in dieser Sekunde aufgefallen ist, wie sehr ich euch alle liebe.«

»Und wir dich, Kleine!«, erklärt mein Vater. Und nun ist es endgültig mit meiner Beherrschung vorbei. Ich vergieße gefühlt literweise Tränen. Anne unterstützt mich nach Kräften dabei und sogar Claudias Augen und die meiner sonst so beherrschten Mutter glänzen verdächtig.

»Nun ist aber mal gut«, entscheidet mein Schwager. »Wenn ich das gewusst hätte, wäre ich Golfen gegangen.« Wir alle wissen, dass er das natürlich nicht ernst meint, dennoch motzt Claudia ihn an: »Sei doch nicht immer so unsensibel.«

Etwas später sitzen wir im Wintergarten der Villa, der ungefähr dreimal so groß wie der meiner Eltern ist.

»Aber nicht so gemütlich wie unserer daheim«, stellt meine Mutter fest.

»Stimmt.« Mein Vater nickt. Dann wendet er sich mir zu. »Und jetzt erzähl mal endlich, Maximiliane, wie es dir inzwischen hier so ergangen ist.«

Ich komme der Aufforderung sehr gern nach und erzähle frei von der Leber weg, wie mein neues Leben hier auf Usedom aussieht. Das mit Rafael lasse ich aber bewusst weg. Mein Bruder bringt es fertig und zwingt mich zu einer Anzeige, die er dann anwaltlich mit aller Härte gegen Rafael durchsetzen wird. Aber das ist es nicht, was ich will. Ich hoffe für Rafael, dass er sich Hilfe sucht und sich auch endlich seinem offensichtlichen Drogenproblem stellt.

»Morgen kommen wir uns dann aber deine Pension ansehen«, erklärt Claudia.

»Noch ist es nicht meine«, verbessere ich sie. »Erst nächstes Jahr, wenn Charlotte und Johann auf Reisen gehen und ich die Pension von ihnen pachte.«

»Joachim hat erzählt, dass der Mann von deiner …«

»Freundin«, erkläre ich, weil es inzwischen so ist.

»Ach so, ja, also der Mann deiner Freundin, dem gehört eine Werft in Wolgast. Stimmt das?«

Ich nicke.

»Und wie ist der Name? Joachim wusste es nicht.«

»Seit wann interessierst du dich für Werften, Vater?«, fragt Joachim erstaunt.

Unser Vater winkt ab. »Überhaupt nicht. Es geht mir nur darum, dass wir Pfingsten 92 doch hier alle ein paar Urlaubstage verbracht haben und ich mich bei der Gelegenheit mit einem Klienten getroffen habe, der meine notariellen Dienste in Anspruch nehmen wollte. Ich erinnere mich, dass seine Frau früh verstorben war und er seine beiden Söhne alleine großziehen musste. Da er an einer schweren chronischen Erkrankung litt, wollte er die Angelegenheiten der Werft regeln, beziehungsweise das Erbe. Die beiden Söhne sollten alles zu gleichen Teilen bekommen. Deshalb wollte ich erfahren, ob dir der Name bekannt ist. Der Zufall ist wie ein Eichhörnchen und wer weiß, vielleicht …«

»Lüders. Johann Lüders. Sein jüngerer Bruder heißt Alexander«, schießt es nur so aus mir heraus.

Mein Vater nickt. »Gustav Lüders, tatsächlich. Das nenn ich mal einen Zufall. Wie geht es dem alten Lüders denn? Ich habe damals nur diese eine Angelegenheit für ihn geregelt und dann nie wieder etwas gehört.«

»Er ist schon lange verstorben«, gebe ich ungeduldig zurück. Ich bin wie elektrisiert. Möchte am liebsten sofort nach Hause laufen und etwas nachlesen …

»Ach je, der arme Mann. Er hatte es wohl schon geahnt und sich schrecklich um die Söhne gesorgt. Ganz besonders um den jüngsten, der wegen dem Tod der Mutter wohl schon sehr unter Verlustängsten zu leiden hatte. Weißt du, wann genau er verstorben ist, Maximiliane? Waren die Söhne schon erwachsen oder zumindest aus dem Gröbsten heraus?«

Tatsächlich habe ich keine Ahnung. Charlotte hat mal erwähnt, dass Alex noch recht jung gewesen wäre, und Johann dann so etwas wie eine Vaterrolle bei ihm eingenommen hätte. Aber wie alt genau, danach habe ich nie gefragt.

»Seid ihr mir sehr böse, wenn ich jetzt aufbreche?«, sage ich in die Runde. »Ich muss morgen früh raus. Aber wir sehen uns dann spätestens zum Kaffee in der Pension.«

Natürlich sind alle etwas enttäuscht, immerhin ist es nicht einmal zehn Uhr. Doch ich muss dringend zurück in mein Häuschen. Unbedingt etwas nachlesen, was ich vor einiger Zeit nur so überflogen, ja fast sogar überblättert hätte.

Seit ich auf Usedom wohne, habe ich mir angewöhnt, die meisten Wege zu Fuß zurückzulegen. Ich liebe es, am Strand entlangzugehen oder oben an der Promenade. Jeder Augenblick erscheint mir hier ganz besonders kostbar und ich will ihn nicht vergeuden. So bin ich auch vorhin die Strecke von Zinnowitz zu Fuß hierhergelaufen und hatte auch vor, den Rückweg genauso anzutreten. Doch dafür fehlt mir jetzt schlichtweg die Geduld, sodass ich den nächsten Taxistand ansteuere.

Wenig später habe ich mein Fachwerkhaus erreicht, schließe mit hektischen Fingern die Tür auf und durchsuche die Kisten in der Abstellkammer, die ich noch immer nicht ausgepackt habe, weil nichts davon etwas ist, was ich gerade wirklich gebrauchen kann. So wie das Tagebuch, das mir im vergangenen Oktober zufällig wieder in die Hände gefallen ist und in dem ich dann höchst amüsiert geblättert habe. Einen Eintrag hat es dort von mir gegeben, der mich nun ganz besonders interessiert. Mein Herz rast, während ich das Buch durchblättere und ihn schließlich finde.

»Ich glaub es nicht«, flüstere ich und dann fange ich an zu lachen. Ich sitze mitten in der kleinen Abstellkammer zwischen diversem Zeugs, das ich aus der Kiste hervorgekramt habe, und lache, lache und lache.

»Verflixtes Schicksal, was hast du dir denn da wohl bei gedacht?«

Das Buch wie ein Schutzschild vor meiner Brust, steige ich leise die Treppe hinauf. Alex ist in Zimmer 9 untergebracht. Er wollte das so, hat Charlotte mir gesagt, obwohl drüben bei ihnen im Haus mehr Platz als genug ist.

Die ganzen Tage habe ich möglichst versucht, einen Bogen um ihn zu machen, und andersherum das Gefühl, dass auch er nicht viel Wert darauf legt, mir zu begegnen. Auch jetzt kann es gut sein, dass er mich kopfschüttelnd ansehen wird und fragt, ob ich wohl noch ganz dicht bin, spätabends bei ihm zu klopfen, nur weil ich etwas entdeckt habe, was ich als dummer Teenie geschrieben habe. Aber ich kann nicht anders, ich muss es einfach riskieren. Das Ganze kann doch verdammt noch mal nur Schicksal sein – wobei ich natürlich nicht weiß, was es mir damit eigentlich sagen will.

Ich hebe die Hand und will gegen die Tür klopfen, da bemerke ich, dass sich mir jemand von der Seite nähert, und zucke zusammen.

»Alex! Verdammt. Warum erschreckst du mich denn so?«, motze ich ihn nach der ersten Schrecksekunde an.

Er macht große Augen. »Äh … das habe ich nicht beabsichtigt, aber du stehst vor meiner Tür.«

»Ja … ja, klar doch. Weil … weil ich zu dir wollte.«

»Um mir das Buch zu schenken oder es mir über den Schädel zu schlagen, weil ich so ein Idiot bin?«

»Was? Nein. Nichts von beidem.«

»Okay …« Abwartend sieht er mich an.

Und auf einmal komme ich mir komplett dumm vor. Albern. Lächerlich. Kindisch.

Was denkst du, Maxi, passiert, wenn du Alex deinen Tagebucheintrag von vor knapp dreißig Jahren zeigst und ihm erklärst, dass wir uns damals hier in Zinnowitz bereits begegnet sind. Dass du seinetwegen sogar Rafi »sausen lassen« wolltest, weil dir seine ruhige, ja, vielleicht etwas melancholische Art so gefallen hat, du ihn so sehr mochtest …

»Vergiss es«, sage ich und will wieder gehen.

Doch Alex stellt sich mir in den Weg.

»Eine Frage«, sagt er.

Ich schaue ihn an. Der Schein der Deckenlampe spiegelt sich in seinen dunklen Augen wider.

»Was für eine?«, krächze ich.

Tief holt Alex Luft. »Warum bist du damals einfach so verschwunden? Warum hast du dich nie bei mir gemeldet? Was habe ich dir getan?«

»Das waren drei Fragen, Alex«, erwidere ich, in erster Linie, um Zeit zu gewinnen.

»Such dir aus, auf welche du antworten möchtest.«

Was soll ich sagen? Wie wäre es zur Abwechslung mal mit der Wahrheit, Maxi?

»Ich dachte, es ist dir lieber so.«

»Was?« Alex ist völlig perplex. »Wie bist du auf so eine Idee gekommen? Ich meine, habe ich dir irgendwie das Gefühl gegeben, dass mir das mit dir nicht recht ist? Dass ich die Nacht mit dir nicht gewollt habe?«

Ich zucke mit den Schultern. »Nein …«

Zwei Türen hinter uns streckt eine Frau den Kopf zum Flur hinein. »Sind Sie bitte so freundlich und führen Ihr Gespräch im Zimmer oder ganz woanders fort. Hier gibt es nämlich Leute, die gern schlafen möchten.«

»Entschuldigung. Natürlich«, gibt Alex zurück, schließt seine Zimmertür auf und bevor ich es wirklich realisiere, hat er mich mit hineingezogen und die Tür wieder geschlossen.

»Und jetzt erklär mir bitte, was ich falsch gemacht habe, Maxi«, verlangt er.

»Bist du dir sicher?«

»Was meinst du denn damit jetzt schon wieder?« Er stöhnt wie gequält auf. »Verdammt, du treibst mich noch in den Wahnsinn. Tauchst in meinem Leben auf, bringst mich um den Verstand, sodass ich nur noch an dich denken kann, verschwindest ohne ein Wort und als ich dich in Hamburg besuchen komme, sehe ich mich vor deiner Tür mit zwei weiteren Verehrern konfrontiert.«

»Dann habe ich mich doch nicht getäuscht«, hauche ich. »Du warst da. Du hast vor meinem Haus gestanden.«

Alex nickt. »Und mir die Lebensbeichte deines Ex anhören dürfen …«

»Das tut mir leid«, erkläre ich kleinlaut. »Wirklich …«

Alex macht einen Schritt auf mich zu. Er öffnet den Mund, klappt ihn aber gleich wieder zu.

»Was hast du eigentlich gerade damit gemeint, als du gesagt hast, ich hätte dich um den Verstand gebracht?«, frage ich vorsichtig.

Alex stöhnt. »Maxi, was wohl?«

»Sag es mir«, flüstere ich.

»Ich habe mich in dich verliebt. So einfach ist das … und so schwer.«

»Du hast dich in mich verliebt?« Ich kann das nicht glauben. Alex ist doch die Hummel, die von einer Blüte zur anderen flattert, der Mann, der sich nicht festlegen will. Weder beruflich noch privat. So hat Charlotte es doch gemeint, oder?

»Warum klingst du so überrascht? Habe ich dir in dieser Nacht nicht mehr als deutlich gezeigt, was ich für dich empfinde?«

»Ja … aber ich dachte …«

»Was dachtest du, Maxi?« Er kommt näher. Noch näher. Ich spüre seinen Atem auf meinem Gesicht. »Was?«

»Dass du eine Hummel bist.«

Er macht große Augen. »Du vergleichst mich wirklich mit einer dicken Hummel?«

»Nicht vom Aussehen, bestimmt nicht. Es ist nur so, dass Charlotte gesagt hat, dass du dich nicht festlegen magst. Es nie wirklich ernst meinst …«

Begreifend nickt er. »Ach so, jetzt verstehe ich es. Du hast gedacht, ich wollte nur eine Nacht mit dir verbringen und das war es dann. Und um uns beiden die Peinlichkeit des Aufwachens und Herumdrucksens zu ersparen, bist du lieber heimlich abgereist. Ist das so?«

Ich zucke mit den Schultern. »Besser hätte ich es nicht zusammenfassen können. Ja!«

»Wie kommst ausgerechnet du auf so eine irrsinnige Idee? Du bist wunderschön. Du bist sexy. Klug. Zielstrebig. Humorvoll. Alles, was ich mir von einer Frau nur erhoffen kann, das bist du. Und nur weil Charly meint, ich wäre nicht in der Lage mich festzulegen, glaubst du den Unsinn und gibst mir nicht einmal die Chance, dir das Gegenteil zu beweisen?«

Was soll ich dazu noch sagen. So wie Alex es geschildert hat, komme ich mir gerade selbst verdammt kindisch und auch unfair ihm gegenüber vor.

Alex ist allerdings noch nicht fertig.

»Ja, ich will die Werft nicht übernehmen. Das versuche ich Johann schon seit Jahren zu erklären. Doch er möchte es nicht wahrhaben. Er meint, er wäre es unserem Vater schuldig. Aber das ist Blödsinn. Unser Vater wollte in erster Linie, dass wir glücklich werden. Das war ihm wichtig und nicht, dass wir auf Teufel komm heraus seine Werft weiterführen.« Alex fährt sich mit einem Anflug von Verzweiflung mit den Händen durch die dunklen Haare. »Ich bin hierhergekommen, weil ich dich wiedersehen wollte. Doch Johann hat es mal wieder völlig falsch verstanden und wollte nun dem Käufer direkt wieder absagen. Ich war die ganzen Tage damit beschäftigt, ihm das wieder auszureden. Verdammt, er soll sein Leben genießen, sich mit Charly auf den Weg machen und aufhören zu denken, er müsste mir das Erbe erhalten, für mich sorgen. Ich bin erwachsen, 46 Jahre alt. Im Beruf erfolgreich und weiß, was ich will, und das ist nicht die Werft. Nicht mal das Geld möchte und brauche ich.«

»Du bist meinetwegen hier?«

Alex schaut mir tief in die Augen. »Ja. Das bin ich. Ich krieg dich nicht aus dem Kopf, Maxi. Ich kann dich nicht vergessen.«

»Ist das so?« Ich rücke näher an ihn heran.

»Ja«, sagt er und rückt ebenfalls näher an mich heran.

»Wie wäre es dann …«

»Was?«

»Wenn du mich jetzt endlich küssen würdest?«

Alex legt mir die Hand unters Kinn. »Ich finde, das ist eine gute Idee.«

»Womöglich die beste, die ich jemals hatte.«

»Das sehe ich ganz genauso.«

6. Juli 2021

Liebes Tagebuch!

Es ist verdammt lange her – so um die dreißig Jahre, aber vielleicht erinnerst du dich ja noch an mich. Ich bin Maxi, die inzwischen erwachsene Maxi. Es war wirklich spannend, mich in meine Teenagerzeit zurückversetzt zu fühlen, während ich mich durch all das geblättert habe, was mich damals so sehr beschäftigt hat. Meine Träume und Wünsche, meine Vorstellung von meiner Zukunft und dem ganz großen Glück.

Nun ja, ich kann dir verraten, so wie ich es mir damals erhofft habe, ist es absolut nicht gekommen. Und das ist auch gut so. Ganz besonders was Rafi betrifft, kann ich dem Schicksal wirklich dankbar sein, dass es mich nicht erhört hat – uff!

Und was das Medizinstudium betrifft, ich glaube, es ist an der Zeit, endlich die Katze aus dem Sack zu lassen: Ich kann kein Blut sehen ! ☺

Stell sich nur mal einer vor, wie das wohl gewesen wäre, wenn ich regelmäßig umgekippt wäre. Ich schätze, ich selbst wäre meine beste Patientin gewesen ☺

Du willst bestimmt wissen, wie es nun weitergeht.

Okay, ich verrate es dir: Ich habe nicht den blassesten Schimmer!

Das mit Alex und mir, das fühlt sich echt gut an (okay, ich gebe es zu, wir lieben uns wie verrückt!).

Aber ob das für immer so bleibt, wir den Weg wirklich bis ganz zum Ende gemeinsam gehen werden, das kann ich nicht garantieren, weil ich schließlich keine Hellseherin bin. Außerdem habe ich mir längst abgewöhnt, irgendwelche Pläne zu schmieden. Es kommt sowieso, wie es kommt. Und das ist meistens anders.

Ja, meine liebe alte Tagebuchfreundin, wie du vielleicht bemerkst, ist gerade alles richtig gut und ich bin rundum glücklich und zufrieden. Einzig diese ständige Übelkeit nervt etwas. Muss unbedingt die Tage zum Arzt gehen und mich durchchecken lassen! Hauptsache, der nimmt mir kein Blut ab – du weißt doch, mir wird schwummrig davon. ☺

Bis vielleicht bald mal wieder. Es grüßt dich ganz herzlich,
deine Maxi ☺

PS: Okay, du ahnst es, liebes Tagebuch, das hier ist nun definitiv mein letzter Eintrag. ☺

16. März 2022

PPS: Noch ein klitzekleiner Nachtrag, obwohl inzwischen acht Monate vergangen sind. Meine Übelkeit hatte tatsächlich einen Grund: Einen 3110 Gramm schweren Grund namens Anton.

PPPS: Wie war das noch? Wenn du Gott zum Lachen bringen willst, erzähl ihm von deinen Plänen? Ich glaube, es muss eigentlich heißen: Erzähl ihm ruhig von deinen Plänen. Hauptsache, du kannst selbst darüber lachen, wenn dein Leben einen anderen Lauf nimmt!

Was wir sonst noch sagen wollten …

10. März 2014 – vor sieben Jahren ist das letzte Buch von Anne Hertz erschienen. Eine ganz schön lange Pause und doch auch wieder nicht, wenn man bedenkt, dass die große Margaret Mitchell zu Lebzeiten nur einen Roman veröffentlicht hat. Andererseits, Kollegin Barbara Cartland hat es auf 724 Titel gebracht – gemessen daran müssen wir uns also ranhalten, umso besser also, dass dieses Buch nun endlich fertig ist, hurra! In diesem Zusammenhang möchten wir einigen netten Menschen ganz besonders danken:

Als Erstes wäre da Carina Mathern. Sie verantwortet bei der Verlagsgruppe HarperCollins Deutschland das Kinder- und Jugendbuch und Frauke kennt sie noch als Lektorin eines ihrer Kinderbücher. Und während Carina und Frauke eines schönen Januartages nach dem vierten (oder war es der fünfte?) Cappuccino unter verschärftem Koffeineinfluss über weitere gemeinsame Projekte nachsannen, war sie auf einmal da, die Idee! Warum nicht mal ein neuer »Anne Hertz«? Das müsste doch sehr lustig sein! Und siehe da: Als die beiden am nächsten Tag nicht mehr ganz so zappelig waren, fanden sie die Idee immer noch gut und überzeugten Wiebke davon.

Als Nächstes mit im frisch gestrichenen Anne-Hertz-Boot waren dann Heide Kloth als Programmleiterin und Jürgen Welte als Verleger der Verlagsgruppe HarperCollins Deutschland – das war natürlich ungeheuer hilfreich, denn eine tolle Verlagsheimat ist das A und O für das Gelingen eines Romanprojekts. Dafür an dieser Stelle noch mal ganz herzlichen Dank!

Eine wirklich schöne Zusammenarbeit entstand dann schnell mit Mareike Müller, unserer Lektorin. Liebe Mareike, du hattest viel Geduld mit uns und noch mehr richtig gute Ideen, die den Roman bereichert haben. Ein ganz großes Dankeschön also auch an dich!

Und dann wäre da noch – last, not least – das Team hinter dem Team, bestehend zum einen aus den Profis Susanne Wahl und Roman Hocke (unsere Agenten, vorwiegend zuständig für enthusiastisches Anfeuern, manchmal auch taktisches Beschimpfen, je nachdem …) und den Amateuren Markus Henneberg und Bernd Scheunemann (beide vorwiegend Catering und Kinderbetreuung) sowie der allerliebsten Kollegin Antje Szillat (Abteilung Mitlesen, Händchenhalten und Tränchentrocknen). Was sollen wir sagen? Ohne euch hätten wir es nicht geschafft! Vielen, vielen Dank!